런

RUN

© Eto Mori 2008, 2012

First published in Japan in 2012 by KADOKAWA CORPORATION, Tokyo.

Korean translation rights arranged with KADOKAWA CORPORATION,

Tokyo through Danny Hong Agency.

모리 에토 지음

이구름 옮김

런
RUN

프 롤 로 그

열세 살, 아빠가 돌아가셨을 때 그곳은 아직 머나먼 곳이었다. 얼마 안 있어 엄마와 남동생 슈마저 연이어 세상을 떠났다. 그렇게 죽음이 주위를 에워쌀수록 신기하게도 나는 외톨이가 되어가는 게 아니라 거꾸로 내가 죽은 가족에게 다가가는 것만 같았다. 저세상과 이 세상의 힘의 관계가 뒤바뀌어, 지금 있는 이곳보다 저세상이 더 현실적인 무게감을 지니고 산 자와 죽은 자를 가르는 벽이 나날이 허물어지는 듯했다. 스무 살, 나나미 이모를 잃었을 때는 이제 한 발짝만 더 가면 된다는 확신이 들었다. 조금만 더, 한 번만 더 가까운 이가 내 곁을 떠나면 분명 그 벽을 넘어갈 수 있을 것 같았다.

그리고 스물두 살이 되던 해, 고요미가 죽었다.

그것이 시작이었다.

모나미 1호와 만나다

먼저 고요미의 이야기다.

고요미는 아름다운 블루 그레이 색 털을 지닌 고양이였다. 오른쪽 눈동자는 짙은 초록색이고 왼쪽은 우주에서 본 지구처럼 파랬다. 오드 아이라 하던가? 게다가 빛에 따라 갖가지 색깔로 변했다. 어느 때는 노랗게, 어느 때는 보랏빛으로, 또 어느 때는 붉게 타오르기도 했다.

고요미는 특별한 고양이였다. 품종도 혈통 같은 것도 모르지만 아무튼 특별했다. 이렇게 말하면 오직 고양이밖에 모르는 바보 집사라고 생각하겠으나 그건 아니라고 단호하게 말할 수 있다. 난 고요미의 주인이 아니었으니까.

고요미는 근처 자전거포^鋪의 고양이였다. 헐렁한 멜빵바지가 어울리는 아저씨 혼자 꾸려나가던 '사이클 곤노'. 어느 날, "다녀왔습니다"라고 말하기라도 하듯 가게 처마 밑에 나타난 고요미는 그대로 아저씨와 함께 살게 됐다고 한다. 나와 처음 만났을 때는 이미 천 년도 더 그 자리에 있었던 듯한 얼굴로 2층에 곤노 아저씨네 살림집과 1층에 가게를 자유롭게 오갔다.

그런데도 곤노 아저씨는 고요미는 자기 고양이가 아니라고 우겼다.

"그야 매일 밥도 주고 밤이면 잠자리도 빌려주지. 아프면 병원에 데려가고 가르릉거리면 쓰다듬어주고. 하지만 그렇다고 고요미를 내 고양이라고 여긴 적은 없어. 설사 내가 고요미의 것이라고 해도 고요미는 내 고양이가 아니야."

이해할 수 없는 말을 늘어놓는다고 생각한 내가 곤노 아저씨의 진심을 조금씩 이해하고 받아들이는 데는 꽤 오랜 시간이 걸렸다.

곤노 아저씨와의 만남은 나나미 이모가 떠나고 얼마 안 돼서였다.

내가 처음 사이클 곤노를 방문했을 때 곤노 아저씨는 자전거를 고치고 있었고 고요미는 아저씨 허리쯤 오는 선반 위에서 꾸벅꾸벅 졸고 있었다.

겉으로 보기에는 아주 평범한 자전거포였다. 자동차라면 두 대가 간신히 들어갈 만한 공간에 10여 대의 자전거와 집기, 공구 등이 가득 들어차 있었다. 기름 냄새와 녹슨 쇠 냄새, 고양이 냄새가 교묘하게 뒤섞여 코를 자극했고, 그것들은 평소의 내 삶 속에는 어느 하나 존재하지 않는 것들이었다.

그럼에도 처음부터 왠지 모를 그리움이 느껴졌다.

곤노 아저씨와 눈이 마주친 순간 데자뷔가 아닐까 싶을 만큼 강렬한, 뭐랄까, 몸의 기억? 그렇다. '몸이 기억하는 감정'이 와락 덮쳐왔다. 그럴 리 없다고, 전에 만난 적도 없고 그런 일은 있을 수 없다는 걸 알면서도, 나도 모르게 가슴이 뭉클해져 눈물이 나올 것만 같았다.

하지만 이건 어디까지나 내 안에서 일어난 일이다. 그때 우리는 겉으로 보기에 지극히 평범한 대화를 나눴을 뿐이다.

그러니까 나는 자전거를 원했고 아저씨는 자전거를 팔았다.

"자전거 사려고요."

"네, 어떤 걸로 드릴까요?"

나는 곤노 아저씨가 추천하는 몇 개 중 맨 앞에 있던, 바구니가 달린 푸르스름한 자전거를 골랐다. 특별히 원하는 자전거가 없었고 금방 탈 수 있는 거면 됐으니까.

그 동네에 막 이사 온 나는 자전거가 정말로 꼭 필요했다. 이사한 임대 아파트에서 가장 가까운 역까지는 걸어서 25분, 편의점도 20분이 걸린다. 처음 방을 보러 왔을 때부터 자전거만은 꼭 필요하겠다고 생각해 가까운 자전거포를 알아봐두었다.

그렇게 순조롭게 손에 넣은 자전거는 실제로 새로운 생활에 없어서는 안 될 파트너가 되었다. 새집에 필요한 생활용품을 사러 갈 때도 낯선 동네를 산책할 때도 나는 부지런히 페달을 밟았다.

이웃 동네에서 시작한 아르바이트도 자전거를 타고 오갔다. 역 앞 상점가에 있는 은행에 갈 때도 도서관에 갈 때도 공공요금을 내러 갈 때도.

그런 자전거 생활에 그림자가 드리운 것은 이사하고 3개월 차에 접어들 무렵이었다. 자전거 브레이크를 잡을 때마다 끼익 끼익 하고 누군가 비명을 지르는 듯한 소음이 들리기 시작한 것이다. 곤노 아저씨네서 윤활유를 뿌리면 잠깐은 괜찮았지만, 사흘만 지나면 또다시 끼익 끼익 거슬리는 소리가 났다.

이 일에는 나보다 곤노 아저씨가 먼저 손을 들었다.

"겨우 3개월 만에 이러는 걸 보니 원래 결함이 있었나 봅니다. 이런 자전거를 추천해서 죄송해요. 어떤 것이든 맘에 드는 자전거로 교환해드리겠습니다."

곤노 아저씨는 포기가 너무 빠르다.

포기하지 못하는 쪽은 나였다. 그 자전거는 유일한 내 친구였고 이제 슬슬 이름을 붙여줄까 고민할 정도로 애착도 생겼으니까.

"교환은 괜찮아요. 그보다 가능하면 앞으로도 사흘마다 윤활유 뿌리는 걸 부탁드리고 싶은데요."

곤노 아저씨는 아마도 날 별난 여자애라고 생각했을 것이다. 얼굴에 그렇게 쓰여 있었다. 하지만 아저씨는 말없이 그저 고개만 끄덕였다.

"그럼요, 손님이 원하실 때까지 해드려야죠."

이후 나는 사흘 간격으로 사이클 곤노에 가게 됐다.

결함이 있는 자전거를 추천했다는 미안함 때문일까. 곤노 아저씨는 항상 내 자전거를 가장 먼저 손봐주었다.

"매번 오느라 고생이네요."

"아니요, 아저씨가 더 고생이죠. 죄송해요."

서먹한 대화와 어색한 미소. 오랫동안 그런 관계가 지속됐다. 첫날 느꼈던 그리움은 조금도 옅어지지 않았다. 나는 사이클 곤노에 들를 때마다 울고 싶은 심정이었지만 전혀 내색하지 않고 웃어 보였다. 말수가 적은 사람끼리 친해지는 건 정말이지 쉽지 않다.

결국 다리를 놓아준 건 고요미였다.

사흘마다 방문한 지 수개월이 지난 어느 날, 그때까지 나를 완벽하게 무시하던 고요미가 사뿐사뿐 다가와 블루 그레이 색의 털을 비벼댔다.

"아니, 신기한 일이 다 있네. 고요미가 손님한테 이러는 거 처음이에요."

곤노 아저씨는 이렇게 말하며 약간 어리둥절해했지만, 난 손가락 하나도 내밀지 못하고 익숙하지 않은 생명체를 바라보기만 했다. 이럴 때 흔히 하는 귀엽다는 말도 하지 못했다. 솔직히 귀엽다는 생각도 없었다. 그저 짐승일 뿐이었다.

이런 감상밖에 없던 나에게 고요미는 그 후로도 매번 몸을 비벼댔다.

어느 날 문득, 무슨 바람이 불었는지 고요미의 등에 손을 뻗었다. 아무 생각 없이 나도 모르게. 그랬더니 그 순간부터 손을 뗄 수 없게 됐다. 너무나 보드랍고 따스했다. 이런 감촉을 한번 느끼고 나면 누구라도 계속 만지고 싶을 것이다.

그 후로 나는 어떻게 다가가야 할지 모르는 사춘기 소년처럼 고요미를 졸졸 따라다녔고, 팔과 볼에 무수한 생채기를 내가며 고양이와 친해지는 법을 배웠다.

고요미와 더없이 친해졌을 즈음에는 곤노 아저씨가 내 자전거를 손본 이후에도 바로 돌아가지 않게 되었다. 원래 그 가게는 나에게 이 세상에 존재하지 않는 곳으로 여겨질 만큼 마음 편한 곳이었고 서둘러 돌아갈 이유도 없었으니까.

그러다 곤노 아저씨와도 조금씩 이야기를 나누게 됐다. 처음에는 한 마디, 두 마디. 점차 한 문장, 두 문장으로 늘어났고 그 내용도 계절 인사에서 세상 이야기로, 그리고 사적인 대화로 농도가 짙어갔다.

여느 때처럼 어수선한 사이클 곤노에 어느 날 갑자기 다리가 하나로 된 의자가 생겼다. 빅토리아풍이랄까. 흠집투성이의 낡은 의자였는데 나무 자체의 재질이 나쁘지 않아 보였다. 군데군데 정교한 조각이 새겨진 큼지막한 의자였다.

"중고 상점에서 샀어. 계속 서서 얘기하는 것도 뭐한 것 같아서."

곤노 아저씨가 부끄러운 듯 말한 순간, 우리는 가게 주인과 손님의 관계에서 마음속 이야기를 터놓고 말하는 친구로 승격한 것 같았다. 결국 그 의자는 나중에 고요미의 것이 되고 말았지만.

처음 만난 날부터 말벗이 되기까지 반년. 그리고 우리가 특수한 동질 의식을 공유하기까지는 그로부터 또다시 1년이 필요했다. 우리는 영화나 책, 1인분 요리를 경제적으로 잘 만드는 요령 같은 건 두서없이 얘기하면서도 가장 중요한 부분은 보여주려 하지 않았다.

"저기, 곤노 씨네 가게에 자주 들르는 것 같던데 조심하는 게 좋을 거예요."

마치 괴한이 불시에 습격하듯 사이클 곤노의 기름 냄새와 녹슨 쇠 냄새, 그리고 고양이 냄새 저 밑바닥에 가라앉아 있던 비밀을 들추어낸 것은 내 인생에 느닷없이 나타난 제삼자였다.

아니, 계절이 바뀔 때마다 들르던 세탁소 아주머니였으니 그때까지 몇 번인가 마주치긴 했을 것이다. 그녀는 사이클 곤노 대각선에 위치한 가게의 유리문 너머로 매번 주의 깊게 날 지켜보고 있었는지도 모른다.

"곤노 씨도 참 안됐지. 무슨 조화인지 전부터 그 집에만 안 좋은 일이 생긴다니까. 이렇게 말하긴 좀 그렇지만 신벌이 내렸다는 소문이 있어요."

"신벌이 내려요?"

나는 카운터에 펼쳐놓은 셔츠의 얼룩을 찾는 것도 잊은 채 그녀의 얼굴을 주시했다. 아무리 뚫어지게 쳐다봐도 그녀의 표정에서 광기는 찾아볼 수 없었다. 대신 그보다 더 악의적인 호기심만이 번득였다.

"무슨 뜻이죠?"

"벌써 오래전에 부인이 죽고, 그 뒤로 혼자 키운 아들도 10년 전쯤에 죽었어요. 고향에 계신 아버지도 이미 한참 전에 돌아가셨다고 하니 원래 단명하는 집안인가 봐요. 너무 가깝게 지내면 아가씨한테도 나쁜 일이 생길지 몰라요. 불행은 전염되니까."

널 위해 말해준다는 듯 쓸데없이 참견한다. 아무 생각이 없는 무신경한 사람. 어떤 동네든, 어떤 학교든, 어떤 일터든, 이런 사람은 있다.

어금니를 꽉 깨물자 불덩어리 같은 분노가 치밀어 올랐다.

"나도 9년 전에 가족이 다 죽었어요. 아빠와 엄마, 동생… 그 후에 같이 살던 이모도 2년 전에 죽었고요. 그럼 나도 신벌이 내린 건가요?"

가끔 이렇게 된다. 평소에는 거리를 두지만 무슨 일이 생기면 갑자기 세 단계 정도를 훌쩍 뛰어넘어 타인을 향해 으르렁거린다.

"내 셔츠를 빨면 아주머니한테도 불행이 전염되나요?"

그녀는 주제넘었다 싶었는지 표정이 굳어지고 부끄럽다는 듯 내 시선을 피한다. 앞으로도 영원히.

이렇게 생각하면 오산이다. 그녀는 별꼴을 다 본다는 듯 전혀 움츠러들지 않고 거칠게 다음 말을 내뱉었다.

"흥, 자기 불행을 그렇게 남한테 떠벌리고 싶나?"

"네?"

"아가씨도 그렇고 곤노 씨도 말이야, 그렇게 자기만 특별하다고 착각하며 살아가니까 나쁜 일이 자꾸 생기는 거 아니야."

"우리가 불행을 떠벌린다고요?"

"어머, 몰랐어?"

만약 그때 예리한 칼이 내 눈에 띄었다면 주저 없이 그 여자를 찔렀을 것이다. 숨길 수 없는 살의. 급작스레 싹튼 내 안의 살의를 숨죽여 꾹꾹 눌렀더니 산소결핍이라도 일어난 것처럼 숨이 가빠 오고 손끝이 작은 새우처럼 움찔움찔 경련을 일으켰다. 너무 분해서 온몸의 뼈가 뒤틀릴 것만 같았다.

그래도 할 말은 했다.

"그럼, 아줌마는 남의 불행에 전염되지 않을 만큼 떨어져서 그 불행을 몰래 훔쳐 먹고 있다는 거 아세요?"

"훔쳐 먹어?"

"그게 꿀맛인가 보죠? 아줌마는 곤노 아저씨를 불쌍하게 여기는 척하면서 벌레처럼 계속 그 꿀에 날아들고 있는 거예요."

"뭐라고?"

"자기는 아주 보잘것없는 불행밖에 가진 게 없으니까 남의 불행에 기생하는 거죠."

여자의 전신에서 우두둑우두둑 뼈마디 뒤틀리는 소리가 들려오는 듯했다.

그렇게 보기 좋게 살의를 바통 터치 했다. 난 그것이 되돌아오기 전에 재빨리 카운터에 있는 셔츠를 낚아채 가게를 나왔다.

그 일은 그렇게 아주 잘 마무리, 됐을 리가 없다.

도저히 마음을 가라앉힐 수 없었던 나는 그날 저녁 처음으로 자전거 없이 사이클 곤노에 갔다.

"무슨 일 있었구나?"

곤노 아저씨는 예리하다. 한눈에 알아차렸다.

어쩌면 내가 곤노 아저씨의 과거를 알게 된 사람이 하는 전형적인 표정을 지었는지도 모른다. 아저씨의 상처를 통해 엿본 고통을 자신이 짊어진 듯한.

"아저씨, 저… 알게 됐어요."

빅토리아풍의 낡은 의자에 앉아 낮에 있었던 일을 털어놓았다. 내 과거도 함께, 모든 것을. 평소 의자를 탈환하려고 이런저런 수를 다 쓰던 고요미가 신기하게도 그날은 내 발밑에 얌전히 웅크리고 있었다.

"그랬구나, 어떻게 그런 말을. 근데 다마키쨩의 반격도 만만치 않은데?"

한바탕 이야기를 마친 나에게 곤노 아저씨가 말했다.

"그래도 잘 싸웠네."

마치 남의 이야기라는 듯이.

"아저씨는 그런 말을 듣고 분하지도 않으세요?"

"그보다 다마키쨩에 관해 지금까지 아무것도 몰랐다는 게 분한걸. 우리가 안 지도 1년이나 됐는데 그동안 알아주지 못해서 미안해."

"그건 저도 마찬가지인걸요."

"역시."

"네?"

"몰랐지만 어렴풋이 느끼긴 했어. 역시 우리는 비슷한 데가 있었네."

아, 그러고 보니 처음 가게에 왔을 때 느꼈던 묘한 친밀감과 그리움은 당연한 것이었다.

나와 마찬가지로 곤노 아저씨의 주변에도 많은 죽음이 있었다.

아저씨의 어깨에, 발치에, 가게에 들어차 있는 자전거의 그림자에.

"맞아요, 비슷해요. 우린 누구보다 저세상에 가까운 사람들이네요. 전 조금만 더 노력하면 저세상과 이 세상의 경계도 뛰어넘을 수 있을 것 같아요."

"넘으면 안 되지. 그건 노력하면 안 돼."

내 실없는 소리를 웃어넘기지 않고 정색하며 말려준 곤노 아저씨. 그때는 꿈에도 몰랐을 것이다. 얄궂게도 나에게 그 벽을 넘는 수단을 준 사람이 아저씨라는 사실을.

그 경위를 더듬어 보자면 역시 고요미의 죽음에서 시작되었다.

고요미는 털에 윤기가 흐르고 움직임도 민첩했다. 또 전체적으로 젊어 보였기 때문에 난 전혀 알지 못했다. 사실 고요미는 나와 만났을 때 이미 나이를 꽤 먹은 상태였다. 눈이 잘 안 보이나 싶었을 때는 노화가 상당히 진행돼 있었다. 마지막 6개월 동안 한꺼번에 팍 늙고 말았다. 언제 가도 거의 잠만 잤고 급기야 하품하는 것도 힘들어했다.

"이제 괜찮아, 고요미. 일어나기 힘들면 누워 있어도 돼. 너무 고통스러우면 내려놓아도 괜찮아."

곤노 아저씨의 목소리가 전해진 걸까. 어느 날 저녁, 여느 때처럼 자전거를 끌고 가니 연초 외에는 쉰 적이 없는 사이클 곤노의 셔터가 내려져 있었다. '이삼일 쉽니다.' 그렇게 써 붙여진 안내문을 본 순간, 고요미의 죽음을 깨달았다.

고요미가 죽었다.

그 보드랍고 따스한 몸을 더는 만질 수 없다. 가르릉거리는 소리를 들을 수 없다. 그 눈동자 속에서 내 모습을 찾을 수 없다.

그건 아주 큰 손해였지만 다행인지 불행인지 나는 죽음이란 것에 익숙하다. 그래서일까, 나는 괜히 호들갑 떨지 않았다. 그 상실감을 누구와도, 그게 곤노 아저씨라 해도 함께 나누려 하지 않았다.

곤노 아저씨도 굳게 닫힌 셔터 너머에서 자신만의 슬픔을 응시하고 있었으리라. 사흘 후에 다시 가게 문을 열었을 때는 적어도 겉보기에는 전과 다름없는 모습으로 나를 맞아주었다.

"제 명대로 살다 갔어. 아마 좋은 데로 갔을 거야."

불행에 익숙해진 인간은 빨갛게 부어오른 눈과 여윈 볼을 남에게 보이는 그런 실수를 하지 않는다. 하지만 검은색 데님 멜빵바지를 입은 곤노 아저씨는 어딘가 모르게, 확실히 사흘 전보다 저세상과 가까워 보였다. 사이클 곤노에는 새로운 죽음의 그림자가 더해졌고 대신 날 위한 의자가 사라졌다.

"미안. 고요미가 좋아한 의자라 뒷마당에 같이 묻어줬어."

"의자를, 같이요?"

내 가슴 언저리까지 왔던 의자. 그걸 땅에? 도대체 땅을 얼마나 판 거지?

목구멍까지 올라온 질문을 삼켰다. 곤노 아저씨가 묻었다고 하면 묻은 게 틀림없을 테니까. 어딘가 엄청나게 큰 구덩이 속에.

"하루 내내 팠어. 고요미는 내 고양이는 아니지만, 그렇다고 다른 사람의 고양이도 아니니까."

"고요미는 곤노 아저씨의 고양이예요."

"아니, 내 고양이가 아니야."

"왜요?"

"그건, 견딜 수 없거든. 내 고양이가 죽었다고 생각하면."

제길, 곤노 아저씨는 그때 처음으로 정직한 아픔을 내보였다.

"이름을 붙여주는 게 아닌데."

신은 악질이다. 우리 주변에 있는 보드랍고 따스한 것들을 모조리 빼앗아 간다. 뒤에 남는 것은 유리나 철, 플라스틱 같은 딱딱하고 차가운 것들뿐이다.

아니, 딱딱하고 차가운 것조차 영원히 그 자리에 있을지 장담할 수 없다.

고요미의 죽음은 곤노 아저씨에게서 오랫동안 이어온 가게에 대한 집착을 단번에 지워버린 듯했다. 곤노 아저씨는 날이 갈수록 가게를 자주 쉬었고 툭하면 어머니 이야기를 했다.

"야마가타에 계셔. 아직 살아 있는 유일한 혈육이지."

"고양이를 네 마리 키우시는데 그중에는 들고양이와 마찬가지인 놈도 있어. 근데 다 자기 고양이라고 우긴다니까. 엄마는 강한 분이야. 하지만 안타깝게도 연세가 있으셔서…."

희미하게 품고 있던 예감이 현실로 다가온 것은 고요미의 49재가 지나고 얼마 안 돼서였다.

"야마가타에 가려고. 장사도 안 되고 어머니도 걱정돼서. 사실 고요미가 죽으면 그렇게 하려고 전부터 생각하고 있었어."

이럴 때 가지 말라고 울며 매달릴 수 있었다면 내 인생도 조금은 달라졌을지 모른다.

아니, 반대인가. 내 인생이 조금 달랐다면 가지 말라며 울 수 있었을까?

하지만 나는 안다. 이별은 결코 막을 수 없다는 걸. 이별이 느닷없이 다가와 힐끔 얼굴을 보이기 시작하면 아무리 저항해봤자 되돌릴 수 없다는 걸.

"다시 외톨이네요. 곤노 아저씨가 없으면 목소리 내는 법을 잊어버릴 것 같아요."

"넌 나 같은 아저씨가 아니라 더 젊은 사람을 찾는 게 좋지 않을까. 이 세상에 듬직하게 뿌리를 내리고 있는 친구를 말이야."

"그보다 윤활유 뿌리는 방법 좀 알려주세요."

"그건 걱정하지 마. 내가 마지막으로 아주 멋진 녀석을 선물할 거니까."

아주 멋진 녀석이 최신형 윤활유 같은 거라고 생각한 나는 곤노 아저씨가 야마가타로 떠나기 전날 우리 집에 가져다준 반짝반짝 빛나는 자전거를 보고 깜짝 놀랐다.

"이게 멋진 녀석이에요?"

"응, 진짜 멋진 자전거야."

확실히 자전거를 잘 모르는 내가 봐도 그게 보통 자전거와 다르다는 걸 알 수 있었다. 내 자전거보다 한 단계 큰 바퀴에 튼튼해 보이는 타이어. 가죽 안장과 같은 높이에 달린 일자형 핸들. 프레임 색은 고요미의 오른쪽 눈과 같은 짙은 초록색. 전체적으로 흘러넘치는 품격이 뭐랄까, 오라를 뿜어내는 듯했다.

"모나미 1호야. 앞으로 귀여워해줘."

"이름도 있어요?"

"이건 특별한 자전거니까. 뭐, 흔히 말하는 로드 바이크의 일종이지. 사실 예전에 내 아들한테 주려고 부품을 조립해서 만든 거야. 아들은 한 번도 못 타고 죽었지만. 지금까지 고이 모셔놨는데 이제 다마키쟝이 타면 좋겠어."

"그래도 돼요?"

"자전거는 타기 위해 있는 거야. 이 녀석은 튼튼해서 어디든 갈 수 있어."

어디든 갈 수 있어. 분명 곤노 아저씨가 말했다. 어디든, 이라고.

"10년 넘게 방치했던 터라 꼼꼼히 정비해놨어. 안장 위치 좀 바꾸게 잠깐 앉아볼래?"

곤노 아저씨는 내 키에 맞춰 안장을 조정하고 모나미 1호를 나에게 건넸다. 그러고는 짧은 인사를 끝으로 왔던 길을 되돌아갔다. 나는 아저씨의 뒷모습을 5초쯤 바라보고 집 앞 자전거 보관소로 돌아왔다. 긴 이별이 될 것을 우리 외엔 아무도 모르게 하려는 듯, 아무렇지도 않게.

우리는 이별 방식까지도 비슷했다.

2
모나미 1호,
출발

그렇게 나에게 온 모나미 1호는 정말 완벽한 자전거였다.

우선 무엇보다 프레임이 가볍다. 라인도 날렵해서 공기 저항을 적게 받고 바람에 녹아들 듯 휙휙 달린다. 핸들은 마치 내 팔과 하나로 이어져 있는 것처럼 우회전하려고 하면 마음먹은 대로 앞바퀴가 오른쪽으로 가볍게 미끄러지듯 나아간다. 초반에는 허리를 앞으로 기울이는 자세가 어색했지만 곧 익숙해졌다.

곤노 아저씨가 떠난 후 브레이크를 잡을 때마다 끼익 끼익 소리가 나던 내 자전거는 소음이 더욱 심각해져 타지 않게 되었다. 2년 6개월. 어디든 항상 동행해준 친구에 대한 애착도 타고난 달리기 선수 같은 새 친구의 매력에는 미치지 못했다.

모나미 1호는 단순히 함께할 뿐 아니라 적극적으로 날 어딘가로 데려다줄 것만 같은 자전거였다. 더 갈 수 있어. 더, 더, 갈 수 있어. 도전하듯 앞을 향해 나아가는 그 움직임에서는 완고한 의지마저 느껴졌다.

한계를 알 수 없는 미지의 힘.

하지만 애석하게도 그 안장을 독점하는 나의 행동반경은 무척이나 한정되어 있었다.

아르바이트하는 마트, 편의점, 슈퍼, 은행, 도서관. 정기적으로 가는 곳은 고작 그 정도였고 주요 목적지 어디를 가든 20분만 페달을 밟으면 여유롭게 도착했다. 제아무리 대단한 자전거라 해도 이래선 본래의 힘을 발휘하기 어렵다.

열등감이랄까 부담감이랄까. 나는 어느 날 나날이 깊어가는 묘한 중압감을 불식시키기 위해 자전거를 타고 멀리 가보기로 했다. 먼 곳이라 해도 두 시간쯤 목적지 없이 돌아다닐 뿐이었지만, 목적지 없이 달리는 행위에 대한 모나미 1호의 반응은 뚜렷했다. 밟으면 밟을수록 페달은 힘차게 돌아갔고 바퀴는 날아갈 듯 지면을 굴렀다.

그 흥분은 나에게도 전해졌다. 운동 부족으로 다리가 뻐근해지고 손바닥 땀이 핸들을 적셔갈수록 내가 점점 투명해지는 것만 같았다. 투명해져 없어지는 게 아니라 모나미 1호에 녹아들어 하나가 되는 듯했다.

무아無我, 라고 말하면 과장일까. 하지만 말하고 싶다. 그건 분명 다른 곳에서는 맛볼 수 없는 특별한 쾌감이었다고.

그 후 주말마다 나는 모나미 1호를 타고 멀리 나갔다. 그건 어디까지나 장거리 라이딩으로, 사이클링과 비슷하지만 달랐다.

지금 와서 생각해보면 그때 나는 목적지도 없이 대지를 이리저리 돌아다니며 무의식 속 어딘가를 향하고 있었는지도 모른다. 목적지를 찾아 헤매며. 여느 사이클링보다 조금 더 죽을힘을 다해.

어떤 날은 갑자기 비가 내려 흠뻑 젖기도 했다. 또 어떤 날은 자동차 전용 국도로 잘못 들어 대형 트럭이 지나가며 일으킨 바람에 휘청거리기도 했다. 또 집으로 가는 길을 잃어 밤새워 헤맨 다음 날 아침에는 허벅지가 땡땡 부어오르기도 했다.

그리고 마침내 그날이 밝아왔다.

우리가 처음 레인을 넘은, 그 운명의 날이.

🚲

그날 아침은 평소와 마찬가지로 8시에 휴대전화 알람을 껐다. 샤워를 마치고 불단에 올린 물을 갈고 가볍게 아침을 먹고 도시락을 준비해 집을 나선 시각이 9시 반. 모나미 1호를 타고 낙엽이 눈에 띄기 시작한 가로수 길을 빠져나와 국도를 건넌 뒤 역 앞 상점가를 지났다. 15분도 채 안 걸려 24마트에 도착했다.

24마트는 대형 아파트 단지 코너에 있는 슈퍼마켓으로 1층과 지하에서는 식품을, 2층에서는 약간의 의류와 생활용품을 판매한다. 시내 최대 할인율을 자랑하는 만큼 특가 판매 시간에는 손님들로 무척 붐비지만, 내가 근무하는 3층의 사무실은 온종일 조용하다.

통신판매부라는 형식상의 팻말을 내건 두 평쯤 되는 작은 공간. 원래 비품을 보관하는 창고였던 그곳에는 나란히 벽을 보고 있는 두 대의 컴퓨터 책상이 비좁은 공간을 차지하고 있다. 하지만 그중 한 대는 오랜 시간 먼지를 뒤집어쓴 채 방치되어 있다. 통신판매부의 직원은 나 하나니까.

내 일은 카탈로그를 통한 전화 주문이나 인터넷 주문에 대응하는 것으로, 한가한 시간에는 고객 데이터를 작성하기도 한다. 온종일 컴퓨터 책상 앞에 앉아 있는 나는 점심도 그곳에서 먹는다. 전에는 종종 사무실 아르바이트생들이 "같이 먹을래요?" 하고 물어보기도 했지만, 매번 적당히 거절하는 사이에 아무도 묻지 않게 되었다. 마음껏 혼자 시간을 보낼 수 있다는 점이 통신판매부의 장점이다.

그러나 방심은 금물이다.

"나쓰메 씨, 시간 있어요?"

이날 오후 6시가 넘어 사무실의 타임카드를 찍는데 24마트의 사령탑인 전무가 나를 불러 세웠다.

"나쓰메 씨, 영문과 나왔죠?"

이 시점에 이미 왠지 모를 나쁜 예감이 들었다.

"아뇨, 졸업은 안 했어요. 2년만 다니고 중퇴했는데요."

"그래도 기초는 제대로 배웠겠네. 혹시 가능하면, 가능하면 말

28

인데, 이번에 매장 파트타임 직원들한테 간단한 영어 회화를 좀 가르쳐줬으면 하는데. 자네도 알다시피 우리 마트에 요즘 들어 외국인 손님이 늘었잖아. 외국 손님은 일본어를 못하고, 우리 직원들은 영어를 못하니 계산대 업무가 지연되기 일쑤란 말이야. 그래서 이번에 직원들이 뜻을 모아 영어 회화 서클을 만들자는 얘기가 나왔다더군. 그래서 말인데, 나쓰메 씨가 선생님 역할을 좀 해줬으면 해서."

"저, 죄송합니다만."

얼굴엔 미소를 머금고 마음속으로 중얼거렸다. 내가 왜?

"전 좀….."

"음, 어려운가?"

"회화는 자신 없어요."

통역과에 다녔던 걸 숨기고 말하자, 전무는 수월하게 물러났다.

"일본의 영어 교육이 실전에 약하긴 하지. 그야 뭐, 이해하네. 갑자기 파트타임 아줌마들한테 영어를 가르치라는 것도 좀."

"죄송합니다."

"아냐, 괜찮아. 그럼 가봐요."

말이 통해서 다행이다. 그때는 이렇게 생각했다. 딱 잘라 거절해서 미안하다고. 양심에 좀 찔리기도 했다.

그 일이 있고 몇 분 후, 직원용 자전거 보관소에서 중년 여성이 날 불러 세웠다.

"저기, 오소리 씨 맞죠?"

"오소리?"

"통신판매부 오소리 씨 맞죠? 난 매장 계산대에서 일하는 아오키예요. 전무님한테 들었어요. 아가씨가 이번에 영어를 가르쳐준다면서요? 고마워요. 나도 이번에 영어 회화 서클에 들어갔어요. 서클에 들어가면 시급도 올려준다고 하니. 아무튼 잘 부탁해요. 근데 좀 살살 해줘요."

이게 대체 무슨 소리야?

난 영어 회화를 가르칠 생각이 없을뿐더러 오소리라는 이름도 아니다.

말을 바로잡을 새도 없이 그녀는 "또 봐요"라며 자전거를 타고 사라졌다. 난 그 뒷모습을 영문도 모른 채 배웅했다.

오소리 씨.

오소리?

모나미 1호를 타고 집으로 가는 길, 그 말이 몇 번이고 머릿속을 엉클어놓았다. 그때마다 핸들을 잡은 손끝에 힘이 빠졌다. 누가 그렇게 붙였는지는 몰라도, 난 그곳에서 나쓰메 다마키가 아니라 굴에 처박혀 지내는 짐승을 상징하는 별명으로 통하는 모양이다. 그걸 모르는 사람은 나뿐인 건가.

그러고 보니, 성이 아니라 이름으로 불린 지도 오래되었다.

다마키쨩.

마지막으로 그렇게 불러준 곤노 아저씨를 떠올리니 전에 타던 자전거의 브레이크처럼 가슴속이 삐걱거렸다. 야마가타로 돌아간 곤노 아저씨에게서는 그 후 새로운 주소를 알리는 엽서가 한 장 왔을 뿐이고 난 답장조차 하지 않았다. 물리적 거리가 멀어지고 나니 갑자기 어떻게 대해야 할지 막막해 편지를 쓰려 해도 뭐라고 해야 할지 도통 알 수 없었다.

느닷없이 찾아온 쓸쓸함이 내 진로를 바꿨다. 어느새 모나미 1호는 집으로 가는 길을 벗어나 두 달 만에 사이클 곤노로 향했다.

기름 냄새와 녹슨 쇠 냄새, 그리고 고양이 냄새가 배어 있는 가게. 사흘에 한 번은 들르던 그곳에 이제 곤노 아저씨는 없지만, 그를 둘러싸고 있던 죽음의 그림자 정도는 남아 있을지도 모른다.

그래, 고요미도. 고요미는 지금도 그 뒷마당에 잠들어 있다.

그걸 떠올리자 자연스럽게 다리에 힘이 들어갔다. 내 마음이 전해졌는지 모나미 1호도 속도를 올렸다. 스쳐 지나가는 풍경이 윤곽을 잃고 흐릿한 색채의 소용돌이로 변해갔다.

아니?

상점가와 주택가를 가르는 길로 핸들을 돌렸을 때 뭔가 이상하다는 걸 알아차렸다. 모퉁이를 돌면 나와야 할 검푸른 색 간판이 보이지 않았다.

사이클 곤노의 간판이 없다?

당황한 나는 몸을 앞으로 기울여 한층 더 속도를 올렸다. 사이클 곤노에 그림자를 드리웠던 집을 지나가니 상황을 한눈에 파악할 수 있었다. 간판만이 아니다. 가게가 통째로 사라지고 없었다.

건물이 사라진 땅 위에는 굴착기 한 대가 떡하니 자리하고 있었다.

그러고 보니… 곤노 아저씨가 보낸 엽서에 이런 말이 있었다. '가게도 대강 정리했어.' 그게 이런 말이었나? 떨리는 마음으로 모나미 1호에서 내린 나는 이끌리듯 가게가 있던 자리로 향했다.

일찍이 철근골조로 된 2층 건물이 세워져 있던 그곳은 이제 완전히 맨땅이 되어 흙이 전부 파헤쳐진 상태였다. 목재 쪼가리나 빈 캔, 용도를 알 수 없는 금속 부품 같은 것들이 그 위에 널브러져 있고, 작업복을 입은 젊은 남자가 그것들을 정리하는 중이었다. 그중에서도 시선을 끄는 한 물체, 광택이 나는 재질에 어디서 본 듯한 나무 쪼가리들은 자세히 살펴보자 하나하나 조각이 맞춰지는 것처럼 상을 맺었다.

의자다. 곤노 아저씨가 구덩이를 파 고요미와 함께 묻은 바로 그 의자.

아.

눅눅한 가을바람이 훑고 지나간 피부에 소름이 돋아났다.

이 의자가 파헤쳐져 지금 여기 있다는 건….

"저, 실례합니다."

나도 모르게 작업복을 입은 남자에게 말을 걸었다.

"거기에, 그 아래에 고양이 없었나요?"

"고양이?"

"네, 그 아래에."

남자는 순간 정신 나간 여자라도 보는 듯한 눈빛을 보냈다. 그러더니 퍼뜩 알아차렸는지 이렇게 말했다.

"무덤이요?"

"네, 마당에 묻었거든요."

"모르겠는데. 미안하지만 난 오늘 여기 처음 왔어요."

"누구 아는 사람 없나요? 고양이가 어떻게 됐는지… 정말 소중한 고양이예요."

필사적으로 물고 늘어지자 남자의 눈동자에 내가 잘 아는 두가지 감정이 떠올랐다. 동정과 호기심.

"현장감독한테 물어보면 알지도 모르지만, 아마 물어보지 않는 편이 좋을 겁니다."

그 후 어떻게 되었는지는 말하지 않아도 알 것이다.

나에겐 모나미 1호를 타고 마구 페달을 밟은 기억밖에 남아 있지 않다. 어떻게 해서든 그곳에서 도망치고 싶었다. 가게도 고요미도 사라진 그곳에서 멀리 달아나고 싶었다.

머릿속이 후회로 가득 찼다. 그 엽서의 의미를 깊이 생각했다면, 고요미에게 좀 더 신경을 썼더라면, 이렇게 되기 전에 유골을 지킬 수 있었을 텐데.

'했더라면', '그랬다면' 같은 말은 인생을 앞으로 나아가지 못하게 한다고 아빠가 말했었다.

그게 정말이라면 내 인생은 그야말로 뒤로만 향하고 있는 셈이다.

만약 그때 이렇게 했더라면.

만약 그곳에서 이랬다면.

이 두 가지가 오른발과 왼발이 되어 페달을 거꾸로 돌리고 바퀴가 뒤로 돌아간다.

그래, 나나미 이모가 죽은 뒤에도 난 오로지 후회만 늘어놓았다. 이모의 병을 조금만 빨리 알았더라면, 적어도 이모에게 좀 더 잘해줬다면.

2년 반이 지난 지금도 그 후회는 곪은 상처처럼 내 마음에 들러붙어 있다.

아니, 난 그 상처는커녕 9년 전의 종기도 여태껏 치유하지 못했다. 살을 도려낸 직후의 그 처절한 아픔이 느껴지는 상태. 상처를 마주하고 싶기도 외면하고 싶기도 한. 아직도 그런 상태가 이어지고 있다.

만약 9년 전 그날, 내가 약속을 지켰더라면.

그렇게 헤어지지 않았다면.

또다시 시작이다. 끝없는 후회의 연속. 쳇바퀴 돌 듯 이어지는 지옥 순례.

그곳에서 도망치듯 계속해서 페달을 밟은 내가 문득 정신을 차렸을 때는, 집으로 가는 길을 완전히 벗어나 어디가 어딘지 알 수 없는 길 위에 있었다.

여긴 어디지?

10월의 노을은 스르륵 저물고 어슴푸레한 저녁 햇살도 어느새 사라져 어스름으로 뒤덮였다.

내 얼굴은 눈물인지 콧물인지 알 수 없는 물방울로 젖어 있었다. 그렇게 젖은 피부가 밤바람을 맞자, 아플 정도로 시렸다. 아픔은 이윽고 혹사당한 무릎을 덮치고, 허벅지를 덮치고, 핸들을 잡은 손을 덮쳤다. 결국 그 아픔조차도 마비되어 아무것도 느껴지지 않게 되었다. 그럼에도 모나미 1호는 허깨비 같은 몸을 태우고 훨훨 날아가듯 앞으로 나아갔다.

이제 됐어. 슬슬 돌아가자.

어린아이를 달래듯 브레이크를 잡으려다 흠칫, 놀랐다. 모나미 1호가 말을 듣지 않았다. 아무리 양손에 힘을 줘도 브레이크가 전혀 말을 듣지 않았다.

예사롭지 않은 속도. 불현듯 심상치 않은 불길함이 느껴졌다.

아니… 괜찮아. 만약 브레이크가 고장 났다 해도 페달을 밟지 않으면 바퀴는 곧 멈출 테니까.

그런데 무슨 영문일까. 페달은 내 발과는 아무런 상관도 없이 계속해서 돌아갔다.

그때 비로소 깨달았다. 내가 이 자전거를 달리게 하는 게 아니라 자전거가 날 달리게 하고 있다는 사실을.

정말이지 믿어지지 않았다. 얼마나 놀랐는지. 그렇지만 당황하고만 있을 수는 없었다. 무엇보다 속도가 너무 빨라서 몸이 흔들렸다. 온 신경을 집중해 힘껏 붙잡고 있지 않으면 자전거에서 떨어지고 만다. 낯선 길 위에. 나 혼자.

억지로 끌려가는 것 같아 무서웠다. 하지만 나 혼자 내버려지기도 싫었다. 앞으로 어떻게 될지 두려운 한편, 이 길 끝에 무엇이 기다리고 있는지 알고 싶기도 했다.

그래, 처음부터 모나미 1호는 날 어딘가로 데려가줄 것만 같은 자전거였다. 어쩌면 난 그날을 기다리고 있었던 게 아닐까?

머릿속 혼란이 가라앉자, 차츰 각오를 다지게 되었다. 어떻게 되든 이제 와 되돌아갈 순 없다. 이렇게 된 이상 끝까지 함께 가는 거다. 그곳이 어디든.

모나미 1호는 정말로 끝도 없이 달렸다. 고요미의 한쪽 눈동자처럼 짙은 초록색 프레임은 날렵하게 어둠을 가르고 더 빠르게, 더 멀리, 계속해서 질주했다.

몇 개의 블록을 지나고 몇 개의 다리를 건너고 몇 개의 선로를 넘었다. 셀 수 없이 많은 커브를 돌고 순식간에 멀어져 가는 사람과 자동차를 지나쳤다.

몇 번이고 자동차에 치일 뻔했다. 전신주와 담장에 부딪칠 뻔하기도 했다. 그러나 모나미 1호는 매번 아슬아슬한 간발의 차이로 절묘하게 장애물을 피하고 아무 일도 없었다는 듯 계속해서 달렸다.

그래, 달려. 피곤이 정점을 찍었다. 그러자 이번에는 이상하리만치 가슴이 벅차고 도전 정신이 샘솟았다. 달려, 달려, 힘차게 나아가. 어디에 다다르든 상관없어. 가는 길에 쓰러져도 나에겐 슬퍼해줄 사람도 없으니까. 그걸 생각하니 슬프다기보다는 후련했다. 삶에는 거추장스러운 고독도 죽음을 떠올리는 순간 듬직한 친구가 된다.

당장에라도 터져버릴 듯한 다리를 채찍질하고 더욱더 회전수를 늘린 페달에 몸을 맡겼다. 믿기 힘든 속도로 어둠 속을 내달렸다.

하지만 이제 더는 못 하겠다.

한계는 그렇게 갑자기 찾아왔다. '아, 이게 끝인가'라는 생각이 들자 맥없이 긴장이 풀리고 몸에서 힘이 빠졌다. 연료 부족. 무아지경. 균형이 한꺼번에 깨지고 상반신이 비틀거렸다.

떨어진다!

각오하고 눈을 질끈 감았다. 이제 끝이다. 여기까지다.

그런데 1초, 2초, 3초. 5초가 지나도 난 여전히 안장 위에 있었다.

떨어지지 않았다랄까. 조금 전까지의 흔들림도 온데간데없이 사라지고 오히려 몸이 가벼워졌다.

모나미 1호가 속도를 줄였다.

왜지? 살며시 눈을 뜨고 주변을 살펴보고 나서야 이해할 수 있었다.

어두워서 잘 보이진 않았지만 알 수 있었다. 조금 전까지 불어오던 바람이 느껴지지 않았다. 조금 전까지 밤을 밝히던 별이 보이지 않았다. 그리고 무엇보다 나 외에 살아 있는 생명체가 느껴지지 않았다.

우린 드디어 다다른 것이다.

그 감각, 뭐라 말하면 좋을까. 그다지 뚜렷한 변화는 없었고 이

거다 싶은 감각의 전환이 있었던 것도 아니다. 그저 눈에는 보이지 않는 얇은 막을 빠져나와 아주 살짝 어긋난 곳에 미끄러져 들어온 듯했다. 세상의 질감이 어디론가 자취를 감추고 중력이 약해져 몸이 붕 뜬 것 같았다.

명확히 인식할 수 있었던 건, 터무니없이 먼 거리를 달려온 끝에 터무니없이 먼 곳까지 오고 말았다는 사실뿐이었다.

천천히 나아가다 보니 마침내 띠 모양의 빛이 보이기 시작했다. 가로등이다. 크리스마스 시즌의 가로수를 방불케 하는 눈부신 빛. 그 빛 한 줄기 한 줄기가 길 양옆에 늘어서 군청색 어둠을 비추고 있었다. 가까이 다가가니 좌우의 빛에 감싸진 것은 폭이 1미터쯤 되는 새하얀 빛의 길이었다. 한 점의 얼룩도 한 치의 걸림도 없는 그 길은 저 멀리 아득히 펼쳐져 있었다.

모나미 1호가 멈춘 것은 그 좁은 길에 앞바퀴가 접어든 순간이었다. 핸들을 조종하던 미지의 의지가 사라지고, 페달에 올려놓았을 뿐인 내 발에 압력이 가해졌다. 난 안장에서 내려와 빛의 길 위에 섰다. 여기서부터는 스스로 가야 한다. 그런 느낌이 들었다.

평범한 자전거로 돌아온 모나미 1호를 끌고 그 길을 걸어갔다. 머리 위로 쏟아지는 밝은 빛이 차갑게 식은 피부를 감싸주고 고장 난 기계 같은 내 몸을 보듬어주었다. 이윽고 온몸에 온기가 되돌아왔을 때, 앞에서 작은 그림자가 달려왔다.

소리도 없이 가까이 다가와 발밑에서 몸을 배배 꼬았다. 짙은 초록색과 파란색의 오드 아이 눈동자가 날 바라봤지만 더 이상 놀라지 않았다.

"오랜만이야, 고요미. 다시 만나서 반가워."

고요미가 야옹, 하고 동의했다. 그 목소리에는 생기가 흘러넘쳤다. 자세히 보니 몸집도 죽기 전보다 통통했다.

"고요미, 죽더니 더 젊어진 거야?"

"야옹야옹."

고요미를 안으려고 손을 뻗었다. 그 순간, 고요미는 스르륵 내 팔 사이를 빠져나가 사뿐사뿐 왔던 길로 되돌아갔다.

"야아옹."

따라와.

오케이. 모나미 1호를 끌고 그 뒤를 따라갔다. 빛의 길은 어디까지고 이어져 있었고 어둠만 가득한 주변에는 드문드문 민가로 보이는 그림자가 어른거렸다. 그 수는 점차 늘어갔고 머지않아 아파트 같은 건물의 그림자도 보이기 시작했다. 앞으로 더 나아가니 고층 빌딩 같은 건물도 모습을 드러냈다. 모든 것이 어둠에 둘러싸여 있어서 그렇게 보였다고밖에 표현할 길이 없지만, 모든 건물이 너무나 정연히 늘어서 있었다. 건물의 형태가 하나같이 심플하고 쓸데없는 장식이 전혀 없었다. 단 한 명의 설계자가 모든 걸 만든 것처럼 어느 한 모퉁이를 잘라내도 완벽한 조화를 이루었다.

주변 풍경이 시시각각 변했으나 곧 이렇다 할 큰 변화는 없다는 걸 알아차렸다. 멀리서 보는 마을 풍경은 조금씩 달라졌지만 거의 엇비슷했고 한가로운 주택가, 도시풍의 아파트 단지, 현대적인 고층 빌딩가, 이 세 가지 패턴을 반복할 뿐이었다.

고요미가 빛의 길에서 벗어난 것은 몇 번째인가 나타난 아파트 단지를 지나던 길이었다. 고요미는 자로 잰 듯 똑같은 간격으로 나타나던 갈림길에 처음으로 블루 그레이 색의 앞발을 들여놨다. 나는 놓칠세라 뒤를 따라갔다. 갈림길은 그 후로도 몇 번인가 나타났고 그때마다 고요미는 망설이지 않고 한쪽 길을 선택했다. 그 작은 그림자를 잃어버릴 뻔했을 때 드디어 고요미가 멈춰 섰다.

8층짜리 아파트의 공동 현관 앞이었다.

"야옹야옹."

다 왔어.

어디에?

알면서.

내게 마음의 준비를 할 여유도 주지 않고 고요미는 이미 다 안다는 듯 건물 안으로 들어갔다. 건물 앞에 모나미 1호를 세워두고 따라갔다. 단숨에 3층까지 계단을 올라간 고요미는 복도를 지나 305호라 새겨진 문 앞에 다소곳이 앉았다.

"야옹야옹."

여기야.

그러니까, 뭐가?

알면서.

난 마음을 단단히 먹었다. 더는 망설이지 않았다. 긴장하지도 않았다. 그저 노크하기 위해 주먹을 꼭 쥐었을 때 내가 지금 어디에 있는지 떠올라 가슴이 방망이질 쳤다.

5층짜리 아파트의 305호. 건물 외관과 내부는 달라도 집 안은 내가 전에 살던 곳과 똑같았다.

중학교 1학년이던 그날까지 살았던 우리의 보금자리.

난 학교에서 돌아왔을 때처럼 되도록 자연스럽게 문을 두드렸다. 똑똑, 하고 두 번.

"응, 어서 와."

그리운 목소리와 함께 문이 열리고 반가운 얼굴들이 한꺼번에 나타났다.

"다마짱, 오랜만이야. 이제 다 컸구나." 엄마가 말했다.

"멋진 딸이 됐어. 자, 그리고 서 있지 말고 어서 안으로 들어와. 어서." 아빠가 말했다.

"와! 진짜 누나다!" 슈가 말했다.

우리 가족 모두 그곳에 있었다.

3

아빠와 엄마의 이야기

있지, 내가 지금까지 몇 번… 아니, 몇십 번… 아니, 몇백 번, 우리가 다 같이 만나는 꿈을 꿨는지 알아? 분명 아빠와 엄마, 슈는 하늘나라로 떠났는데…, 어느 날 갑자기 나타나 그 사고는 나쁜 꿈이었다고 말하는 거야. 그러면 난 너무 기쁜 나머지 폴짝폴짝 뛰어오르지. 어떤 때는 큰 소리로 펑펑 울기도 하고, 꼭 끌어안기도 해. 또 이유는 알 수 없지만 영어로 환호하기도 하고. 그런데 이렇게 실제로 9년 만에 재회하고 보니, 꿈속에서 했던 그런 과도한 감정 표현은 역시 꿈이기에 가능했던 것 같아.

현실 속의 나는 마치 얼이 빠진 사람 같았다.
마음과 몸이 자꾸만 어긋났다. 마음이 행동으로 이어지지 않았다. 불이 붙은 심지가 활활 타오르지 못하고 겨우 끄트머리만 검게 그을린 듯이.

그런데도 이게 꿈이 아니라 현실이라는 사실만은 한 치의 의심도 없이 받아들였다.

드디어 벽을 뛰어넘었다.

"이렇게 다시 보는구나! 다마짱, 그렇게 우두커니 서 있지 말고 어서 들어와. 손부터 씻고… 앗, 미안. 스물둘이나 먹은 딸한테 손 씻으라고 잔소리하는 건 좀 아닌가."

엄마가 어서 들어오라고 재촉하는 통에 신발을 벗고 파란 바탕에 개구리가 그려져 있는 현관 매트에 발을 올렸다. 참 귀여운 매트라고 생각한 순간, 머릿속 저편에 숨겨두었던 기억의 뚜껑이 열리고 슈가 굉장히 좋아한 캐릭터였다는 게 떠올랐다. 게로키치ゲロ吉란 이름을 붙여주고 매일 발을 쓱싹쓱싹 문질러댔다.

매트만이 아니다. 방의 배치. 십자가. 가구. 커튼. 거실 좌식 테이블에 놓여 있는 간장 병 하나까지 모든 것이 9년 전과 똑같았다.

"옛날 그대로지? 다마짱이 보기에는 전부 복고풍 같겠지만, 우리한테는 이게 편해서 바꾸고 싶지 않더라고."

엄마는 내가 평소 앉던 자리를 권하며 말했다.

우리 집에는 부엌 옆에 식탁이 있었지만, 가족이 함께 모여 밥을 먹을 때는 다다미가 깔린 거실을 이용했다. 그곳을 지나 더 안쪽으로 가면 내 방이 나온다.

생각난다. 기억의 뚜껑이 딸깍딸깍 열리려 한다.

"오늘 아침에도 이제 슬슬 고타쓰(탁자에 이불을 덮어 사용하는 난방 기구)를 꺼낼 때가 됐다고 아빠랑 얘기했어. 다마짱이 오는 줄 알았으면 미리 꺼내둘 걸 그랬네."

"내가 말했잖아. 누나, 이제 곧 레인을 넘을 것 같다고."

"엄마도 기대는 했지. 그래도 진짜로 넘을 줄은 생각도 못 했어. 다마짱, 밥도 제대로 못 챙겨 먹는데, 정말 대단해. 다시 봤어."

"잠깐, 둘 다 좀 천천히 해. 다마키가 어리둥절해하잖아. 이제 막 레인을 넘은 사람한테 그렇게 두서없이 말하면 어떡해."

아빠의 말대로 난 엄마와 슈의 이야기를 전혀 알아들을 수 없었다. 너무나 혼란스러웠다.

그런데 왠지 묘하게 자연스러웠다. 9년 만의 재회였는데도 우리는 마치 어제 만나고 오늘 다시 만난 것처럼 그곳에 있었다. 부자연스러울 정도로 자연스럽게.

하지만 내가 볼 때 9년 전과 지금은 결정적으로 확실히 다른 뭔가가 있었다.

여긴 어디야?

다들 그날부터 죽 여기 있었던 거야?

난 어떻게 여기 있는 거지?

묻고 싶은 말이 산더미 같았지만, 뭐부터 물어야 할지 알 수 없었다. 대답을 듣기가 무섭기도 했다.

"서두르지 않아도 괜찮아."

아빠가 내 생각을 들여다보기라도 한 듯 말했다.

"우리는 이곳에서 매일 다마키를 봐왔지만 다마키는 여기 사정을 하나도 모르니 당황하는 것도 무리는 아니지."

"날 봐왔다고?"

"그래. 이곳에선 벽도 천장도 다 스크린이라고 보면 돼."

바로 천장을 올려다보았다. 아무것도 보이지 않았다.

"우리한테는 보여. 보고 싶으면 언제든지."

"처음 여기 왔을 때는 온종일 스크린만 보며 지냈어. 다마짱만 혼자 남겨두고 와서 어찌나 걱정되던지."

"24시간 생중계야, 누나. 히히."

"슈, 웃을 일 아니야."

그렇게 말하는 엄마의 입가에도 미소가 번졌다.

"여긴 어디야?"

더없이 차분한 가족의 태도. 그때 불현듯 위화감이 느껴졌다.

"그게 다 무슨 말이야?"

"어머, 다마짱. 당연히 여긴 사후 세계지."

아빠는 너무나 태평스럽게 말하는 엄마에게 핀잔을 주고는 자신도 태평스럽게 말했다.

"그렇게 대충 설명하면 어떻게 해. 잘 들어, 다마키. 사후 세계에는 몇 개의 스테이지가 있어. 죽은 사람의 혼은 단계를 밟아서 조금씩 높은 스테이지로 올라가는 거야. 우리가 있는 이곳은 아직 죽은 지 얼마 안 된 사람들의 혼이 있는 퍼스트스테이지야. 하계에 가장 가까운 곳이지. 그래서 우리가 사는 모습도 하계와 비슷한 거고."

"하지만 죽은 지 얼마 안 됐다니, 벌써 9년이나 지났는걸."

"물론 다마키가 혼자 보낸 9년은 길었을 거야. 그렇지만 이곳에선 한순간이야."

한순간. 그 순간 이유를 알 수 없는 억울함이 가슴에 북받쳐 올라왔다. 내가 아무리 말해봤자 나 혼자 보낸 9년이란 시간을 아빠와 엄마는 모를 테니까. 9년이란 시간을 한순간이라 말하는 가족에게 난 예전 그대로의 딸일지도 모른다. 하지만 세월의 무게를 짊어진 나에게는 그 무엇 하나도 그때와 같을 수 없었다.

거리감이 느껴졌다. 분위기가 어색해졌고 나는 모두의 시선을 피하고 말았다. 아빠, 엄마, 하고 스스럼없이 부를 수 없었다.

이제야 겨우 다시 만났는데.

코끝이 시큰해지고 눈물이 나올 것만 같았다. 눈물을 참으려 엄마가 타 준 차를 한 모금 마셨다. 혀가 얼얼할 정도로 뜨거운 녹차. 그런데 불현듯 등줄기가 서늘해졌다. 무미 무취. 어떠한 맛도 향도 느껴지지 않았다.

맛있다는 듯 녹차를 음미하는 가족 앞에서 난 참지 못하고 눈물을 흘려버렸다.

그 순간 옆에 있던 슈가 소리를 지르며 뒤로 물러났다.

"누나, 그거 눈물이야? 눈물이지? 싫어. 울지 마."

슈는 겁먹은 눈빛으로 날 바라보더니 일어나 자기 방으로 들어갔다.

놀라서 눈물이 쏙 들어갔다.

"슈, 왜 그래?"

막내가 사라진 거실에는 거북한 침묵이 흘렀다. 그것은 어른들이 서로의 마음을 탐색할 때와 약간 비슷했다. 부모님과는 서른 살 가까이 나이 차가 나지만, 지금은 그 차이를 스무 살 정도로 줄인 것 같았다.

"하계에서 있었던 일이 떠올랐나 봐. 이곳에서 느긋하게 지내다 보면, 살다 보면 힘든 일도 울고 싶은 일도 있다는 걸 잊어버리게 되거든. 갑자기 옛날 일이 떠올라서 놀란 모양이야. 걱정할 거 없어."

"나도 생각났어요. 그러고 보니 여기 막 왔을 때 슈가 자주 울었잖아요."

"아, 그랬었나?"

"그랬어요. 그때 슈는 뭐가 그리도 슬펐는지."

"뭐, 막내가 다 그렇지. 하하하."

뭐가 그리 슬펐냐고? 죽었으니까 슬픈 게 당연하잖아.

겨우 열 살에 죽은 슈는 당연히 하계에 미련이 남았을 것이다.

아빠랑 엄마는 그런 것도 모르게 된 거야?

천국에 살다 보면 이렇게 되는 건가? 속으로는 이상하다고 생각하면서도 난 굳이 물고 늘어지지 않았다. 그저 아무 말 없이 두 사람의 이야기에 귀를 기울였다. 둘의 대화는 종잡을 수 없어도 듣고 있으면 왠지 모르게 마음이 편안해졌으니까.

부모님이 이마를 맞대고 동생 이야기를 하고 있다. 평범한 일상 같은 이 상황에 안심이 됐는지도 모른다. 한밤중에 화장실에 가려고 일어나 거실을 힐끗 보았을 때 술잔을 기울이며 담소를 나누는 두 사람의 모습을 발견하고 다시 잠드는, 그런 편안함.

"나도."

난 아무런 맛도 향도 느껴지지 않는 차를 마시며 나 자신에게 말하듯 중얼거렸다.

"아직 모르는 것투성이지만, 나도 시간이 지나면 이쪽 세상에 익숙해지겠지."

나는 내 나름대로 이해하기 어려운 이 사태를 받아들이려 노력했다.

그런데 돌아온 것은 미묘한 반응이었다.

"음, 근데 다마키가 그렇게까지 익숙해질 필요는…."

"맞아. 생각나면 가끔 놀러 와. 적당히 말이야."

가끔? 적당히?

"잠깐. 가끔 놀러 오라니… 나, 이대로 여기 있으면 안 돼?"

"당연하지. 넌 살아 있잖아."

"그건 그래. 넌 아직 죽은 게 아니니까."

동시에 돌아온 둘의 대답에 난 어리둥절했다. 분명 죽은 기억은 없다. 모나미 1호의 페달을 밟고 밟아 죽을 만큼 힘들긴 했지만, '죽을 만큼 힘든' 것과 '죽는' 것은 전혀 다르다.

"아, 이렇게 힘들게 넘어왔는데…."

다른 사람은 어리광을 부린다고 말할지도 모르지만, 이때 날 덮친 것은 더없이 큰 절망이었다. 겨우 벽을 넘어 가족이 있는 곳에 다다랐다. 그런데 다시 혼자인 세상으로 돌아가라니.

"꼭 그래야 해요? 도대체 왜 돌아가야 하는 건데요?"

"안타깝지만 그게 규칙이야. 그리고 다마키, 아쉽지만 헤어져야 할 시간이 다가오고 있어."

"그래, 다마짱. 이제 곧 오늘이 끝나. 내일이 되기 전에 돌아가야 해."

"말도 안 돼. 난, 난, 이제 막 여기 왔는걸!"

"하지만 규칙은 규칙이야. 살아 있는 인간은 사자死者의 세계에서 새로운 하루를 맞이하면 안 돼."

"어느 세계에나 질서는 필요한 거야. 오늘은 일단 돌아가고 다시 오고 싶으면 언제든 오면 돼."

"어떻게?"

"오늘처럼 레인을 넘어오면 되지."

"레인이 뭔데?"

아까부터 궁금했던 걸 물었다.

"넘는다는 게 무슨 말이야?"

순간, 아빠와 엄마는 서로의 얼굴을 마주 보며 눈짓을 주고받았다.

"음, 그걸."

"그래야겠어요. 이대로라면 다마짱도 안심하고 하계로 돌아가기 힘들 거예요."

엄마가 이렇게 말하며 일어나 창가의 선반에서 작은 책자를 꺼
내왔다.

"우선, 이걸 읽어봐."

건네받은 책자의 표지에는 이런 제목이 적혀 있었다.

《원숭이도 쉽게 이해하는! 레인 넘기 A to Z》

〈1〉 레인이란 무엇인가

레인은 한마디로 말하면 '명계와 하계를 이어주는 연결 통
로'다.

명계와 하계, 즉 죽은 자의 세계와 살아 있는 자의 세계는 엄연
히 한 선으로 나뉘어 있고, 두 세계 사이에는 절대적인 거리가 있
다고 여겨지기 쉽다. 하지만 생과 사가 종이 한 장 차이인 것과 마
찬가지로 명계와 하계 역시 그런 긴밀한 관계이고 두 세계 사이에
별다른 차이점은 없다. 알고 보면 인간의 발로 도달할 수 있는 거
리인 것이다.

단, 아무나 가고 싶다고 갈 수 있는 곳은 아니다. 경계를 넘기 위
해서는 정해진 공식 경로, 즉 하계에서 명계로 가는 연결 통로인
레인을 통과해야 한다.

〈2〉 레인의 형상과 역할

레인은 하계의 지역별 인구 10만 명당 하나의 비율로 배치되어 있다. 따라서 인구가 많은 곳일수록 많은 수가 존재한다.

복잡하게 얽히고설킨 도쿄의 지하철 노선을 상상해보자. 도심에 있는 레인은 그와 같이 그물망을 이루고 있다. 한 레인의 총 길이는 40킬로, 폭은 1미터.

단, 레인은 살아 있는 인간은 감지할 수 없다. 그곳에 있지만 눈에는 보이지 않는 레인을 인간은 목숨을 잃은 후에야 비로소 볼 수 있게 된다. 사자가 된 이들은 신속히 가장 가까운 입구로 가서 레인을 따라 출구인 명계로 가야 한다.

이것을 명계 용어로 '레인 넘기'라 한다.

~~~~~~

이제 막 죽은 인간에게 40킬로나 이동하도록 강요하는 건 가혹하지 않나 걱정할 필요 없다. 육체를 하계에 남겨두고 영혼만 명계로 이동하는 사자들은 이미 모든 고통에서 해방된 상태다.

〈3〉 레인 넘기 규정

레인을 넘으려면 두 가지 규정을 지켜야 한다.

첫째, 이동은 일몰 이후에 해야 한다. 이는 영적 능력이 뛰어난 인간이 레인 넘기를 하는 사자들을 볼 수도 있기 때문이다.

대낮에 버젓이 많은 유령이 이동하면 사회적 혼란을 초래할 수 있다.

둘째, 명계로 향하는 자는 일단 레인에 발을 들여놓은 후 도착할 때까지 절대 멈추면 안 된다. 하계를 향한 미련을 끊지 못하고 잠시라도 멈추게 되면 다시 처음부터 레인 넘기를 해야 한다.

〈4〉 살아 있는 자가 레인을 넘을 때

이렇게 사자 승천용으로 배치한 편리한 레인이지만, 사실 그 문호는 사자뿐만 아니라 살아 있는 인간에게도 널리 열려 있다. 즉 살아 있는 자도 사자와 마찬가지로 40킬로의 연결 통로를 통과하기만 하면 명계로 워프warp(공간을 왜곡해 먼 거리를 순간적으로, 즉 공간을 뛰어넘어 순간 이동하는 것)할 수 있다.

하지만 그런 일은 거의 일어나지 않는다.

왜냐하면 앞서 이야기한 바와 같이 하계에 얽히고설켜 있는 레인은 살아 있는 인간의 눈에는 보이지 않기 때문이다. 40킬로에 이르는 보이지 않는 길을 정확하게 갈 수 있는 자는 없다.

단, 무엇에나 예외는 있는 법. 체력이 강한 '영적 능력자' 또는 '가이드가 안내하는 자'. 적어도 이 두 가지 중 하나를 충족해야만 레인 넘기의 가능성이 있다고 하겠다.

〈5〉 영적 능력자의 관통 가능성과 과제

그렇다. 가짜나 사기꾼을 제외한 극히 일부의 영적 능력자에게
는 이동 중인 사자와 마찬가지로 살아 있는 자에게는 보이지 않는
레인이 보인다. 따라서 레인을 넘으려 한다면 그 길을 따라 명계로
넘어갈 수 있다.

하지만 유감스럽게도 살아 있는 자에게는 무거운 육체가 붙어
있기 때문에 사자처럼 편하고 쉽게 이동할 수 없다. 40킬로나 되
는 거리. 그리고 중도에 멈추면 안 된다는 규정. 이 두 가지가 그들
을 포기하게 만든다.

레인 넘기에 도전했지만 도착 전에 날짜가 바뀌어 실격되거나
체력 부족으로 중도에 기권하는 영적 능력자가 끊이지 않는 이유
도 어쩌면 당연하다 하겠다.

〈6〉 가이드가 안내하는 자

한편, 가끔은 영적 능력이 없는 자가 레인을 넘기도 한다. 명계
에 있는 가족이 그들에게 빙의해 레인을 넘게 만들어 불러들이는
경우다.

하계 용어인 '인맥 활용'을 본떠 명계에서는 이것을 '가이드 활
용'이라 부른다.

〈7〉 레인 넘기의 현 상황과 이후 전망

과거 수천 년의 통계를 살펴보면, 지구에서 사자들 틈에 끼어 레인을 넘는 자의 수는 연간 1만 명 안팎을 유지하고 있다. 이 낮은 수치는 진짜 영적 능력자 중에 강한 체력을 지닌 자가 줄어들고 있는 현실과 가이드 역할을 맡으려는 사자의 부족으로 인한 것으로 보인다.

의외로 명계의 사자들 사이에서는 살아 있는 인간을 쉽게 명계로 부르면 안 된다는 암묵적인 약속이 존재하는 것이다.

'하계의 가족과 만나고 싶은 마음은 간절하지만 40킬로나 되는 레인을 넘는 행위는 인간에게 부담이 매우 크고 오히려 안 좋은 영향을 끼칠 수 있다', '근본적으로 그것이 윤리적인가?', '일부러 인간을 명계로 불러들일 정도라면 자신이 하계로 내려가는 게 낫지 않나?' 등등 이유는 다양하지만 어지간한 사정이 있지 않은 한 사자들은 인간의 가이드를 맡으려 하지 않는다. 따라서 금후에도 명계와 하계의 질서는 현 상황과 비슷하게 유지될 것으로 예상되는 바이다.

"…그러니까."

맹세코 난 원숭이가 아니다. 그런데도 원숭이도 쉽게 이해한다는 그 내용을 제대로 파악할 수 없었다. 책자에서 고개를 들어 아빠와 엄마를 봤다.

"그러니까, 난 가이드를 활용해 여기에 올 수 있었다는 거지?"

확실히 이해한 내용은 그것뿐이었다.

세계관? 사생관? 명계에 관한 설명이 일반 상식과 무척 동떨어져 있다. 레인? 가이드? 그런 이야기, 예수님도 알라신도 부처님도 알려주지 않았다.

믿기 어려웠다. 거짓말 같았다. 하지만 난 실제로 그 레인이란 것을 넘어 지금 여기 사자들의 영역에 있다. 뭔가에 홀린 듯이 모나미 1호를 타고 달려온 길. 분명 누군가가 이끌었다는 그 감각만은 부정할 수 없었다.

"엄마랑 아빠가 날 가이드해서 이곳으로 불러들인 거지? 그런 거지? 고마워."

그런데 돌아온 것은 의외의 대답이었다.

"아니야, 다마짱. 우린 가이드하지 않았어."

"응?"

"물론 우리도 다마짱이랑 만나고 싶은 마음은 굴뚝 같았지. 하지만 현실적으로 다마짱은 체력이 좀 약하잖아."

"우린 처음부터 안 될 거라 생각했어. 다마키가 레인을 넘는 건 불가능하다고. 넌 예전부터 운동신경이 좀 둔했잖아."

"초등학교 5학년 때도 5킬로 마라톤 대회를 중간에 포기했잖니. 중학생 때 들어간 배구부도 사흘 만에 그만뒀고."

"소풍 다음 날은 근육통으로 학교를 쉬기도 했지. 이래선 우리가 가이드로 나서려는 맘이 생기지 않는 것도 당연해. 하하."

"그거야…."

타고나기를 운동신경이 둔하다는 말에 반박할 수 없었다. 그래도 그렇게까지 말할 건 없지 않나 생각하며 시무룩한 표정을 지었다.

"하지만 이렇게 레인을 넘어왔잖아."

"금지된 수단을 쓴 덕분에. 너무 당연한 거라 책자에는 쓰여 있지 않지만, 원래 레인 넘기는 자전거나 자동차 같은 이동 수단을 이용하면 안 돼. 그건 대원칙이야."

"그렇지만 난, 자전거를 타고 왔는걸."

"그게 뭘 의미한다고 생각해?"

"뭘 의미한다니?"

"우린 널 가이드하지 않았어. 그리고 넌 원래라면 레인을 넘을 수 없는 자전거를 타고 이곳에 왔지. 그렇다는 건…."

"아."

"가이드가 불러들인 건 네가 아니라, 자전거라는 말이야."

그렇구나!

부옇게 눈앞을 가렸던 안개가 걷히고 머릿속이 맑아졌다. 가이드는 내가 아니라 모나미 1호를 불러들인 것이다. 그렇게 생각하면 아귀가 딱 맞아떨어진다.

"자전거에 가이드가 붙어 있는 거야."

"그것도 아주 강력한 가이드가."

건물 앞에 세워둔 모나미 1호가 있는 곳으로 아빠와 엄마를 안내했다. 예상대로 둘은 자전거를 보자 입을 모아 말했다.

"남자아이구나. 이 자전거가 너무너무 타고 싶나 봐."

"가엾게도, 아직 하계를 향한 집착을 버리지 못했어."

"아마 곤노 아저씨의… 나한테 이 자전거를 준 아저씨의 아들인 것 같아. 죽었다고 했거든. 모나미 1호를 한 번도 타보지 못하고."

"이 자전거에 미련이 남은 거야. 그래서 무의식적으로 불러들인 거고."

"이렇게 강력한 가이드가 붙어 있으니 다마키는 언제든 다시 레인을 넘어올 수 있어. 그러니 안심하고 일단 오늘은 돌아가."

"그래, 다마짱. 이제 정말 시간이 없어."

아크릴물감을 푼 듯한 군청색 하늘이 칠흑같이 어두워지려 하고 있었다. 이제 곧 오늘이 끝난다. 명계와 하계의 경계를 넘어온 나도 오늘과 내일의 경계는 넘을 수 없다.

"일단 하계에 돌아갔다가 다시 놀러 와. 언제든 우리는 여기 있을 테니까."

"다마키가 좋아하는 음식을 한가득 해놓고 기다릴게."

"아빠는 따끈한 술이라도 준비해놓고 기다려야 하나. 하하."

"그래 그렇게 해. 다음에는 나나미 이모도 만나고. 이모도 네가 무척 보고 싶을 거야."

"아."

참, 나나미 이모.

중요한 걸 까먹고 있었다.

이모를 까먹은 내가 어이없었다.

"나나미 이모는? 이모도 여기 있어?"

"응, 요 근처에 있어. 같이 지내자고 했는데, 너도 알다시피 이모는 예전부터 독립적이었잖아. 혼자가 편한가 봐."

"오늘은? 오늘은 못 만나는 거야?"

"있지, 다마짱. 아마 이모도 지금 네가 여기 있는 걸 알고 있을 거야. 이모도 매일 널 보고 있을 테니까. 그런데도 만나러 오지 않는 건 이모 나름의 이유가 있어서겠지. 오늘은 이만 돌아가야 해. 다음에 꼭 만날 수 있을 거야."

"하지만."

그 '다음'이 언제가 될지 모른다. 두 번 다시 레인을 못 넘을지도 모른다.

그렇게 말하려는데 뒤에서 "누나!" 하고 부르며 슈가 달려왔다.

"아깐 미안. 좀 놀라서 그랬어. 그것뿐이야. 누나랑 만나서 정말기뻐. 정말이야. 다시 올 거지? 꼭 다시 와."

슈는 꿋꿋한 표정으로 내 가슴에 안겼다. 머리가 9년 전보다 훨씬 낮은 곳에 닿았다. 슈가 변한 게 아니다. 내 키만 훌쩍 자랐다.

그래도 감촉은 다르지 않다. 보드랍고 따스하다.

아, 그랬지. 고요미를 처음 쓰다듬었을 때 난 슈를 떠올렸다.

야옹야옹.

발밑을 어슬렁거리던 고요미가 울음소리를 냈다. 눈이 마주치자 이제 가자는 듯이 새침하게 발걸음을 옮겼다. 난 머뭇거리지 않고 조용히 그 뒤를 따라갔다.

나나미 이모를 못 만나 아쉬웠지만 모나미 1호 덕분에 이렇게 아빠와 엄마를 만났다. 슈와 고요미도.

"나도 슈랑 만나서 기뻐. 꼭 다시 올게, 그때 또 만나자."

"응. 또 만나. 약속이다."

"응. 약속할게."

방긋 웃으며 손가락을 걸었다.

"돌아가는 길은 걱정하지 마. 하계에서는 40킬로나 되는 길도 여기선 고작 몇 미터에 불과하니까. 눈을 감고 뒤돌아보지 말고 힘껏 뛰어가면 단 몇 분 만에 네가 살던 곳으로 돌아갈 거야."

아빠가 말한 그대로였다. 하계에서 명계로 가는 연결 통로가 선이라면, 명계에서 하계로 가는 길은 작은 점에 지나지 않았다. 올 때 지나온 빛의 길. 고요미가 안내해준 그 길에서 모나미 1호를 타고 눈을 감았다. 난 멈추지 않는 것만 생각하고 페달을 밟았다.

몇 분 후, 가장 먼저 코가 뭔가 다름을 감지했다. 그것은 바로 냄새였다. 아무런 맛도 향도 느껴지지 않던 세계가 냄새를 되찾았다. 먼지 냄새 같기도, 매연 냄새 같기도 했다.

그리고, 소리. 소음 하나 없던 사후 세계를 떠나서야 비로소 하계에 흘러넘치는 무수한 소음이 선명하게 들려왔다.

자동차가 달리는 소리.

비행기가 내는 굉음.

까마귀가 우는 소리.

아아, 다시 왔구나 싶어 눈을 뜨니, 예상대로 엷은 막에 가려진 듯한 하계로 돌아와 있었다.

그건 그렇고 집 근처라 다행이다.

난 모나미 1호와 함께 도롯가 인도에 있었고 자정이라 그런지 그곳을 오가는 사람은 없었다. 도로를 달리는 자동차들의 소음만 이 나직이 울렸다.

자, 그러면 가볼까. 아무 생각 없이 핸들을 집으로 돌렸다. 그러 자 갑자기 하늘에서 한 줄기 빛이 뻗어 내려와 내가 가는 길을 비 췄다. 하늘에는 달이 떠 있었다.

가족과 만났어.

9년 만에.

명계와 하계의 경계를 넘어.

집으로 돌아오기까지 10여 분. 페달을 건성으로 밟을 정도로 내 마음은 공중에 붕 떠 있었다. 눈앞의 모든 것이 눈부셨고 손에 닿는 모든 것을 꼭 껴안아주고 싶었다.

가족과 만났어.

이제 혼자가 아니야.

아빠도 엄마도 더없이 다정했어. 슈도 엄청 귀여웠고. 다들 건강히 잘 지내고 있었어. 멋진 가족이 돌아온 거야.

아니?!

커다란 의문이 내 머리를 스친 것은 집에 돌아와 쓰러지듯 잠들었다가, 아침에 출근해 오전 내내 일에 치여 있다가, 점심시간이 되어서 겨우 정신을 차렸을 때였다.

우리 가족이 예전부터 이렇게 멋지고 사이가 좋았나?

4

검증(사실은 어땠지?)

나도 안다. 아빠와 엄마도 이런 문제는 이미 오래전에 극복했다는 사실을. 지금은 어떠한 일에도 구애받지 않는 경지에 이르렀다는 사실을. 내가 무슨 말을 해도 남의 일처럼 여길 것이다.

하지만 난 그 일을 꼭 짚고 넘어가고 싶다. 비록 안 좋은 기억이라 해도, 바른 일이 아니라 해도, 떠올리기 고통스러운 일이라 해도, 그것이 진짜 우리였으니까.

남 보기에는 화목한 가족이었을 우리. 그 이상과 현실을 검증하기 전에, 우선 아빠와 엄마의 어린 시절을 되짚어보고 싶다. 왠지 그게 지름길일 것 같으니까.

먼저, 아빠. 1949년 도쿄 무사시노에서 태어난 아빠의 어린 시절은 한마디로 '외로웠다'고 정리할 수 있다. 난 그 이야기를 몇 번이나 들었다. 아빠의 부모님, 즉 나의 친할아버지 친할머니는 그 옛날부터 모 NGO 단체의 주요 멤버로 활동했다. 그러다 보니 두 분은 엄청 바쁘셨다. 그래서 외아들인 아빠는 거의 아빠의 할아버지 할머니 손에서 자랐다고 했다.

아빠는 외롭다는 말을 부모님께 할 수 없었다는 말도 여러 번 했다.

"부모님에게는 어려움을 겪는 사람들을 구한다는 대의명분이 있었어. 일본에서 편하게 지내는 아들의 불평 따위는 어리광으로밖에 들리지 않았겠지. 배가 고파 죽을 것 같다고 말했으면 아마 아버지의 손이 날아왔을 거야. 죽을 만큼 배가 고픈 사람은 진짜로 죽어, 네 배고픔은 참새의 눈물 같은 거야, 라면서."

아빠 엄마가 죽고 아프리카를 누비던 할아버지 할머니에게 연락이 닿는 데만 반년 이상 걸린 걸 보면 아빠의 말이 과장이 아니란 걸 알 수 있다. 연락이 닿고서도 또 반년이 지나서야 귀국한 그들은 내 앞에 갑자기 나타나 "가족을 잃어서 슬프겠지만 물과 음식이 있다는 것에 감사하며 살아가거라" 하고 말했다. 어이가 없어 말문이 막혔다. 그들은 그런 격려의 말을 남긴 채 다시 머나먼 나라로 떠났다. 여하튼 그런 분들이었다.

이어서, 엄마. 1954년 나가노 마쓰모토에서 태어난 엄마의 어린 시절은 한마디로 '힘들었다'로 정리할 수 있다. 다른 이야기를 하다 말이 나와 듣게 된 엄마의 어린 시절은 이랬다. 초등학생 때 부모님, 즉 외할아버지 외할머니가 이혼했다. 그 후 외할머니가 재혼했다. 엄마는 새아버지에 대해 많은 말을 하진 않았지만, 특별한 이유 없이 그냥 싫어서 고등학교를 졸업하자마자 가출하다시피 상경했다고 한다.

"고향 선배 하나 믿고 갔지. 처음에는 그 선배 집에 얹혀살았어. 꽤 오랫동안 아르바이트하며 근근이 먹고살았지. 겨우 제대로 된 월급을 받을 수 있는 회사에 취직해서 태어나 처음으로 케이크 하나를 산 게 스물네 살 때였어. 그게 내 꿈이었거든. 조각 케이크가 아니라 동그란 홀 케이크를 통째로 차지하는 게. 포크로 콕 찍어 먹으면서 이제 혼자 살아갈 수 있어, 엄마 집으로 돌아가지 않아도 돼, 그렇게 생각하며 눈물을 흘렸어."

이 이야기에 과장이 없다는 것도 엄마가 죽었을 때 엄마의 새아버지가 어떤 힘도 되어주지 않은 걸 보면 알 수 있다. 외할머니는 이미 오래전에 돌아가셨기 때문에, 상주인 나 대신 장례식과 관련된 모든 걸 처리해준 사람은 나나미 이모였다. 엄마의 새아버지는 향을 올리러 오기는커녕 나나미 이모가 죽었을 때는 보험금 일부를 내놓으라는 말까지 했다. 그 집요한 전화 공격에 손을 든 나는 이모와 살던 집의 관리를 부동산에 맡기고 지금 사는 임대 아파트로 이사했다.

아빠도 엄마도 너무 극단적인 가정에서 자랐다.

하지만 그런 어린 시절의 외로움과 고통이 둘을 이어준 것일지도 모른다.

친구의 소개로 알게 된 둘은 '어린 시절에 가질 수 없었던 따뜻한 가정을 이루고 싶다'는 같은 소망 위에 애정을 쌓고 결혼에 이르렀다. 그 다다음 해에 내가, 그리고 또 3년 후에 슈가 태어났다. 하지만 대부분의 결혼이 그렇듯 '행복하고 사이좋게 잘 살았대요'로 끝나지 않는다는 것이 현실의 맹점이다.

순조롭게 1남 1녀를 얻은 두 사람이 어디까지 가정에 만족했는지, 솔직히 나는 잘 모른다.

따뜻한 가정. 확실히 내가 철이 든 무렵부터 우리 집에는 그 슬로건이 육교에 내걸린 교통 포스터처럼 들러붙어 있었다. 숨이 막힐 정도로 찰싹.

아빠와 엄마에게 따뜻한 가정이란 자연스럽게 만들어지는 게 아니었다. 규칙과 도리를 지켜야만 겨우 얻을 수 있는 포상 같은 것이었다. 그랬기에 둘은 항상 최선을 다했다. 너무 열심히 하다 보니 지쳐갔다.

특히 엄마는 해가 갈수록 신경질적으로 변해갔고 따뜻한 가정을 위협하는 모든 것에 신경을 곤두세우게 됐다. 슈의 컨디션, 나의 품행, 아빠의 귀가 시간, 그 모든 것이 엄마의 통제 대상이었다. 자상한 아빠는 그런 엄마를 걱정하는 한편, 일을 핑계 삼아 집에 들어오는 시간을 조금씩 늦춰갔다.

둘이 싸우는 모습은 보지 못했다. 따뜻한 가정에 부부 싸움은 없어야 하기 때문이었을까. 두 사람은 언제나 일정한 거리를 유지했고 충돌 직전 서로를 피했다.

냉정한 관계였다고는 생각하지 않는다. 그렇지만 유난히 애정이 깊지도 않았다. 우리 집은 언제나 미적지근하게 정체되어 있었다. 지금은 가정이란 원래 그런 거라고 생각한다. 하지만 당시 어린애였던 나는 이해할 수 없었다. 아빠의 자상하면서도 방관자적인 태도가, 엄마의 융통성 없는 애정이 공허하게만 느껴졌다. 가끔은 몹시도 그 집에서 도망치고 싶었다.

그래서 난 그날도 약속을 깨고 친구 집으로 도망쳤다. 천식으로 몸이 약했던 슈는 매달 한 번씩 정기검진을 받았다. 그날은 반드시 가족이 다 함께 병원에 갔다가 집에 오는 길에 패밀리레스토랑에서 달콤한 걸 먹어야 한다는 게 아빠와 엄마가 만든 규칙 중하나였다. 고백하자면 난 그게 정말 싫었다. 초등학생 때는 단순히 파르페나 푸딩이 먹고 싶었고, 그걸 위해서라면 병원에서 오랜 시간 기다리는 것도 참을 수 있었다. 하지만 중학생이 된 후에는 모처럼의 휴일이 사라져버리는 것 같아서 화가 났다.

우리 집에는 왜 이렇게 규칙이 많은 거야? TV는 하루에 두 시간 이내라든가, 비밀을 만들면 벌금이 얼마라든가, 규칙이 늘어날수록 더 답답해질 뿐이었다. 아빠와 엄마는 대체 뭘 그렇게 소중히 지켜내려는 거지?

그런 울분에 휩싸여 있던 나는 그날, 아침을 먹다가 벌어진 슈와의 다툼으로 폭발하고 말았다. 처음으로 우리 집의 규칙을 어겼다.

다툼은 아주 사소한 일로 시작됐다. 당시는 슈가 한창 건방지게 굴던 시기로, 입을 열기만 하면 못된 말을 쏟아냈고, 혼내면 적반하장으로 화를 내는 탓에 그야말로 속수무책이었다.

그날도 먼저 장난을 친 건 슈였다. 그런데도 엄마는 슈 편을 들었다. 엄마는 몸이 약한 슈에게 유달리 약했다. 난 그게 못마땅해서 이제 더는 병원에 따라다니지 않겠다고 선언하고 집을 나왔다.

기다려, 다마키. 뒤따라온 아빠를 무시하고 친구 집에 놀러 가 버렸다.

기다려, 다마키.

그게 마지막 대화였다.

아니. 대화도 아니었다.

슈와 병원에 갔다가 돌아오는 길, 가족이 타고 있던 버스의 바퀴가 빠지는 사고가 났다. 반대편 차선으로 돌진한 버스는 옆으로 넘어졌다. 그걸 트럭이 와서 들이박아 총 열한 명이 죽은 대형 참사가 일어난 것은 내가 집을 나선 지 불과 몇 시간 만이었다.

아빠는 그 자리에서 세상을 떠났다. 병원으로 옮겨졌을 때 아직 숨이 붙어 있던 엄마와 슈도 곧이어 그 뒤를 따랐다.

기다려, 다마키.

아빠를 무시하고 집을 뛰쳐나오는 게 아니었는데…. 얼마나 후회했던가.

그날 아침 슈와 다투지 말걸.

엄마에게 반항하지 말걸.

아빠와 엄마, 슈에게는 마지막이었던 그날, 아빠와 엄마가 그렇게나 소중히 여기던 규칙을 어기는 게 아니었는데.

정신을 차리고 보니 난 손도 대지 않은 도시락을 앞에 두고 엉엉 울고 있었다.

견딜 수 없을 만큼 무거워 직시하지 못했던 회한. 떠올리길 거부했던 기억. 9년 동안 차마 꺼낼 수 없어 꾹꾹 눌러왔던 어두운 감정이 분출했다. 그것은 이제 불이 붙은 폭죽 같기도, 뿜어져 나오는 마그마 같기도 해서 도저히 멈출 수가 없었다.

그래, 우리 가족은 그렇게 멋지지 않았다. 아빠와 엄마가 매일 웃기만 했던 건 아니다. 슈는 통제할 수 없고 제멋대로 구는 아이였다. 나는 나대로 그런 가족을 삐딱하게 바라봤다.

그럼, 그곳에 있던 가족은 뭐지?

점심시간이 끝남과 동시에 난 코를 훌쩍거리며 도로 컴퓨터 앞에 앉았다. 멈출 수 없던 눈물을 멈춘 것은 9년 만에 다시 만난 가족의 잔상 덕분이었다.

아빠도 엄마도 살아 있을 때보다 무척 밝고 느긋하고 행복해 보였다. 슈도 천진난만하고 귀여웠다. 난 그 편안함에 현혹되어 스르륵 긴장을 풀고 돌아와버렸다.

차분히 생각해보면 더 해야 할 말, 하고 싶은 말이 많았는데.

일시적인 흥분이 가라앉고 머리가 정상 작동을 재개하자, 자꾸만 미련이 남았다.

그럼 왜 금방 다시 만나러 가지 않았냐고?

그건 당연히 근육통 때문이었다.

아빠와 엄마의 말대로 전부터 운동과는 어떤 인연도 없던 나에게 명계까지 가는 길은 너무 멀었다. 다음 날 아침에 일어났더니 하반신을 움직일 수가 없었다. 허벅지가 땡땡 붓고 무릎이 후들후들 떨려 힘이 들어가지 않았다. 계단을 올라가는 것도 화장실에 가는 것도 큰일이었다.

사흘 뒤, 겨우 통증이 가시는가 싶더니 이번에는 날씨가 도와주지 않았다. 나흘째 되는 날은 장대비가 쏟아졌다. 운이 따라주지 않았다. 애가 탔다. 세상은 참 만만치 않다.

닷새째 아침, 커튼 틈새로 비치는 햇살을 봤을 때는 입가에 미소가 번졌다.

오늘은 갈 수 있다. 그렇게 확신한 나는 평소보다 아침 식사량과 도시락 양을 넉넉히 늘려 에너지를 충전하고, 지난번처럼 아르바이트를 마친 후 두 번째 레인 넘기에 도전했다.

해가 완전히 떨어진 것을 확인한 나는 모나미 1호를 타고 출발했다. 가볍게 눈을 감고 마음을 가다듬었다. 자신의 의지로 회전하기 시작한 페달에 의식을 집중했다. 그저 잡고만 있을 뿐인데 오른쪽 왼쪽으로 알아서 기우는 핸들에서 나 외에 다른 누군가의 존재가 확실히 느껴졌다.

명계로 향하는 길은 고독하다. 저세상이라고도 이 세상이라고도 할 수 없는 레인 위에서 난 의지할 곳을 완전히 잃어버린 하나의 영혼이 된다. 눈에는 보이지 않는 불확실한 길을 더듬어 생의 세계에서 사의 세계로 넘어간다.

춥고, 힘들고, 괴롭고, 아프고, 너무나 고통스러웠다.

하지만 만나고 싶었다.

그 마음 하나로 모나미 1호에 몸을 맡기고 있는 사이, 문득 깨달았다.

이 레인 위에는 빨간불이 없다. 어떤 신호도 내가 그곳을 지나기 직전 파란불로 바뀐다. 아주 절묘한 타이밍에.

빨간불이 파란불로.

빨간불이 파란불로.

빨간불이 파란불로.

어두운 밤에 켜지는 그 파란불이 마치 저세상에서 보내는 응원처럼 내 마음을 비춰주었다. 몽롱했던 머릿속이 맑게 개고 움츠러들었던 몸에 온기가 퍼졌다.

누군가 날 이끌어주고 있다.

확실한 힘이 끌어당기고 있다.

꼭 갈 거야.

그리고….

끝이 없을 것 같던 여정 끝에 난 다시 그 빛의 길 앞에 섰다.

"두 번째 레인 넘기, 축하해. 네가 좋아하는 영양밥을 해놓고 기다리고 있었어."

"계속 응원했어. 누나 힘내라, 누나 힘내라, 하면서."

"그렇다고 너무 무리하지는 마. 건강을 잃으면 아무 소용 없으니까."

"일단 들어와서 좀 쉬어. 엄마가 영양밥 말고도 계란말이랑 돼지고기 감자조림도 만들었어."

이번에도 당연하다는 듯 고요미가 안내해준 집에서 다들 당연하다는 듯 날 맞이했다. 마음에서 우러나오는 환한 미소. 그림 같은 단란한 가족. 그래, 그래, 이래야지… 아니, 하마터면 또 분위기에 휩쓸릴 뻔했다.

이건 아니다. 이건 원래 우리 집이 아니다.

"있잖아, 하고 싶은 말이 있어."

"어머, 뭔데? 이제 막 왔는데 좀 쉬었다가 천천히 차라도 마시고 하지 그래."

"그래, 다마키. 음식이 식겠어."

"누나, 나랑 끝말잇기 하자."

"부탁이야. 잠깐만 내 말 좀 들어줘."

"뭔데 그래? 그렇게 심각한 얼굴을 다 하고."

"다마짱, 오늘 좀 이상하네. 후후."

전혀 긴장감이 없다.

"아빠. 엄마. 슈."

어쩌면 지금 여기 있는 건, 세 사람의 형체만 남은 존재인지도 모른다. 알맹이는 쏙 빠져나가고 방긋방긋 웃는 빈껍데기만 남아 있는 건지도. 그런 의혹이 커져만 가서 난 자세를 바로 하고 가족

앞에 섰다. 9년 동안 가슴에 담아두었던 내 마음을 전할 수만 있다면 형체만 남아 있거나 빈껍데기라고 해도 상관없었다.

"있잖아, 그날 일, 지금까지 계속 사과하고 싶었어. 나만 병원에 안 가서, 나만 살아남아서 미안해."

9년 동안 가슴속에 간직했던 사죄의 마음을 담아 깊이 머리를 숙였다. 그런데 다시 고개를 든 내 눈에 비친 것은 5초 전과 조금도 변함없는 가족의 미소 띤 얼굴이었다.

"무슨 말을 하나 했더니, 그 얘기였어? 그런 말이 어딨어. 우리는 다마키만이라도 살아남아서 얼마나 다행이냐고 했는데."

"그래, 그날 우리는 억지로 다마짱을 데리고 가지 않아서 정말 다행이라며 놀란 가슴을 쓸어내렸어."

"그렇지만 다 같이 병원에 가는 게 우리 가족의 규칙이었잖아. 슈의 고통을 가족이 함께 나눠야 한다고, 그랬었잖아."

"응? 그런 규칙이 있었나?"

"그러고 보니, 슈는 몸이 약했지? 그렇다 해도 그걸 가족이 함께 나눈다니, 아무리 가족이라지만 그건 좀 아닌 거 같은데. 하하."

"다마짱은 중학생이었고, 쉬는 날 정도는 친구랑 놀고 싶은 게 당연하잖아."

"그래도 우리 집에는 무엇보다 가족을 중요시하는 약속이…."

"그런 건 너무 당연한 거라 약속할 필요도 없지 않나."

아빠와 엄마는 그날을 기억했다. 그런데 가장 중요한 부분을 기억하지 못했다.

이때의 충격, 뭐라 표현하면 좋을까. 당혹스러우면서도 배신당한 것 같았다. 힘이 쭉 빠지는 듯한 이 느낌. 나는 또다시 혼자 남겨진 것만 같았다.

"슈, 넌 기억하지? 그날 우리가 다툰 거. 네가 먼저 장난쳤잖아. 그래서 내가 화나서 너한테 뭐라 하고. 그랬더니 엄마가 네 편을 들어서…."

"아니. 내가 무슨 나쁜 말이라도 했어?"

"기억 못 하는 거야?"

"잘 모르겠지만, 살아 있을 때 그랬나? 내가 그랬어? 그랬다면 미안해, 누나."

미안해, 누나.

동생이 살아 있을 때는 한 번도 들어본 적 없는 솔직한 말이 거꾸로 내 마음을 서늘하게 만들었다.

여기 있는 건 내 동생이 아니야. 동생이지만 동생이 아니야.

"어?" 하고 엄마가 천천히 현관을 돌아본 건 바로 그때였다.

"왔나 봐."

이어서 쾅쾅, 누군가 거칠게 노크했고 현관문이 열리는 소리가 들렸다.

"나야. 들어간다."

무뚝뚝한 저음. 신발을 아무렇게나 벗는 소리. 어색한 걸 감추기 위해 항상 필요 이상으로 퉁명스럽게 행동하는 이 사람은….

나는 이모를 부르며 현관으로 달려갔다.

재빠른 걸음으로 거실을 빠져나가 중문을 열었다.

그곳에 있었다. 그리운 얼굴이 현관에서 날 바라보고 있었다.

"다마, 오랜만이야. 다 좋은데 너 그, 유령이라도 본 것 같은 표정 좀 어떻게 안 될까?"

살아 있을 때와 다름없는 얄미운 말투. 진짜 이모가 틀림없다. 그런 생각과 함께 난 짐승처럼 엉엉 소리 내어 울었다.

"유령이라도 다시 만나서 기뻐요."

"잠깐, 잠깐. 여기선 네가 별난 거니까 그런 말은 삼갔으면 하는데."

"이모, 여전하구나."

"넌 변한 거 같아. 분위기가 좀 우중충하달까? 보고 있으면 나까지 우울해진다니까."

"이모도 날 보고 있었어?"

"너 말이야. 내 불단에 녹차 대신 맥주를 올리는 게 어때? 향 피우는 냄새도 지겹다 지겨워."

"이모, 예전이랑 똑같네."

"너도 이제 스물둘인데 어린애처럼 엉엉 울면 어떡하니? 식구들이 걱정하잖아."

이모가 머리를 톡 쳐서 뒤돌아보니 다들 거실 쪽에서 조심스레 이쪽을 지켜보고 있었다.

앗, 큰일 났다. 난 분명 그런 얼굴을 하고 있었을 것이다. 이때 내 머릿속에는 두 가지 생각이 동시에 스쳤다.

슈가 눈물을 무서워한다는 것. 그리고 지난번에 여기 왔을 때의 일.

아빠와 엄마, 슈와 다시 만났을 때, 난 울지 않았다.

"아니야. 이건, 그… 그러니까 이모는 죽은 지 2년밖에 안 됐잖아. 투병 중에도 이런저런 일이 있었고, 아직 마음의 정리가, 음, 아빠랑 엄마, 슈는 정리가 됐다는 건 아니지만, 아무래도 9년 전은 멀게 느껴지잖아. 2년 전은 그나마 가깝게 느껴지고. 아직 생생하다고나 할까…."

말하면 말할수록 제 발등을 찍는 느낌이다. 뭐라 표현할 수 없는 미안함에 입을 다문 나를 아빠와 엄마는 조금도 비난하지 않고 그냥 웃어주었다.

"그거야 당연하지. 나나미 이모랑 다마짱은 7년이나 같이 살았는걸."

"그동안 쌓인 이야기도 있을 테고. 둘이 천천히 오붓하게 얘기하는 게 어때?"

이게 바로 자비심이란 걸까? 기뻐해야 할지 슬퍼해야 할지 몰라 어리둥절해하고 있는데, 내 어깨에 나나미 이모가 손을 얹었다.

"그럼, 엄마 말대로 네 방에서 이야기나 할까?"

9년 만에 들어간 내 방은 역시나 동결건조라도 한 듯 그때 그대로였다. 엄마가 직접 만든 오렌지색 커튼. 만화책으로 가득한 책장. 벽에 남아 있는 슈의 낙서. 지금 보니 몹시 작아 보이는 책상에는 당시의 교과서가 아무렇게나 쌓여 있었다. 당장에라도 열세 살의 내가 "다녀왔습니다"라며 들어올 것만 같았다.

"다녀왔습니다."

나도 모르게 중얼거렸다.

바로 그때, 침대에 앉아 있던 나나미 이모가 눈살을 찌푸리며 말했다.

"그러지 마. 여기는 이제 네 방이 아니야."

"응?"

"오늘은 너한테 이 말을 해주려고 온 거야. 엉엉 우는 네 모습을 보려고 온 게 아니라."

입바른 소리를 잘하는 이모. 살아 있던 그때 그대로다. 2년 만이라 그런지 더 쩡하게 다가온다.

"다마."

나나미 이모는 그 자리에 우두커니 선 나를 똑바로 바라보며 말했다.

"이제, 여기 오면 안 돼."

5

나나미 이모의 이야기

1958년, 엄마와 마찬가지로 나가노의 마쓰모토에서 태어난 나나미 이모의 어린 시절은 과연 어땠을까?

사실 난 거의 아무것도 모른다. 이모는 과거 같은 건 되돌아보지 않는 사람이었고, 하물며 나에게 말한 적도 없으니까.

하지만 엄마의 시선으로 본 동생 나나미는 승부 근성이 강하고 고집이 셌다. 이웃들의 평판은 '자유분방한 소녀'였다고 한다. 당연히 새아버지와도 잘 지내지 못했다.

엄마가 집을 나가고 4년 뒤, 고등학교 졸업과 동시에 나나미이모도 상경했다. 타고난 도전정신으로 물장사의 세계에 뛰어들었다. 수년에 걸쳐 돈을 모은 이모는 이번에는 새로운 마음가짐으로 부기簿記 학교에 입학했다. 졸업 후에는 회계 사무소에 다니며 취미로 여행을 가거나 격투기를 관전하며 시간을 보냈고, 30대에 도쿄에 아파트를 마련했다. 나름 인생을 즐기며 살아온 걸로 보인다.

짐작건대 같은 환경에서 자라 비슷한 불만을 품고 있었으면서도 엄마와 이모는 전혀 다른 삶을 산 듯했다. 이상적인 모습을 그리며 꾸린 가정에 완벽히 안주하지 못했지만 그럼에도 거기에 매달렸던 엄마와 애초에 가정 같은 건 염두에 두지 않고 살아온 이모. 서로 마음이 맞지 않는 자매였으리란 건 쉽게 상상이 간다.

실제로 내가 어렸을 때 이모를 만난 적은 손에 꼽을 정도다. 목소리가 크고 걸음이 빠르고 왠지 무서운 여자라는 인상을 받았을 뿐이었다.

남이나 마찬가지였던 이모가 가족을 한꺼번에 잃은 열세 살의 내 앞에 갑자기 나타나 "오늘부터 같이 살자"고 선언했다. 그때 얼마나 놀랐는지 지금도 생생하다.

당시 나나미 이모는 서른여덟이었다. 대체 어쩔 생각이었을까. 날 향한 동정? 엄마에 대한 의리? 달리 보낼 데가 없어서? 같이 살기 시작한 첫날 '다마'라고 불렸을 때는 '이 사람, 날 고양이 키우는 것과 비슷하게 생각하는 거 아닐까…' 하는 불안한 마음도 들었다.

어찌 되었든 우리는 방 두 개짜리 아파트에서 함께 살기 시작했다.

물론 처음에는 자주 부딪혔다. 난 이모 같은 어른이 문화 충격이었고 이모는 이모대로 좀처럼 입을 열지 않는 날 힘겨워했다. 그렇지만 아예 다른 성격이 결과적으로는 다행이었다고나 할까. 내가 집안일을 하고 이모가 바깥일을 하는 식으로 역할 분담이 된 후로는 오히려 함께 지내는 게 편해졌다.

적어도 나나미 이모는 가정에 바라는 게 아무것도 없는 사람이었다. 어색한 친절도 엄격한 규칙 준수도. 우리는 진짜 모녀처럼 행동할 필요 없이 다만 이모와 조카라는 관계를 쌓아가면 그만이었다.

이모와 조카. 혈연관계 같기도 하고 아닌 것 같기도 한. 가족 같기도 하고 타인 같기도 한. 그 느슨한 연결이 오히려 서로 편했는지도 모른다. 조금씩, 천천히, 그렇게 우리는 가까워졌다. 함께 산지 1년 후에는 학교나 직장 내 고민부터 험담에 이르기까지, 뭐든 터놓고 이야기할 수 있는 사이가 되어 있었다.

이모는 회사 건강검진에서 이상을 발견하고 재검사 끝에 유방암을 진단받았을 때도 평소와 다름없이 모두 털어놓았다. "가슴이야 한쪽이든 양쪽이든 전혀 아깝지 않아. 그런데 말이야, 병원 밥은 영 밥맛이라니까"라면서.

수술하고 이듬해, 암이 폐에 전이되었을 때도 이모는 나와 함께였다. 남은 시간이 1년이란 말에 난 그 자리에 주저앉아 울음을 터트렸지만, 이모는 의연한 얼굴로 담담히 받아들였다.

실제로는 반년도 더 살지 못했다.

향년 마흔다섯. 내가 없었다면 연인과 잘됐을지도 모른다. 아프리카 여행의 꿈도 이루었을 것이다. 돈도 더 많이 모았을 테고.

그런데도 이모는 죽기 직전 나에게 "다마 덕분에 행복한 삶을 살았어"라고 말해주었다.

그랬던 나나미 이모가 2년 만에 다시 만난 날 더없이 차가운 눈빛으로 바라보고 있다.

"원래 우린 그곳에서 깨끗하게 헤어졌어야 해. 그럴 줄 알고 죽기 전에 후회가 남지 않게 네게 마지막 말을 남기고 여한이 없다 생각하며 죽었는데, 너 때문에 아무 소용도 없게 됐잖아."

이모는 마지막 말이 소용없게 된 것 때문에 화를 내는 건가?

남다른 미적 취향을 지녔지만 다섯 살 못지않은 순수한 면도 있었으니 이러는 것도 이해가 안 가는 것은 아니다.

"이모, 나 보고 싶지 않았어? 난 보고 싶었어. 만나서 하고 싶은 말이 얼마나 많았는지 알아? 있잖아…."

"듣기 싫어."

"뭐?"

"가까운 이를 잃은 사람은 누구나, 하고 싶었지만 못 한 말을 가슴에 품고 살아가는 거야. 지금 네가 여기 있는 건 규칙 위반이야."

"하지만 규칙을 뛰어넘어 여기 올 수 있는 방법을 찾았는걸. 나도 어쩔 수 없었어."

"그래도 넌 여기 와선 안 됐어. 여긴 네가 속한 세계가 아니야."

"하지만."

"이곳엔 네 자리가 없어."

지금 여기 있는 나를 통째로 부정하는 눈빛 앞에서 나는 다시 한번 힘주어 말했다.

"하지만 저쪽 세상에도 내 자리는 없었어."

그렇게 말하면서도 '아니, 아니야, 사이클 곤노만은 달랐어' 하고 생각했다. 그렇지만 그곳은 더없이 명계와 가까운 곳이었고, 그곳에 잠들어 있던 모나미 1호에 이끌려 이곳에 왔다.

운명이라 생각하면 안 되는 걸까. 그 가게에서 곤노 아저씨와 고요미를 만났고, 고요미가 죽은 후 모나미 1호를 타고 여기까지 왔다. 모두 필연이라 생각하면 안 되는 걸까.

"난, 가족이 죽고 나서부터 현실 세계에 적응하지 못했어. 나만 살아 있다는 게 이상했고, 진짜 나는 다른 곳에 있는 거 같았어. 그랬지만 이모가 살아 있는 동안에는 그나마 열심히 살아보려 노력하기도 했어. 이모는 언제나 힘이 넘쳤고 함께 있으면 나도 어떻게든 살아갈 희망이 보였거든. 그런데 든든한 존재였던 이모가 그렇게 갑자기, 그렇게 허무하게 죽고 나니까 그 후로는 어째선지 점점 더 현실 세계가 공허하게 느껴졌어."

"남 탓은 그만둬. 넌 네가 약하다는 걸 숨기고 싶을 뿐이야."

"그런 거…."

"어쩌면 넌 가혹한 운명을 타고났는지도 몰라. 하지만 그 대가로 엄마와 내가 남긴 재산과 보험금을 왕창 받았잖아. 그 덕에 넌 아르바이트를 전전하면서도 쉬는 날에는 느긋하게 자전거나 타면서 지낼 수 있는 거야. 넌 복에 겨워 징징거리고 있을 뿐이라고."

"너무해. 나도 좋아서 아르바이트를 전전하는 거 아니거든. 어딜 가도 왠지 모르게 나만 붕 뜬 느낌이 들어. 다른 사람들하고 잘 지낼 수가 없단 말이야. 나도 괴롭다고."

"그건 네가 마음을 닫고 있으니까 그렇지. 그 성격, 극복한 거 아니었어?"

"이모는 몰라. 늘 드세고 뻔뻔하게 살아온 이모가 내 마음을 알 턱이 없지."

이제 막 다시 만났는데 싸움이라니. 나도 참 어지간하다며 이모의 응수를 기다렸다. 병적으로 지기 싫어하는 이모가 이런 말을 듣고 순순히 물러설 리가 없다. 그런데….

내 예상을 깨고 이모는 아무 말이 없었다.

고개를 드니 침대에 앉아 있는 이모의 윤곽이 흐릿해 보였다.

아니, 흐릿하게 보일 만큼 어두운 그림자를 드리우고 있었다.

"이모?"

"있지, 내가 드세고 뻔뻔했어? 살아 있을 때, 그랬니?"

"지금도 그렇거든."

"아니야. 지금은 꽤 녹아들었어."

"녹아들어?"

"여기 이 세상에서는 누구나 자기 자신 그대로 있을 수 없어. 나도 전과 똑같을 수 없어. 이제 곧 언니처럼 나도 무슨 일에든 웃게 될 거야."

"그게 무슨 말이야?"

"들었잖아. 여긴 명계 중에서도 가장 아래 단계인 퍼스트스테이지야. 죽은 사람이 전생의 때를 벗기 위한 곳이지. 사자는 여기서 조금씩 전생의 때를 씻어내야 해. 가장 먼저 씻겨나가는 건 부정적인 기억. 그러고 나면 아름다운 기억만 남아. 하지만 그것도 서서히 씻겨나가고 말아. 마지막에는 자기 자신 자체가 녹아들어. 자신을 특정하는 성격, 특징, 버릇… 그런 것들이 조금씩 깎여나가 둥글둥글해지는 거지. 모두가 다 똑같아지는 거야. 사람과 사람의 경계가 없어지고 말아. 그렇게 다 녹아들면 비로소 우리는 세컨드스테이지로 가게 되는 거야."

"세컨드스테이지…."

"다시 태어나길 기다리는 영혼의 대기실 같은 곳이야."

윤회. 머리 한쪽 구석에 지식으로 자리했던 그 말의 의미가 처음으로 생생한 현실로 저릿하게 다가왔다.

그랬구나. 사람은 다시 태어나는 거였어. 계속 죽은 채로 있는 게 아니었어.

"전부 지워지고 백지로 돌아간 후에 다시 태어난다는 거야?"

"지워지는 게 아니라 녹아드는 거야. 녹아서 보이지 않는 수증기처럼 하계 전체에 스며드는 거지. 이를테면 네가 숨 쉬는 공기라든가, 갈증을 달래주는 물이라든가, 마음을 채워주는 꽃이라든가, 배를 채워주는 곡물이라든가, 그런 모든 것들 속에."

난 눈을 감고 사자들의 영혼이 공기와 물, 꽃과 곡물에 스며드는 장면을 상상했다.

하지만 그럴 수 없었다. 쓸쓸하고 차가운 안개비가 어두운 대지를 감싸는 듯한 이미지만 어슴푸레하게 느껴질 뿐이었다.

"나쁜 게 아니야. 전생의 자신을 리셋하고 영혼을 가볍게 만든 후에 다음 생의 자신으로 태어나는 거지. 아주 중요한 과정이야. 다만, 머리로는 알면서도 무서워. 내가 내가 아니게 되는 건 역시 무서워."

이모의 몸이 미세하게 떨렸다. 그 나나미 이모가 떨고 있다니. 무섭다고 하다니.

"얼마나 걸려? 완전히 녹아들려면?"

"한 달도 안 돼서 다음 스테이지로 가는 사람이 있는가 하면, 몇 십 년이 걸려도 조금도 녹아들지 않는 사람도 있어. 네 가족은 오래 머무는 편이야. 꽤 녹아들긴 했지만 마지막 단계에서 버티고 있어. 네가 마음에 걸려서 깨끗이 녹아들지 못하는 거야. 세컨드스테이지에 올라가면 지금처럼 하계를 들여다볼 수도 없게 되니까."

아빠와 엄마, 슈는 나 때문에 지금 이 스테이지에 머무르고 있는 것이다.

그 사실에 당황해 말문이 막힌 순간, 문 너머에서 날 부르는 엄마의 목소리가 들렸다.

"할 말이야 끝도 없겠지만 좀 쉬면서 해. 엄마가 영양밥 맛있게 지어놨어."

부정적인 과거를 다 녹여낸 엄마의 목소리. 나와의 좋은 추억만 간직하고 있다.

나와 이모의 눈이 마주쳤다. 가지 마, 이제 여기 오면 안 돼, 하고 명령하는 눈빛. 기억을 잃어버리는 것만을 두려워하는 이모는 중요한 걸 놓쳤다.

잊히는 쪽의 두려움을. 소중한 사람들에게서 잊히고 마는 쓸쓸함을.

"다마짱, 나나미짱."

다시 들려오는 엄마의 다정한 목소리.

"네!"

난 이모의 시선을 떨치고 냄새도 맛도 느껴지지 않는 영양밥이 기다리는 거실로 서둘러 나갔다.

엄마가 애써 만들었으니까.

아직 희미하게나마 날 기억해주는 가족이 그곳에 있으니까.

6

낙원이 흔들릴 때

난 그 후로도 일주일에 세 번 정도 레인을 넘어 명계에 있는 가족과 만남을 이어갔다.

가족이 나와 행복했던 순간만 기억한다는 사실이 마음에 걸리긴 했지만 익숙해지니 좋은 면도 있었다. 전에 다퉜던 일도 삐걱거렸던 관계도 상처 준 일도 상처 입은 일도 다 없었던 것으로 해버릴 수 있으니까.

"다마키, 너 어렸을 때 겨울방학 때마다 시골집 비슷한 곳에 놀러 갔던 거 기억하니? 친구들은 다 설날이면 할아버지 할머니 댁에 가는데 넌 갈 곳이 없다며 울고불고 야단이었지. 고육지책으로 여기저기 료칸(일본의 전통 여관)에 전화를 돌려 며칠만 우리 아이의 시골집이 되어줄 수 있냐고 했었다니까. 하하, 다들 무척 친절하게 열연해주셨지."

"유치원 학예회에서 모모타로(수수경단을 가지고 도깨비를 물리치러 떠난다는 전설 속 영웅) 연극을 했을 때도 생각난다. 그때 다마짱은 공교롭게도 수수경단 역을 맡았잖아. 엄만 억울해서 선생님께 따졌어. 그런 게 어디 있냐고. 그랬더니 선생님이 '수수경단은 이 연극에서 아주 중요한 역할입니다. 원숭이도 꿩도 모모타로도 수수경단 없이는 하나가 될 수 없었으니까요'라고 하시지 뭐야. 그런 중요한 역할을 아무 말 없이 연기한 다마짱을 보니 어찌나 눈물이 나오던지."

"누나랑 나는 같이 노래를 만들곤 했잖아. 간식, 빈집 지키기, 이웃집 개, 이런 제목으로 말이야. 아빠랑 엄마 앞에서 발표회도 하고. 둘이 계속 앵콜, 앵콜, 하고 외쳤었지. 어느 날은 의상도 만들자고 했잖아. 엄마가 주신 천으로 누나가 망토를 만들어서 입었는데 엄청나게 큰 테루테루보즈(비가 그치고 날이 맑기를 기원하며 창가에 걸어두는 인형) 같았어. 다음 날, 그 덕분에 날씨가 화창하다며 골프를 치러 간 아빠가 좋아하셨지."

부정적인 건 모두 정화하고 마지막으로 남은 '보드랍고 따스한 추억들'.

하지만 그것마저도 언젠가는 녹아들고 만다.

악천후라 레인을 넘을 수 없는 밤, 이 순간에도 가족의 뇌리에서는 기억이 스르륵스르륵 모래알처럼 흘러내리고 있을 거라고 생각하니 섬찟했다.

그 모래 한 알처럼 내가 녹아버리는 날.

난 그 어떤 것보다 그날이 올까 봐 두려웠다.

너무나 두려운 나머지 어쩌면 균형을 잃어버렸는지도 모른다.

저쪽 세상에만 마음이 가 있어서 이쪽 일은 전혀 신경 쓰지 않았다. 정신을 차렸을 때는 돌부리에 걸려 넘어진 후였다.

저세상에서 가족과 즐거운 시간을 보내는 동안, 어느새 24마트에서의 내 입지는 위협받고 있었다.

24마트에서는 유니폼을 의무적으로 입어야 하는데, 탈의실에는 늘 한가한 사람들이 무리 지어 있었다. 언제부턴가 그곳에 있는 파트타임 직원 중 일부가 날 볼 때마다 아니꼽다는 듯 쳐다보기 시작했다.

"아이고, 오늘도 다리가 퉁퉁 부었네. 서서 일하는 건 너무 힘들다니까. 그런데 저기 어디 처박혀 지내는 오소리는 참 좋겠어."

"그러게나 말이야, 근무시간에 뭘 하는지 도통 모르겠다니까. 젊은 남자 직원한테 꼬리라도 치고 있는 거 아니야?"

"어머, 오소리한테 그런 주변머리가 있으려나. 호호호."

매일 이런 식으로 자근자근 약을 올린다.

영어 회화 가르치는 걸 거절했다고 해서 앙심을 품은 걸까. 쳇, 아니꼽게 쳐다보는 모습이 주말 드라마 저리 가라다. 유치하다고 해야 할까. 바보 같다고 한마디로 정리할 수 있는 수준이긴 하지만 너무 집요하다 보니 우울해진다.

이런 곳은 빨리 그만두고 다른 일자리를 찾자. 예전의 나라면 이렇게 생각했을 것이다.

그런데 이번에 망설인 이유는 나나미 이모의 '복에 겨워 징징거린다'는 말이 마음에 걸렸기 때문이다. 게다가 일주일에 세 번 레인 넘기를 하느라 일자리까지 찾을 여유가 없었다.

그리고 비록 이곳에서 괴로운 일이 있다고 해도 저세상에 가면 잊을 수 있었다.

나에게는 저세상이야말로 내가 본래 있을 곳이고 이 세상은 잠시 머무는 거처에 불과했다.

그렇게 생각하면 웬만한 일은 참고 넘길 수 있었다.

그날이 오기 전까지는.

그날 평소대로 6시에 일을 마치고 쥐 죽은 듯 조용한 탈의실 문을 열었을 때부터 나쁜 예감이 들었다.

늘 모여 있던 무리가 보이지 않았다. 벌써 퇴근했나? 나한테 비아냥거리지도 않고?

이상한 생각에 서둘러 옷을 갈아입고 탈의실을 나와 직원용 자전거 보관소로 달려갔다. 이유는 나도 모른다. 본능적으로 어미 개가 강아지를 지키는 것처럼 가장 소중한 것을 지키기 위해 그랬는지도 모른다.

하지만 늦었다. 자전거 보관소에 도착한 나는 모나미 1호의 뒷바퀴가 무참하게 짜부라져 있는 모습을 보고 말았다.

펑크? 당황한 나는 뒷바퀴 앞에 무릎을 꿇고 자세히 살펴봤다. 타이어에는 아무런 이상이 없었다. 그렇다면 도대체 왜? 답은 발밑에 있었다. 타이어 공기압을 조절하는 밸브 뚜껑이 땅에 떨어져 있었다.

누군가 일부러 밸브 뚜껑을 느슨하게 해서 공기를 뺀 것이다.

어떻게 이런 짓을. 심장이 망가진 악기처럼 쿵쾅쿵쾅 빠르게 뛰고 목구멍에서 뜨거운 게 올라왔다.

그때 뒤쪽에서 몇몇이 숨죽여 웃는 소리가 들렸다.

"어머, 어떡해?"

"그거참 안됐네."

뒤돌아보니 매번 날 향해 비아냥거리던 파트타임 직원들… 그러니까, 아줌마 넷이 나란히 서서 히죽거리고 있었다.

뭐가 그리 재미있는 걸까? 그 순간 내 머리를 스친 것은 소박한 의문이었다. 나이도 먹을 만큼 먹은 사람들이 이런 유치한 짓을 하는 게 그렇게 재미있나? 할 일이 그렇게도 없나? 한가한 건지 바보인 건지.

"이래서 살아 있는 사람들은 딱 질색이라니까."

아줌마들을 향해 이렇게 내뱉고는 뒤돌아서 모나미 1호의 잠금장치를 풀었다. 한 손으로 뒷바퀴를 들어 올리고 앞바퀴만 굴려서 끌고 갔다.

집에 가는 길에 자전거포가 있다. 어렴풋한 기억에 기대어 저물어가는 2월의 거리를 걸었다. 일을 마치고 돌아가는 길이 이렇게 길게 느껴진 적은 없었다. 모나미 1호를 탈 수 없다. 그 사실만으로도 난 날개를 잃어버린 새처럼 비참하고 무력했다.

간신히 도착한 자전거포는 사이클 곤노보다 넓고 깔끔했다. "안녕하세요"라며 상큼한 미소로 맞아준 사람도 서핑 숍에나 있을 법한 멋쟁이 아저씨였다.

"아, 바람이 빠졌나 보군요? 금방 넣어드릴게요."

성큼성큼 터프한 걸음걸이로 다가온 그는 모나미 1호를 보자마자 눈빛을 바꿨다.

"이것 참 보기 드문 로드 바이크네요. 오, 이렇게 희귀한 부품만 사용하다니. 이 프레임은 어디 제품인지 저도 잘 모르겠네요. 어디서 사셨어요?"

"아는 분이 주셨어요."

"그분은 보통내기가 아닌 것 같군요."

"자전거포를 하셨거든요."

"아, 그랬군요. 어쩐지 프레임 강도로 봐선 백 년은 거뜬히 탈수 있겠는데요."

"정말이요?"

백 년은 탈 수 있다. 이 한마디의 효력은 절대적이었다.

심기일전. 이내 마음을 고쳐먹은 나는 부활한 모나미 1호를 타고 곧장 레인 넘기에 도전했다. 불안에서 해방되자마자 몹시도 가족이 보고 싶어졌다.

모나미 1호는 변함없이 용맹했다. 오토바이에도 뒤지지 않는
괴력으로 어둠을 가르고 끝도 없이 달려나갔다.

타이어가 짜부라진 단짝을 끌고 걷던 길은 이미 먼 과거의 기
억이 되었다. 보이지 않는 레인 위에서 난 나 자신에게 말했다. 이
제 괜찮아. 그런 일은 다신 없을 거야. 모나미 1호는 날 태우고 계
속해서 달렸다. 언제까지나. 어디까지라도. 난 그렇게 믿었다.

…하지만 틀렸다.

평소와 다르다. 개구리 현관 매트를 밟았을 때부터 뭔가 이상
한 느낌이 들었다.

매번 "어서 와"라며 부엌에서 나타나던 엄마의 얼굴이 보이지
않았다. 모두의 밝은 목소리가 들리지 않았다. TV 소리. 주전자
소리. 식기를 늘어놓는 소리. 그 모든 것이 몽땅 모습을 감췄다.

짚이는 것은 딱 하나.

"이모, 왔어요?"

단단히 각오하고 거실로 들어가니 예상대로 나나미 이모가 있
었다. 아빠도 엄마도 슈도 차분히 고개를 숙이고 있는 가운데, 이
모 혼자 날카로운 눈빛으로 날 바라봤다.

"무슨 일 있어요?"

난 짐짓 이모를 무시하고 엄마에게 물었다.

대답이 없었다.

"뭔데?"

이번에는 이모에게 물었다.

무슨 일이 있었는지는 모르지만, 그 일을 일으킨 범인은 이모가 틀림없었다.

이모는 테이블에 놓여 있는 종이 한 장을 눈으로 가리켰다.

굵은 검은색 펜으로 '자전거의 주인을 찾습니다'라는 투박한 글자가 쓰여 있었다. 그 아래에는 빈말이라도 잘 그렸다고 할 수 없는 자전거 그림을 그려놨다.

모나미 1호다. 그걸 깨달은 순간, 입술이 떨려서 발음이 새어 나왔다.

"이, 이게 뭐야? 주인은 나야. 여기 이렇게 있잖아."

"내가 찾는 건 진짜 주인이야. 원래 저 자전거를 타야 할 아이."

"곤노 아저씨 아들? 찾아서 뭘 어쩌려고?"

"찾아서 자전거를 돌려줘야지."

돌려준다고?

잘못 들은 줄 알았다.

잘못 들은 게 아니라면 악질적인 농담이다.

악질적인 농담이 아니라면 범죄와도 같은 괴롭힘이다.

"왜? 무슨 권리가 있어서 이모가 그런 말을 해? 모나미 1호는 내 자전거야. 내가 곤노 아저씨한테 받았어. 이제 내 거라고."

"그럼 넌 지금 왜 통과할 수 없는 레인을 넘어 여기 있는 거야? 원래 주인인 그 아이가 가이드를 해줬기 때문이잖아. 우리랑 같은

이 퍼스트스테이지 어딘가에 있는 아이는 온 힘을 다해 자전거를 염원하고 있어. 그 집착이 너무 강해서 이대로는 다음 스테이지로 이동할 수도 환생할 수도 없어. 넌 그래도 괜찮아?"

"그건⋯."

그런 건 지금까지 생각해본 적도 없다. 생각하고 싶지도 않다.

11년 전에 죽은 곤노 아저씨의 아들. 모나미 1호는 그 아이에게 열세 살 생일 선물로 주려 했다고 곤노 아저씨가 말했었다.

그렇다는 건, 그 아이는 열두 살인 채로 맛도 냄새도 없는 이 세계에 계속 머물러야 한다는 걸까?

"그런데도 넌 이 자전거를 돌려주지 않겠다는 거니?"

"그건⋯."

할 말을 잃은 난 아빠와 엄마에게 도움을 청했다.

"다들 어떻게 생각해? 모나미 1호를 돌려주면 난 여기 올 수 없어. 그래도 돌려주는 게 좋다고 생각해?"

돌려주면 안 된다고 말해주었으면 했다. 모나미 1호는 다마키 거니까 돌려줄 필요 없다고.

하지만 아빠와 엄마는 눈을 내리뜬 채 나와 시선을 마주치려 하지 않았다.

유일하게 슈만이 어린애다운 목소리로 말했다.

"돌려줄 필요 없어. 돌려주면 안 돼, 누나. 저 자전거는 누나 거잖아. 그 아이의 아빠가 준 거잖아."

"지금 소유권을 따지는 게 아니야, 슈."

나나미 이모가 타이르듯 말했다.

"이건 한 소년의 영혼에 관한 문제야. 구원받느냐 구원받지 못하느냐."

"하지만 아무리 이모가 그 아이를 찾아 헤매도 못 찾을지도 모르잖아. 이곳 퍼스트스테이지는 죽은 영혼으로 가득 차 있고, 어디에 누가 있는지 모르잖아."

"그래, 그럴지도 몰라. 그러니까 찾아내야 해. 분명 시간도 노력도 필요할 거야. 하지만 난 찾는다고 하면 찾아. 반드시 찾아낼 거야."

그래. 이모는 한다고 하면 하는 사람이다. 그게 아무리 힘든 일일지라도.

한 달? 1년? 5년? 얼마만큼의 유예기간이 있는지 모른다. 그렇지만 이모는 언젠가 반드시 곤노 아저씨의 아들을 찾아낼 거다. 그리고 난 이곳에 올 수단을 잃게 되겠지.

"그렇게 되면 모든 게 끝이야."

눈물 때문에 모든 것이 흐릿해 보였다.

"너, 뭐 잊은 거 없어?"

그때 나나미 이모가 눈을 반짝이며 말했다.

"네가 자전거를 돌려줘도 가이드만 있으면 넌 다시 여기 올 수 있어."

"뭐?"

"그러니까, 누군가 가이드를 해주면 자전거 없이도 넌 레인을 넘을 수 있다고."

"아."

그러고 보니, 있었다. '영적 능력자'와 '가이드가 안내하는 자'에
한해서 예외적으로 살아 있는 인간도 레인을 넘을 수 있다는 규칙
이 분명히 있었다.

"그거야!"

"그런 방법이 있었네!"

아빠와 엄마가 동시에 고개를 들었다. 슈도 만세를 부르며 두
손을 높이 들었다.

"맞아. 우리가 누나한테 빙의해서 여기까지 안내할게. 그러면
지금까지처럼 언제든 만나러 올 수 있잖아."

문제 해결. 만사 오케이. 안개가 걷힌 듯 기뻐하는 아빠, 엄마,
슈. 나 혼자 여전히 흐릿한 안갯속에 묻혀 있었다.

뭔가 이상하다. 내가 레인 넘는 걸 반대하는 나나미 이모가 이
런 좋은 방법을 알려주다니. 아아, 역시.

"하지만 가이드가 안내해도 다마는 레인을 넘을 수 없을 거야."

이모는 갑자기 무거운 표정으로 말했다.

"가이드가 안내한다 해도 레인을 넘을 수 있는 건 체력이 강한
사람뿐이야. 다들 잊은 거야?"

"아."

그러고 보니, 있었다. 분명 그런 인색한 조건이 붙어 있었다.

"빙의해서 안내하는 건 가능할지 몰라도 실제로 레인을 넘는

건 다마잖아. 40킬로나 되는 거리를 다마 혼자 힘으로 넘을 수 있겠어?"

잠시 누그러진 분위기가 다시 딱딱해졌다. 넘을 수 있어. 아무도 이렇게 말하지 않았고, 모두의 얼굴에 '넘을 수 없다에 한 표'라고 쓰여 있었다.

40킬로. 모나미 1호가 질주해야 도달하는 그 엄청난 거리를 내 힘으로 넘는다?

나 자신도 내 힘으로는 도저히 넘을 수 없다는 쪽에 한 표를 던지면서도 일단 저항했다.

"해봐야 알지. 난 지금까지 몇 번이나 레인을 넘어왔잖아."

"넘어온 건 자전거야. 넌 안장에 엉덩이를 올려놓았을 뿐이라고. 원숭이 인형이나 마찬가지지."

"난 사람이야. 나도 다리가 있다고."

"고등학교 2학년 캠프에서 편도 2.5킬로인 산조차 오르지 못한 다리지. 체육 선생님께 업혀 내려와서는 다음 날 내내 숙소 침대에 늘어져 있던 사람이 누구지?"

적당히 해, 라며 아빠가 끼어들었다.

"확실히 지금의 다마키한테 40킬로는 무리야. 하지만 지금부터 조금씩 체력을 키워나가면 되지 않을까?"

"엄마도 그렇게 생각해. 실제로 연간 1만 명은 레인 넘기에 성공한다잖아. 다마키도 가능성이 아예 없는 건 아니야."

"맞아, 누나. 호놀룰루 마라톤 대회에 나간 몸짱 할머니도 있어.

자그마치 나이가 여든여덟이라고 그랬어."

이모는 표정을 바꾸지 않고 날 주시했다.

"다마, 넌 어떻게 생각해? 정말 혼자 힘으로 레인을 넘을 수 있다고 생각해?"

"그건….."

기대 가득한 모두의 눈. 넘을 수 있어. 이렇게 말하고 싶은 마음은 굴뚝같았지만, 솔직히 자신이 하나도 없었다.

"이야기가 나온 김에 말해두겠는데, 단순히 레인을 넘는다고 되는 게 아니야. 레인 넘기는 일몰 후에 시작해야 해. 그리고 날이 바뀌기 전에는 하계로 돌아가야 하고. 느릿느릿 걸었다가는 레인을 넘기 전에 다음 날이 되고 말아. 중도에 멈추면 안 된다는 규칙도 있고. 즉 넌 쉬지 않고 일정한 속도로 40킬로를 달려야 하는 거야. 네 체력으론 무리야."

왜냐하면, 하고 이모가 말을 이었다.

"너한테 힘 같은 건 없으니까. 하계에서 최선을 다해 살아갈 생각은 하지 않고 죽은 가족에게 매달려 응석만 부리는 너한테는 그럴 만한 힘이 없어."

찰싹, 후려치는 말에 숨이 막혔다. 억울해서 되받아치고 싶었다. 반박할 말을 기를 쓰고 찾아봤지만 내 안의 어디를 뒤져봐도 찾을 수 없었다.

항복. 속수무책. 난 무기력하게 백기를 흔들었다.

나 자신에게 실망하면서 힐끗 가족의 얼굴을 보니 모두 표정이

어두웠다. 한심한 첫째 딸에게 실망했다기보다는 내 심정을 헤아려 가슴 아파하는 듯한, 안타까워하고 위로하고 불쌍히 여기는 듯한, 그런 여섯 개의 눈동자.

그때, 문득 깨달았다. 모두 9년 동안 계속 날 이런 눈으로 봐왔다는 걸.

내가 가족에게 이런 눈을 하게 만들었다는 걸.

멋진 모습을 보여준 적이 없었다는 걸.

"할게."

이때 내 안의 나약한 나, 또 그 안의 정체를 알 수 없는 내가 온 힘을 짜내 말했다.

"나, 내 힘으로 레인을 넘을 거야."

초심자의 열정과 초조
그리고 슬럼프

이튿날 아침, 휴대전화 알람 소리에 눈을 뜬 나는 뭔지 모를 위화감을 느꼈다. 평소보다 몸을 일으키기 힘들었다. 이불 속을 빠져나오기 힘들었다. 비가 내리는 것도 아닌데 왠지 창밖이 어두운 것 같았다.

휴대전화로 시간을 보고 나서야 이해가 갔다. 뭐야, 아직 6시 반이잖아. 안심하고 이불로 돌아갔다가 다시 벌떡 일어났다.

무거운 다리를 이끌고 세면대로 가 잠을 깨려 세수했다. 잠옷을 벗고 운동복을 입었다. 풀어헤친 머리를 뒤로 넘겨 하나로 묶었다. 모나미 1호를 타고 멀리 나갈 때를 대비해 산 운동화를 신었다.

밖으로 나왔다.

잠이 덜 깬 눈에 아침 햇살이 눈부시다. 어느덧 가을과 겨울이 지나고 2월도 끝나가려 하는데 이른 아침의 바람은 아직 한겨울처럼 매섭다. 낯선 자를 거부하는 듯한 추위에 몸이 움츠러들었다.

사람들의 시선이 신경 쓰였다. 이른 출근을 재촉하는 회사원들이 오가는 길거리에서 운동복 차림의 나는 확실히 튀었다. 몸을 숙이고 빠른 걸음으로 인적이 드문 강가 옆 산책로로 향했다.

아파트에서 5분 정도 걸리는 그 산책로는 아침이 밝은 것도 알아차리지 못한 듯이 고요했다. 저 멀리 혼자 개를 데리고 산책하는 사람의 그림자가 덩그러니 보였다.

가볍게 준비운동을 했다. 먼저 무릎을 굽혔다가 펴고 아킬레스건을 쭉쭉 늘렸다. 이어서 손목과 발목을 돌렸다.

호흡을 가다듬고 앞을 똑바로 바라봤다.

첫발을 내디뎠다.

왼발.

이어서 오른발.

왼발.

　　　　오른발.

왼발.

　　　　오른발.

왼발.

　　　　오른발.

점차 탄력이 붙는다.

달린다!

내가 달리고 있다. 내 힘으로.

뭐야. 하니까 되잖아.

이렇게 생각한 다음 순간, 곧바로 호흡이 거칠어졌다.

가슴이 답답하다. 다리가 무겁다. 힘들다. 이제 한계다.

멈춰 서서 손목시계를 봤다. 일단 30분 정도 가볍게 뛰어보려 했는데, 달린 지 채 5분도 지나지 않았다.

저 멀리 보이던 개와의 거리는 조금도 좁혀지지 않았다.

웃고 있겠지? 보나 마나 명계에선 폭소를 터트렸을 것이다. 슈는 배를 붙잡고 웃었을 테고 나나미 이모는 내 그럴 줄 알았다며 키들키들 웃었을 것이다.

당사자인 나는 울고 싶은 심정이었다. 쥐어짜낸 파이팅이 무색하게 겨우 5분 만에 좌절한 첫 도전. 게다가 둘째 날, 내 다리에는 평소와 다른 고통이 찾아왔다. 고작 그걸로 근육통이라니!

어이가 없으면서도 그날 아침, 나는 뻐근한 다리를 이끌고 다시금 강가의 산책로까지 갔다.

그날은 8분을 달렸다. 2분만 더 달리면 10분인데 호흡이 가빠오고 토할 것 같아서 더는 힘을 낼 수 없었다.

그다음 날은 10분. 또 그다음 날 아침은 8분 30초. 앞으로 나아갔다가 정체했다가 때로는 후퇴해가면서도 길게 보면 조금씩 달리는 거리가 늘어났다.

그렇게 겨우 15분을 달릴 수 있게 됐을 무렵부터였을까. 아주 조금, 호흡과 다리가 편안해졌다. 그때까지는 달리는 동안 계속 힘들어, 숨차, 더는 못 하겠어, 힘들어, 숨차, 이제 못 해, 이런 것밖에 생각하지 못했는데, 조금씩 잡념의 틈이 열렸다고 해야 할까. 힘들어, 숨차, 더는 못 해, 그래도 저 전신주까지만, 힘들어, 숨차, 오늘은 바람이 미지근하네, 이제 못 하겠어, 숨차, 배고파, 힘들어, 이제 못 해, 앗, 이상하게 생긴 고양이가 있네, 하는 식으로 달라졌다.

주변 풍경이 눈에 들어오자 매일 작은 발견을 했다.

이 나무는 벚나무구나.

웅덩이에도 물고기가 사네.

이 산책로에는 조깅하는 사람이 많네.

이런 곳에 분위기 좋은 레스토랑이 있었다니.

이 일대에는 고양이가 많구나.

새싹이 많이 돋았네.

아, 지금이 봄이지.

"아직도 달리고 있다는 사실이 나도 의외긴 하지만, 어쩐지 조금씩 익숙해진 것 같아. 물론 달리기는 힘들고 일찍 일어나기도 힘들지만, 달리기 시작하면 왠지 마음을 단단히 먹게 된다고 해야 할까, 달리는 리듬에 몸을 맡긴다고 해야 할까. 순간… 아주 짧은 순간이지만, 아, 뭔가 기분 참 좋다 싶은 순간이 있기도 해."

나중에 생각해보니 그건 초심자의 열정이었다. 그때의 나는 가족과 만날 때마다 득의양양하게 아침 조깅의 감회를 이야기했다. 타고난 운동신경 부족으로 스포츠와는 담을 쌓고 살아왔다. 그런 나 자신의 작은 변화가 너무나 신기한 나머지 붕 떠 있었는지도 모른다.

한편, 가족은 가족대로 무척 들떠 보였다.

"대단해, 다마짱. 매일매일 정말 열심히 하는구나."

"아빠는 전부터 알았다니까. 다마키는 일단 마음먹으면 하는 사람이라고. 지금까지는 열심히 할 대상이 정해지지 않아서 그랬던 거야."

"나도 누나를 응원하려고 매일 아침 일찍 일어나고 있어."

변화가 거의 없고 딱히 오락거리도 없어 보이는 사자들의 세계에 내 아침 조깅은 꽤 독특한 볼거리인 모양이다.

"다마짱, 오늘은 준비운동 할 때부터 뭔가 달라 보이더라. 슬슬 자세도 잡혀가는 것 같고."

"누나, 어제는 한 발짝만 더 가면 개똥을 밟을 뻔했는데 운 좋게 피해서 정말 다행이야."

"그제는 일어나기 힘들어 보이더라. 땡땡이치고 싶은지 46초 정도 망설이더군. 그런데도 일어나서 강가로 나가는 네가 아빠는 정말 자랑스러워. 이렇게 하면 40킬로도 금방 달릴 수 있을 거야."

분명 처음에는 기뻤다. 가족이 항상 응원해주니까. 내 일거수일투족을 지켜봐주니까. 이렇게 힘이 되는 일도 없으리라.

하지만 어느 날부턴가 모두의 시선이 오히려 압박처럼 느껴지기 시작했다.

"응원해주는 건 고마워. 하지만 다들 냉정히 생각해봐. 난 아직 30분도 못 달려. 40킬로라니, 아직은 멀고 먼 비현실적인 거리야."

계산해봤다. 가령 일몰이 오후 6시라고 치면 내가 명계에 머물 수 있는 제한 시간인 자정까지는 겨우 여섯 시간. 그러니까 40킬로를 여섯 시간 이내에 주파하려면 시속 7킬로의 속도로 계속 앞으로 나아가야 한다. 즉 레인을 넘으려면 마지막까지 상당한 속도로 달리지 않으면 안 되는 것이다.

그게 정말 가능할까.

아침 조깅을 조금 하는 정도로 그렇게까지 잘 달릴 수 있을까.

사람은 불안하면 가만히 있기 어렵다. 난 24마트 점심시간에도 가만히 있을 수 없었다.

쉬는 시간은 한 시간. 어차피 지금도 이상한 괴짜로 찍혀 있으니 뭘 하든 상관없다.

그렇게 마음을 다잡은 어느 날, 24마트에 운동화와 운동복을 가지고 갔다. 20분 만에 점심을 먹으면 옷 갈아입는 시간을 빼고도 30분은 달릴 수 있다.

재빨리 준비를 마치고 24마트를 나섰다. 되도록 인적이 드물어 보이는 길을 골라 달린 뒤 녹초가 되어 돌아왔다. 과연 한낮의 태양은 뜨거웠다. 하지만 달린 후에는 늘 묘한 쾌감을 느꼈다.

24마트 뒤뜰에는 벤치가 두 군데 있다. 벚꽃 꽃망울이 맺히기 시작할 무렵부터 점심시간이면 그곳에서 도시락을 펼치는 파트타임 직원들의 모습이 눈에 띄었다. 그날은 특히나 날씨가 좋아서인지 오전조 직원들로 벤치는 만석이었다. 마치 꽃구경 나온 나들이객처럼 떠들어댔다.

그런데 갑자기 그 소음이 딱 멈췄다. 동시에 시선이 나에게로 날아왔다. 땀범벅이 된 채 새빨간 얼굴로 하악 하악 거친 숨을 내뱉으며 돌아온 나를 그곳에 있는 직원 모두 진기한 동물이라도 보듯 쳐다봤다. 여기서 진기한 동물이란 당연히 굴에서 기어 나온 오소리다.

"자전거 다음은 달리기야?"

"트라이애슬론이라도 나갈 작정인가?"

악의가 배어 있는 목소리의 주인은 볼 것도 없이 예의 그 아줌마 4인방이다.

모나미 1호의 타이어 바람을 뺀 이후 4인방은 날 무시하는 쪽으로 방침을 바꾼 듯했다. 하지만 이제 더는 참을 수 없었는지 네 사람 모두 비열한 미소를 띠고 내가 어떻게 나올지 주시했다. 아니, 다섯이다. 한 사람은 신입인가?

평소 못 보던 얼굴에 잠시 머뭇거렸다. 모르는 사람인데 어디선가 본 듯한 얼굴이다. 전에도 만난 적이 있는 듯한.

"앗."

나보다 먼저 상대방이 외쳤다. 그녀의 눈동자가 굳는 모습을 보니 나도 떠올랐다.

"앗."

세탁소의 기생충 아줌마다.

4월의 시작. 은근히 기다렸던 그 일이 드디어 벌어지기 시작했다.

아, 열렸다! 하얀 꽃망울들을 올려다본 다음 날에는 2할이 피어 있었고, 그다음 날에는 3할이 피어 있었다. 그렇게 아찔한 속도로 꽃망울이 벌어져 어느새 만개했다.

온통 하얗게 뒤덮인 벚꽃 길.

언제, 어디서 봤더라?

생각나지 않는다. 하지만 과거의 어느 날, 이런 풍경을 보고 했던 생각이라면 기억난다.

다들 기억하고 있을까? 내가 중학교 1학년이던 봄, 우리 가족이 함께 요요기공원으로 벚꽃 구경을 갔던 때. 벚꽃보다 더 많은 나들이객 수에 압도된 슈는 바로 피곤하다는 둥 목이 아프다는 둥 하며 칭얼거리기 시작했다. 인파를 피하고 피해서 결국은 벚나무가 하나도 없는 잔디 위에 돗자리를 깔았다. 엄마가 만들어온 음식을 먹는 동안에는 슈도 얌전했다. 그런데 반대로 분위기가 착 가라앉았다. 그러자 이번에는 아빠와 엄마가 필사적으로 이야깃거리를 찾았다. "사실 난 벚꽃보다 매화가 좋아." 결국 엄마가 이런 말을 꺼냈고, "난 복숭아꽃이 좋더라" 하고 아빠도 덩달아 이렇게 말했다. "난 민들레가 좋아." 슈가 말했다. 어쩔 도리 없이 나도 "난 코스모스" 하고 중얼거렸다. 드문드문 이어지는 대화. 특별할 것 없는 휴일. 배가 부르니 잠이 쏟아졌다. 크림색 봄 햇살 아래에서 설핏 잠들었다가 깨어나 보니 아빠와 엄마, 슈가 프리스비를 날리고 있었다.

파란 하늘과 흩날리는 꽃잎 그리고 프리스비.

그때는 정말 몰랐다. 그 순간이 그토록 행복하고 멋진 광경인 줄은.

모두 떠나고 혼자가 된 뒤부터 난 만개한 벚꽃을 올려다볼 때마다 그날의 잔향을 좇는다. 그날 하루에 응축되어 있던 빛과 향기와 소리를.

하지만 며칠 전 벚나무가 늘어선 산책로를 달릴 때 문득 생각했다. 어쩌면 내년에는 활짝 핀 벚꽃을 보고 지금의 날 생각할지도 모르겠다고. 벚꽃을 즐기러 나온 나들이객들이 느긋하게 오가는 풍경 속에서 하악 하악 숨을 몰아쉬며 땀을 흘리는 이 순간을 떠올릴지도 모르겠다고.

그렇게 생각한 순간, 발이 멈췄다. 다음 한 발을 내디딜 수 없었다.

무서웠다. 요요기공원의 그날을, 그날의 벚꽃을 잊게 될까 봐. 더없이 소중하게 간직하던 추억 위에 가족이 없는 새로운 기억을 덧씌우는 것이.

무서워서, 너무나 무서워서 한 발짝도 움직일 수 없었다.

이렇게 말하면 왠지 모든 것을 마음의 문제로 치부하는 것 같지만 사실은 몸에도 나쁜 징조가 나타나고 있었다.

40킬로 완주를 목표로 트레이닝을 시작한 지 약 한 달. 처음에는 무작정 덮어놓고 1분이라도 1초라도 더 오래 달리자, 거리를 조금이라도 늘리자는 생각만 했다. 그리고 나름대로 변해가는 내 모습도 확인할 수 있었다. 땅을 차고 앞으로 나아간다. 그 움직임에 몸이 적응하고 익숙해지는 느낌. 전보다 호흡이 편해졌다든가, 휘청거리던 하반신이 안정됐다든가, 그런 발전 하나하나가 확연히 느껴졌다. 40분을 달릴 수 있게 된 무렵이 정점이었다.

정체기에 접어든 것은 벚꽃의 꽃망울이 막 부풀어 오르려 할 때였다. 그때까지 하나씩 올라가던 계단이 갑자기 거대한 벽이 됐다. 45분의 벽. 고작 5분 차이인데 넘을 수 없었다. 40분을 넘기면 돌연 몸이 말을 듣지 않게 되어 다리도 팔도, 숨도, 심장까지도 일거에 무너져버렸다. 조금만 더 가면 되는데 달릴 수가 없었다. 달릴 수 없는 나 자신에게 실망해 마음마저 약해졌다.

아침 연습을 빼먹었다. 비가 올 것 같다느니 바람이 강할 것 같다느니 온갖 이유를 붙여 알람을 껐다. 한 걸음 한 걸음 앞으로 나아가는 것은 그토록 어려운데 뒷걸음치기는 왜 이리도 쉬울까.

그런데도 여전히 24마트의 점심시간 때만큼은 계속해서 달렸다. 정확하게는 계속해서 달리는 척했다. 아줌마 5인방에게 작심삼일로 끝났다는 놀림을 받기는 싫었으니까.

공교롭게도 같은 곳에서 일하게 된 기생충 아줌마는 내 예상대로 재빨리 그 4인방에 흡수됐고 그들은 난공불락의 5인방이 되었다. 뭐가 그리 재미있는지 연일 점심시간이면 마트 뒤뜰에 모여 달리러 나가는 날 지켜봤다. 난 그 끈덕진 시선을 의식하며 뒷문을 빠져나가 큰길로 꺾을 때까지 수십 미터를 빠르게 달렸고, 그 후로는 천천히 걷기 시작해 20분 정도 근처를 방황하다가 마지막에만 다시 달려 보란 듯이 마트로 돌아왔다!

휴, 나도 나지만 뭐가 그렇게 재미있는 건지.

어느 날, 그렇게 보여주기식 조깅을 마치고 24마트로 돌아온 나는 뒷문 앞에 서 있는 사람을 보고 흠칫 놀랐다.

기생충 아줌마였다. 드물게 혼자서 녹슨 철문에 기대어 있었다.

무시하고 지나가려는데, "요즘 땀 안 흘리네?"라고 말을 걸어왔다.

예리한 지적에 나도 모르게 멈춰 섰다.

마음속 동요를 숨기고 파운데이션을 두껍게 바른 얼굴을 노려봤다.

"심장 기능이 좋아져서 땀을 안 흘리게 된 거예요."

"심장 기능하고 발한 작용이 무슨 상관이지?"

"어느 쪽이든 아줌마하고는 상관없는 일이에요."

"하긴, 그건 그래."

기생충 아줌마는 이상하게 순순히 넘어가더니 갑자기 이런 말을 꺼냈다.

"혹시 사이클 곤노가 있던 자리에 뭐가 생겼는지 알아?"

"글쎄요. 모르는데요."

"알고 싶지 않아?"

"그보다 세탁소는 잘린 거예요?"

"사이클 곤노 얘기를 하는 중이잖아."

"건물이 철거된 건 알고 있어요. 그 후에 어떻게 됐는지는…."

"세탁소가 생겼어."

"네?"

"대기업 체인이야. 저렴하고 서비스도 좋은. 바로 코앞에 그런 가게가 생겼으니 내가 있던 작은 가게가 버틸 재간이 있나."

난 기생충 아줌마의 시무룩한 얼굴을 상쾌한 기분으로 쳐다봤다.

"역시 신벌은 무서운 거야."

"그게 무슨 소리죠?"

"불행은 전염되니까. 흥, 뭐 대단한 불행은 아니지만. 어차피 파트타임이었고. 세탁소가 망한 것 자체는 별거 아니야."

그녀는 팔에 건 손가방에서 담배를 꺼내 피우더니 나른하다는 듯 연기를 내뿜기 시작했다. 여기서 날 기다리고 있던 건지 아니면 담배를 피우려던 건지 알 수 없었다.

"문제는 곧바로 새로운 직장을 구하지 않으면 안 된다는 거야."

나는 그녀가 왜 날 붙잡고 둑이라도 터진 듯 계속해서 푸념을 늘어놓는지 그 의도가 무엇인지 전혀 알 수 없었다.

"언제까지고 계속 쉴 순 없잖아. 내가 일하지 않으면 먹고살 수 없어. 아무튼 우리 집에는 근 10년이나 시어머니가 자리보전하고 계시니까. 의료비 들지, 병간호도 해야 되지, 매일 눈코 뜰 새 없이 바쁘다고. 남편 월급만으로는 도저히 먹고살 수가 없어. 아이들한테도 돈이 들어가고. 둘째 딸은 엄청 비싼 사립대학에 다니고 있고. 공부도 제대로 안 하는 주제에 꼭 여대생이 되고 싶다고 졸라대서 하는 수 없이 있는 돈 없는 돈 다 긁어모아 등록금을 내줬어. 첫째 딸은 작년에 겨우 대학을 졸업하긴 했는데 취직도 안 하고 백수로 살고 있고. 사회에 나가는 것보다 자기 자신을 되돌아보는 게 먼저라나 뭐라나. 요즘 젊은 애들은 대체 뭐가 문제인 거야? 바보 같은 소리 하지 말라고 혼쭐을 내주고 싶지만, 남편은 또 남편 대로 자아 찾기도 길게 보면 좋은 거라며 바보같이 한술 더 뜨는 소리나 하고 있으니, 쳇, 진짜 못 봐주겠다니까. 그런 속수무책인 가족이 모두 다 나한테만 맹목적으로 기대고 있어. 엄마라면 어떻게든 해줄 거야, 냉장고에 아무것도 없어도 엄마라면 뭐든 척척 만들어줄 거야, 라면서."

숨도 쉬지 않고 떠들더니 드디어 마지막 말을 내뱉었다.

"네가 볼 땐 한 묶음의 초라한 불행일지 모르지만, 난 나대로 무거운 짐을 지고 살아가고 있어. 평범한 인생의 무게지. 겉으론 시시해 보여도 깊이 들어가 보면 나도 지지 않아."

그 말에 깨달았다. 이건 도전이다. 이 아줌마, 제2라운드 결투를 신청하기 위해 여기서 기다린 거다.

"남한테는 불행을 떠벌리지 말라면서 자기 불행은 아주 길게도 잘 말하네요."

전혀 어른답지 못한 내 모습에 놀라면서도 지지 않고 응수했다.

"근데 나한테는 행복하다고 자랑하는 말로 들려요. 가족도 많고 모두 자기를 의지하고 아이들은 둘 다 대학에 보냈고 집에는 시어머니를 돌볼 수 있는 공간도 있고 말이지요. 그게 행복하다는 증거 아니고 뭐예요?"

"다 아는 척 말하지 마. 너 혼자만 진짜 불행을 떠안고 있다는 듯한 표정 짓지 말라고."

"난 의지할 사람도 나한테 의지하는 사람도 없어요. 그게 거짓 없는 진짜 불행이라고요."

"불행은 그렇게 극적인 게 아니야. 진짜 불행은 얼핏 봐서는 아무렇지도 않은 일상에 숨어 있는 거니까. 그런데 세상 사람들은 그런 건 지루하다며 거들떠보지도 않아. 겉보기에 화려한 불행에만 모여들지."

"아줌마도 그런 사람 중 하나잖아요. 곤노 아저씨의 불행에 들러붙어서 재미있어했잖아요."

"뭐라고?"

"혼자 남은 곤노 아저씨를 세탁소에서 맨날 지켜봤잖아요. 재밌다는 듯이 손님한테 얘기하면서 즐겼잖아요. 자기 불행은 눈에 띄지 않으니까."

기생충 아줌마의 입술이 파르르 떨렸다. 분노가 끓는점에 도달하려는 게 느껴졌다.

잘했어. 제2라운드는 나의 완벽한 승리다.

이렇게 생각한 것도 잠시, 아줌마는 회심의 반격을 개시했다.

"넌 결국 움츠러들면서도 남을 위에서 아래로 내려다보고 있어. 혹시 사람의 가치가 불행의 총량으로 정해진다고 생각하는 건 아니겠지? 그런데 말이야, 널 싫어하는 그 네 사람도 각각 타인은 알 수 없는 인생의 무게를 짊어지고 있어. 겨우 20년 정도밖에 살지 않은 어린 여자애가 깔볼 만한 인생은 하나도 없다고."

내가 그 넷의 인생을 깔본다고? 아니야. 내가 깔보는 건 네 사람 그 자체야. 인생이라 뭉뚱그린 게 아니라 좀 더 구체적인 거라고.

반박하고 싶은데 입이 잘 움직이지 않는다. 말이 목구멍 부근에 걸린 채 버둥거린다.

핀치!

그때 종이 울렸다.

이어서 1시를 알리는 음악이 마트 스피커에서 흘러나왔다.

제한 시간 종료. 판정은 내가 근소하게 이겼다고 말하고 싶지만, 아마 이번에도 비긴 듯하다.

8
구레나룻 사나이의
등장

난 일요일 아침이 싫다. 너무 조용하니까. 할 일이 없으니까. 모두 떠난 그날이 떠오르니까.

평소보다 늦게 일어나 집 앞 인도를 오가는 사람들을 창문 너머로 바라보고 있으면 나만 다른 행성에 살고 있는 것만 같다. 겨우 유리창 하나를 사이에 두고. 창문을 열면 분명 바람 소리와 자동차 엔진 소리, 사람들의 웅성거림이 들려올 것이다. 상상하면 할수록 내 방만이 홀로 고요히 잠들어 있는 것 같다.

기생충 아줌마와 두 번째 대결을 벌인 다음 날, 난 점심이 다 될 때까지 방에서 무기력하게 뒹굴며 자그마한 힘이 내 안에서 솟아나기를 기다렸다. 아주 작은 콩알만 한 힘이라도 좋다. 쌀알만 한 크기여도 괜찮다. 아무리 작은 힘이라도 있다는 것만 알면 그것에 기대어 앞으로 나아갈 수 있는데. 사방이 꽉 막힌 이 상황에서 벗어날 수 있을 텐데.

몇 시간을 기다린 끝에 겨우 알아냈다. 기다려도 소용없다는 것을.

포기하고 세수한 다음 운동복으로 갈아입고 강가의 산책로로 향했다.

의욕이 생긴 것과는 다르다. 갑자기 긍정적인 사고를 장착한 것도 아니다. 그저, 이대로 도망만 다닐 수는 없다는 것을 알았기 때문이다.

지금 달리기를 그만두면 앞으로도 계속 그 무언가에 지고 만다.

그 무언가. 기생충 아줌마로 상징되는, 속된 말로 이 사회의 악이라 할 수 있는 것에 지는 것이다.

게다가 이대로는 창피해서 가족을 만나러 갈 수 없다.

2주 만에 활짝 피었던 벚꽃이 완전히 졌다. 대신에 아직 어린, 푸릇푸릇 싱싱한 새싹이 흰 구름이 드리운 하늘을 가로막고 있었다. 그 밝은 초록색 지붕 아래를 천천히 달렸다.

겨우 열 걸음을 내디뎠는데 다리에 힘이 빠졌다. 몸이 무겁다. 비유가 아니라 물리적으로. 한 달 반 동안의 조깅으로 몸이 꽤 단단해지고 몸무게도 2킬로나 빠졌는데 그 후 연습을 게을리했더니 원래대로 돌아오고 말았다. 다시 처음부터 시작이다.

금방 숨이 찼다. 어이가 없을 만큼 빨리 다리도 멈췄다. 손목시계를 보니 겨우 5분. 이것도 다시 처음부터 시작이다.

전에는 40분 동안 달렸던 거리를 달리다 걷다 하면서 느릿느릿 나아갔다.

코스는 전과 똑같다. 스타트 지점은 강에 걸린 니조바시 다리. 그곳에서 하류를 향해 신니조바시와 쓰즈미바시 두 다리를 지나 산조바시 다리에 도착할 때까지 약 8분. 그곳에서 유턴해 다시 상류로 간다. 왕복 16분. 쉬지 않고 달리면 그렇다는 얘기지만 어림잡아 니조바시와 산조바시 다리 사이를 두 번 반 왕복하면 딱 40분이다. 같은 길을 왔다 갔다 하는 것뿐인데 신기하게도 지루하지 않다.

아는가? 바람도 햇살도 나무 그림자도 단 8분 만에 그 모습을 확확 바꾼다는 사실을.

지나갈 때마다 무언가가 달라져 있다. 같은 풍경과는 두 번 다시 만날 수 없다.

자연뿐만 아니라 사람도, 개도, 수면에서 노니는 물새도, 레스토랑 안의 풍경도….

쓰즈미바시와 산조바시 다리 사이에는 언뜻 보기에 은신처 같은 멋진 분위기의 이탈리안 레스토랑이 있다. 산책로를 향한 쪽은 통유리로 되어 있어 가게 안이 훤히 보인다. 내부에는 흰 천을 깐 테이블이 정연히 배치되어 있고, 휴일 점심시간에는 거의 만석이라 사람들로 북적거린다. 사이좋아 보이는 연인, 담소를 나누는 여자들, 화목해 보이는 가족. 스쳐 지나갈 때마다 손님들로 북적이는 가게 안을 바라보며 이곳 역시 다른 행성 같다고 멍하니 생각한다.

창가의 손님들도 통유리 너머로 산책로를 바라본다. 그들은 벚꽃이나 하늘, 강을 보고 있을 터인데 어쩐지 달리는 날 보는 것 같아서 마음이 뒤숭숭하다. 실제로 가끔 눈이 마주치기도 하고.

이날은 특히나 자주 눈이 마주쳤다.

음, 사실 지나갈 때마다 매번 같은 사람과 눈이 마주쳤다.

창가 테이블에 앉은 중년 남성. 풍성하게 기른 구레나룻과 콧수염. 세련된 정취의 가게에서 그 혼자 독특한 분위기를 진하게 내뿜었다. 어딘가 수상하다. 보면 볼수록 수상하다. 그렇게 생각하면서도 무섭지만 자꾸 보고 싶은 게 사람의 마음이라 지나칠 때마다 그 사람을 힐끔 보게 된다.

그러면 반드시 상대방도 날 쳐다본다. 태양이 작열하는 나라에서 태어난 사람처럼 강렬한 눈빛으로 끈적끈적하게.

내가 한 시간 동안 다리와 다리 사이를 두 번 반 왕복하는 동안 구레나룻의 사나이는 식사도 하지 않고 계속 맥주만 마셨다. 그날의 목표를 달성하고 산조바시 다리에서 잠시 쉬다가 걸어서 니조바시 다리로 돌아갈 때도 여전히 맥주를 마시고 있었다. 대낮부터 맥주 삼매경이다. 알코올의존증인가?

피곤하기도 해서 나도 모르게 빤히 쳐다보고 말았다.

그러자 남자가 눈을 부릅뜨더니 날 뚫어져라 바라봤다. 앗, 뒤로 물러나는 나를 향해 한쪽 손으로 뭔가 사인을 보냈다. 보이지 않는 사과를 허공에 던지는 듯한. 사람을 부르듯 손짓하는 고양이

인형이 손바닥을 위로 향하고 있는 듯한. 아니, 좀 더 단순히 말하자면 컴온?

오라는 건가?

망설이는 나에게 그가 다시 한번 천천히 이리 오라는 제스처를 보냈다.

틀림없다. 부르고 있다. 그렇게 확신한 순간 달리고 난 직후인데도 불구하고 나는 다시 땅을 박찼다.

역시나 속도는 느렸다. 오랜만의 조깅에 힘을 다 써버렸다. 어설픈 달리기로 굼뜨게 도망치기 시작한 나는 곧 새로운 위기와 맞닥뜨렸다. 누군가 뒤에서 쫓아왔다.

거리가 좁혀진다. 나보다 몇 배는 시원시원하게 달려오는 발소리가 점점 다가온다. 구레나룻의 사나이가 틀림없다. 남은 힘을 짜내 속도를 올렸다. 거리는 벌어지지 않았다. 더 가까워졌다. 점점 더 가까워졌다. 아, 이제 거의 다 따라잡혔다.

나는 따라잡히기 직전 스스로 멈춰 뒤를 획 돌아봤다. 그와 동시에 힘이 빠졌다.

눈앞에 있는 사람은 구레나룻의 사나이가 아니라 갈색 머리의 젊은 남자였다.

"놀라게 해서 미안해요. 전 저기 있는 레스토랑에서 일하는 웨이터입니다만."

거친 숨을 내쉬면서도 웨이터라는 그 남자는 예의 바르게 인사한 뒤 말했다.

"놀라게 할 생각은 없었어요. 그저 창가의 손님이 이 말을 전해 달라고 해서요."

"네?"

"당신에게 꼭 조깅 후의 시원한 우유 한 잔을 대접하고 싶으시 대요."

"우유요?"

"아마 그분은 카운터석 옆자리에 앉은 여성분에게 마티니를 한 잔 권하는 마음일 겁니다. 솔직히 저도 여기까지 우유를 가지고 오기는 힘들어서요. 서서 마시라고 하기도 뭐하고. 혹시 괜찮으시 면 가게에서 우유 한 잔 어떠세요?"

그의 호흡이 정리되길 기다리며 나도 머릿속을 정리했다.

"제가 그분과 우유를요?"

"괜찮으시면 점심도 같이 어떠신가요? 도코로 씨도 막 식사하 려는 참이거든요."

"도코로 씨요?"

"아는 분이에요. 겉모습만큼 수상한 사람은 아니니까 안심하세 요. 그리고 이건, 그러니까 길거리 헌팅이나 뭐 그런 것과는 전혀 상관없는 지극히 순수한 제안입니다."

한 번 더, 머릿속을 정리했다. 그렇지만 뭔가 석연치 않았다.

"헌팅이 아니면 뭔가요?"

웨이터가 하얀 이를 빛내며 웃었다.

"스카우트입니다."

"자네 말이야, 정확히 말해서 너무 긴장했어. 좀 더 몸에 힘을 빼고 릴랙스하라고 릴랙스. 어깨는 움츠리지 말고 그렇다고 또 너무 내밀지도 말고 둥그렇게. 주먹도 그렇게 꽉 쥐지 마. 격투기를 하는 게 아니니까. 좀 더 가볍게, 달걀이 깨지지 않을 정도로. 이렇게 하면 훨씬 달리기가 부드러워질 거야. 지금은 상반신이 너무 긴장돼 있어서 하반신하고 제대로 연동이 안 됐어. 그러니까, 하반신은 하반신대로 허둥대는 꼴이지. 땅을 너무 힘차게 박차지 말라고. 그리고 무릎이 안쪽으로 너무 들어갔어. 초보자는 땅을 차면서 추진력을 얻으려고 해서 쓸데없는 데 힘을 빼게 돼. 금방 피곤하지? 솔직히 지금 자네 자세로는 10킬로도 달리기 힘들어."

난 거의 무방비 상태로 그의 말을 들었다.

뭐야 이 사람은? 도대체 뭐 하는 사람이지?

의문의 웨이터가 하도 부탁하는 바람에 반강제로 레스토랑에 오긴 했는데, 구레나룻의 사나이는 날 보자마자 "아니, 왜 이리 늦었어? 기다렸잖아"라며 10년 만에 만난 친구처럼 웃으며 손을 흔들더니 거침없이 말을 쏟아냈다. 어깨가 어떻다느니 주먹을 쥔 손이 어떻다느니 다리가 어떻다느니.

끝까지 넉살 좋게 말을 이어갔다.

"내가 이것저것 지적하긴 했지만, 그럼에도 자네의 달리기에는 찬란하게 빛나는 뭔가가 있어. 갈고닦으면 반짝거릴 그 재능, 나에게 맡겨보지 않겠나? 그러니까, 우리 러닝 팀에 자넬 스카우트하고 싶네."

그의 강렬한 눈빛에 난 반사적으로 시선을 창밖으로 돌렸다.

오후의 햇살이 가득한 산책로를 남녀 한 쌍이 나란히 달리고 있다. 조금 전까지 나도 저기 있었다. 오랜만의 조깅은 힘들었지만 정체를 알 수 없는 행성에 끌려온 지금을 생각하면 저 산책로는 평화 그 자체였다. 저 때로 돌아가고 싶다.

"제안은 감사하지만 거절하겠어요."

"그래, 알았어."

구레나룻의 사나이는 세워져 있는 메뉴판에 손을 뻗었다.

"배고프지?"

"네?"

그는 몹시 난처해하는 내 앞에서 아까 그 웨이터를 향해 손가락을 튕겨 보였다.

"음, 난 마르게리타 피자하고 맥주 한 잔 추가. 이 숙녀한테는 오늘의 런치 B하고 치즈말이 닭고기구이를 부탁해. 아, 곁들이는 채소는 만가닥버섯볶음으로."

"도코로 씨. 아무리 손님이라지만 곁들이는 채소까지 고를 권리는…."

"추가 요금을 내면 되잖아. 알았으니까 긴말 말고 만가닥버섯으로 가져와."

질린 듯한 웨이터가 주방으로 사라지자 구레나룻의 사나이는 허세를 부리듯 호탕하게 너털웃음을 터트렸다.

"만가닥버섯 하나 가지고 말이 많네. 아직도 불알이 콩알만 한 애송이라니까."

"불…?!"

"저기, 우리 팀, '이지러너즈'의 연습일 말인데, 보통 매주 일요일이야. 장소는 고마자와공원. 일단 내 전화번호를 알려줄 테니까, 아, 그러는 김에 SNS 친구 맺기도 할까?"

은근슬쩍 분위기를 타고 공격해오는 상대방에게 난 차가운 시선을 돌려주었다.

"왜 그러시는 거죠?"

"응?"

"왜 마음대로 정하시는 거예요?"

"아, 점심? 미안, 미안. 자네한테는 그게 좋을 것 같아서."

"뭐가요?"

"음, 그러니까, 자네 지금 몸이 달아올랐잖아."

저속한 그 한마디에 볼이 확 뜨거워졌다.

"지금 무슨 말씀을 하시는 거예요?"

"달아오르는 것도 당연해. 달리고 난 후니까. 운동 후 30분은 신진대사가 활발해져서 몸이 영양소를 흡수하기 좋아. 이 타이밍에 제대로 단백질을 섭취해서 좋은 근육을 만들어야 해. 닭고기도 치즈도 단백질이 풍부한 음식이란 말이야. 게다가 치즈는 뼈를 튼튼하게 해주는 칼슘도 들어 있어. 물론 자네가 마시고 있는 그 시원한 우유도 칼슘의 보배야. 덧붙여서 칼슘은 비타민D와 함께 섭취하면 체내 흡수율이 훨씬 더 높아지지. 그런 이유로 비타민D가 듬

뽁 들어 있는 만가닥버섯을 곁들여달라고 부탁한 거야. 자네가 지금 기다리고 있는 건 그야말로 운동선수를 위한 이상적인 런치란 말씀이지. 어때?"라며 거만하게 가슴을 펴 보인다.

"아무튼 다 쓸데없는 참견이라고 말씀드리고 싶네요."

"뭐야?"

"전 그렇게 본격적인 운동선수가 될 생각 없어요."

"그럼 왜 달리는 거지?"

그건 당신이랑 상관없는 일이에요. 평소 같으면 이 한마디로 끝났을 일이다. 그런데 이때 나는 남자의 강요하는 듯한 태도에 감정의 끈을 느슨하게 풀고 말았다.

"40킬로를 달리기 위해서요."

나는 되받아치듯 무심코 그의 질문에 대답했다.

"어떻게 해서든 제 힘으로 40킬로를 달리고 싶어요. 그것도 여섯 시간 이내에."

"음, 마라톤 말이군. 그런 사람 많지. 풀코스를 목표로 달리기를 시작하는 초보자들. 호놀룰루가 꿈이에요, 라고 말하는 사람들 말이야. 그런데 안타깝지만 지금의 자네에게 풀코스 완주는 꿈에 불과해. 그것도 거의 불가능한 꿈."

"왜요?"

"왜냐고 물어도, 자네 말이야, 달리기 시작한 지 얼마나 됐지?"

"두 달 됐어요."

"그런 것 같더군. 아마추어라고 티를 팍팍 내는 자세니까. 자네,

달리는 모습을 누군가한테 보여준 적 있어?"

"있어요."

아빠, 엄마, 슈, 그리고 아마 나나미 이모도.

"가족이 봐줬어요."

"무슨 말 없었어?"

"칭찬해줬어요."

"뭐야? 그 사람들 모두 달리기에 관해선 아무것도 모르지?"

가족의 찬사를 몽땅 부정당하니 다시금 열이 확 올라왔다.

한편, 아픈 곳을 찔린 듯 뜨끔하기도 했다.

만날 때마다 칭찬만 해주니까 기분은 좋았지만 생각해보면 아빠도 엄마도 달리기에 관해선 아무것도 모른다. 부모의 욕심으로 좋은 것만 말하고 바른 자세 같은 건 신경 쓴 적도 없다. 어쩌면 그것도 슬럼프에 빠진 원인 중 하나일지 모른다.

"제대로 배우면 나라도 40킬로를 여섯 시간 이내에 달릴 수 있나요?"

"제대로 된 베테랑한테 적확한 지도를 받으면서 트레이닝을 계속하면 할 수 있지."

"아저씨네 팀에 제대로 된 베테랑은 있어요?"

"그야 물론이지. 바로 자네 앞에 이렇게 있잖아."

"아저씨는 베테랑일지는 몰라도 제대로 된 사람 같지는 않은데요."

"뭐야?"라며 구레나룻의 사나이가 괴성을 지른 것과 동시에 뒤에서 "주문하신 음식 나왔습니다"라는 목소리가 들려왔다. 뒤돌아보니 만가닥버섯볶음이 가득 담긴 커다란 접시를 손에 든 웨이터가 기다리고 있었다.

"전 달리기에 관해서는 완전히 아마추어지만 제대로 된 사람입니다. 음, 도코로 씨 이외의 멤버는 모두 제대로 된 사람이에요."

"그럼 그쪽도?"

"네, 이지러너즈의 멤버예요."

웨이터는 만가닥버섯을 테이블에 내려놓으며 미소 지었다.

"저도 최근에 막 입회한 신입이지만 멤버들과 함께 달리면 재미있어요. 괜찮으면 한번 시험 삼아 와보시겠어요? 이렇게 만난 것도 인연인데."

구레나룻의 사나이가 너무 기이해서일까? 강아지 같은 눈망울을 지닌 그가 유난히 제대로 된 사람 같아 보였다.

"어때요, 한번 와보시겠어요?"

"어때, 올 거야, 안 올 거야?"

가만히 고민하는 나에게 웨이터와 구레나룻의 사나이가 답을 재촉했다.

확실히 혼자 훈련하는 것보단 함께 훈련하는 게 효율적일 것 같긴 하다. 그렇지만 난 학창 시절부터 단체 활동 같은 것과는 어떠한 인연도 없었다. 팀에 들어가서 잘해낼 수 있을까. 성가신 일은 없을까.

좀처럼 마음을 정할 수 없었다. 나에게 그것은 지구에 남을지 다른 행성으로 이주할지를 결정하는 것만큼 매우 큰 사건이었다.

최종적으로 이주를 결심한 이유는 극히 사소한 데 있었다.

일요일에 연습에 나가면 혼자만의 방에서 빠져나갈 수 있다!
숨쉬기도 괴로운 그 정적에서 도망칠 수 있다.

"알았어요."

소리 내 말하니 예상외로 크게 울렸다.

"갈게요."

좋았어!

두 사람은 힘차게 악수했다. 난 곧바로 후회하기 시작했다.

9
느슨한 사람들

지난밤, 난 좀처럼 잠을 이루지 못했다. 예측할 수 없는 '내일'에 사로잡혀 몸을 뒤척이지도 못하는 이런 묵직한 불안에 휩싸인 게 몇 년 만일까. 역시 거절할 걸 그랬다. 연습에 나간다고 말하지 말 걸 그랬다. 후회를 점수로 환산한다면 최고점이지 않을까. 창밖에 귀를 기울이고 제발 빗소리가 들리기를 간절히 기도했다.

그러나 오늘 아침은 눈부실 정도로 화창했다.

10시가 넘어 침대에서 기어 나온 나는 창가에서 올려다본 푸른 하늘에 절망했다. 어쩔 수 없이 빨래를 하고, 방을 치우고, 모나미 1호의 프레임을 구석구석 닦았다. 마음을 달래기 위해 평소보다 부지런히 움직이다 문득 시계를 보니 어느새 오후 1시가 넘어 있었다. 운동복과 운동화를 가방에 담고 2시 전에 집을 나섰다.

흔들리는 버스를 타고 약 30분 만에 목적지에 도착했다.

그러고 보니 고마자와공원은 원래 올림픽 경기장으로 조성됐던 곳이다. 어쩐지 다른 공원에 비해 스케일이 남다르다.

버스에서 내리자 눈앞에 펼쳐진 것은 모래사장처럼 넓디넓은 콘크리트 계단이었다. 고마자와 거리를 양옆에 두고 남북으로 나 있는 계단 여기저기에 느긋한 시간을 보내는 사람들의 그림자가 봄 햇살을 받아 길게 늘어져 있었다. 집합 장소인 중앙 광장은 계단 위에 있을 것이다. 난 그 전에 웨이터가 알려준 화장실에서 운동복으로 갈아입었다.

중앙 광장은 사람들로 북적였다. 가족과 함께 나온 나들이객, 개를 산책시키러 나온 사람, 테니스 라켓을 손에 든 커플, 야구 유니폼을 맞춰 입은 어린이들. 다채로운 사람들이 오가는 그곳에서 나는 무섭게도 너무 쉽게 이지러너즈를 발견했다.

그들은 무척 눈에 띄었다.

음, 저기서 하고 있군. 사람들이 피해가는 한쪽 구석에 원형으로 둘러서서 준비운동을 하는 큰 무리. 대충 30명 정도? 다들 자못 진지한 표정으로 임하고 있었고 몸매도 운동선수 못지않았다.

"목소리가 작아!"

"벌써 긴장이 풀려서 어떡하려고 그래!"

질타의 목소리가 울릴 때마다 내 몸은 슬금슬금 뒤로 물러났다.

아직 달리기는 시작도 안 했는데 맥박이 빨라졌다. 입이 바짝바짝 말랐다.

역시 무리야. 난 이렇게 의욕이 넘치는 사람들과는 같이 못 할 것 같아.

힘내. 힘내. 가족의 응원이 들려왔다.

하지만 할 수 없다. 절대 못 해.

여기서 도망치면 패배자야. 나나미 이모가 비난하는 목소리가 들렸다.

패배자라도 상관없어! 그렇게 생각하며 몸을 휙 돌렸을 때였다.

"어, 왔네요."

대각선 뒤쪽에서 어딘가 느슨한 목소리가 들려와 돌아보니 그때 그 웨이터가 서 있었다.

"다행이에요. 자전거 보관소에서 잠깐 기다렸는데, 벌써 옷 갈아입었네요?"

"네, 버스로 왔어요. 근데."

난 도망칠 자세를 유지한 채 말했다.

"아무래도 돌아가야겠어요. 못 하겠어요. 저렇게 많은, 저렇게 달리기에 진심인 사람들하고는 못 할 것 같아요."

"많다고요?"

내 눈이 가리키는 곳을 본 그는 "아아"라며 빙긋이 미소 지었다.

"저긴 '노브레이크'라는 팀이에요. 쉬는 시간도 없는 스파르타 트레이닝으로 유명하죠. 이지러너즈는 저쪽이에요."

그가 가리키는 쪽으로 눈을 돌리자, 공원 안내 표지판 아래에 원숭이 무리처럼 옹기종기 모여 쭈그리고 앉아 있는 세 사람이 보였다. 가운데 원숭이가 구레나룻의 사나이, 그 양옆으로 통통한 젊은 남자와 날씬한 아저씨가 앉아 있었다.

"저 셋이 다예요?"

"두 사람 더 있어요. 저까지 여섯 명이죠. 아직 만들어진 지 얼마 안 된 팀이라서요."

그는 말하며 그쪽으로 걸어갔다. 그의 자연스러운 발걸음에 이끌려 나도 모르게 뒤를 따라갔다.

"오, 왔어? 신입!"

내 얼굴을 보자마자 도코로 씨가 벌떡 일어나 점프했다.

"자, 이제 달려볼까. 레츠 고!"

"아니, 먼저 준비운동을 해야죠."

"아니, 자기소개가 먼저죠."

양옆에서 두 원숭이가 한마디씩 했다. 가까이에서 보니 통통한 남자는 아직 10대라고 해도 이상하지 않을 만큼 어려 보였고 불룩한 볼에는 여드름이 박혀 있었다. 이와 반대로 날씬한 아저씨는 환갑잔치 때 입는 빨간 조끼(재앙을 물리치고 장수를 기원하는 의미로 입는다)가 아주 잘 어울릴 듯한 중년이었다.

"아, 그러네. 그럼 간단히 자기소개를 하지."

도코로 씨의 말대로 우린 서로 간단히 자기소개를 했다.

"처음 뵙겠습니다. 나쓰메 다마키입니다. 이제 막 달리기를 시작한 초보인데, 연습에 한번 참여해보고 싶어서 이렇게 왔습니다. 잘 부탁드립니다."

"만나서 반가워요. 후지미 고이치라고 합니다. 65세까지 기다리지 못하고 조기 은퇴한 뒤로 달리기를 시작한 지 약 6개월… 이렇게 말하면 나이가 대충 짐작이 가시겠지요. 허허허. 음, 가벼운 취미로 생각하며 즐겁게 달리고 있습니다. 잘 부탁드립니다."

"난 하타야마 신타, 그냥 하타라고 불러주세요. 대학생이고 여자한테 인기가 너무 없어서 다이어트하려고 달리기를 시작했어요. 목표는 15킬로. 물론 이건 거리가 아니라 빼고 싶은 몸무게입니다."

"처음 뵙겠… 아, 우린 처음이 아니죠. 그러고 보니 아직 이름을 말 안 했네요. 오시마 나오요시라고 합니다. 달린 지 이제 3개월이고, 같은 초보끼리 열심히 해요."

그들의 자기소개를 듣고 있으니 쿵쾅거리던 심장 소리가 잦아들었다. 아까 본 스파르타 팀과는 분위기가 사뭇 다른 느슨한 아마추어 모임 같아서 편안함을 느꼈다고나 할까.

한가해 보이는 조기 은퇴자. 살을 빼기 위해 달리는 인기 없는 대학생. 달린 지 3개월 된 웨이터. 어디도 강해 보이지 않는 팀이다.

"저 그런데, 여자분은 없나요?"

웨이터 오시마에게 물어보니 "아, 두 명 있어요"라며 공원 안내 표지판 뒤쪽에 펼쳐진 잔디밭을 가리켰다.

"한 명은 저쪽에 있어요."

그가 가리키는 쪽을 보니 우리가 서 있는 곳의 발치까지 그림자를 길게 늘어트린 잎이 무성한 아름드리나무 그늘에 홀로 앉아 책을 읽고 있는 사람이 눈에 띄었다. 허약한 침팬지처럼 빼빼 마른 여자였다.

"기도코로 유나 씨예요. 우린 마른 나뭇가지라는 뜻으로 고에다小枝라고 불러요. 도코로 씨의 조카고요."

"대학생이 등교도 하지 않고 집에만 틀어박혀 지내서 일요일만이라도 매주 연습에 데려오고 있어. 저렇게 책만 읽긴 하지만 명목상으로 매니저를 맡고 있지. 우리 가방도 맡아주고."

내 가방을 고에다에게 맡기고 돌아온 도코로 씨는 더는 한시도 기다릴 수 없다는 듯 껑충껑충 뛰기 시작했다.

"자, 이제 달리자고."

"아니, 준비운동부터라니까요."

"앗, 그럼 각자 알아서 적당히 5분간."

참 느슨하다.

각자 따로 준비운동을 마치자 새삼스레 도코로 씨가 나에게 물었다.

"근데 자네 얼마나 뛸 수 있지?"

"40분 정도요."

"거리를 말하는 거야."

"거리는 재본 적 없어요."

"흐음. 뭐, 자네 페이스로 40분이면 겨우 4~5킬로쯤 되려나. 좋아, 그럼 오늘은 살살 해볼까. 두 바퀴 반만 돌자고. 자자, 달려! 레츠 고!"

선두를 치고 달려나간 도코로 씨를 조기 은퇴자 아저씨와 인기 없는 대학생이 부리나케 뒤쫓아갔다. 자세히 보니 발밑의 아스팔트에는 빨간 라인이 그려져 있었다.

"이 공원의 조깅 코스예요." 웨이터 오시마가 알려주었다.

"한 바퀴에 2.1킬로. 그러니까 두 바퀴 반이면 5.3킬로쯤 돼요. 항상 한 바퀴는 다 같이, 두 바퀴째부터는 흩어져서 자기 페이스에 맞춰 달려요."

첫 한 바퀴의 페이스는 그렇게 빠르지 않았다. 내가 아침에 달리는 것과 비슷한 속도였다. 그런데 난 달리기 시작하고 채 5분도 되지 않아 숨이 가빠왔다.

아, 이 정도는 아니었는데. 역시 여러 사람과 같이하는 건 힘들다. 리듬과 몸의 중심축이 흐트러졌다. 다리와 팔과 심장의 움직임이 전부 뒤죽박죽이라 다음 한 발을 내딛는 것조차 힘겨웠다.

다행인 것은 코스의 풍경에 많은 변화가 있다는 점이었다. 달리기 시작해 금방 육교를 건너고 시계 반대 방향으로 완만한 커브를 그리며 나가면 이어서 왼쪽에 높은 건물이 나타난다. 오른쪽은 한적한 주택가. 신록이 우거진 이 일대에는 곳곳에 거목이 뿌리를 내려 그 푸르른 나뭇잎과 가지가 강한 햇빛에서 날 지켜준다.

두 번째 큰 커브를 돌면 일자로 쭉 뻗은 길로 진입하게 된다. 계속 앞으로 가면 오른쪽에 컬러풀한 어린이 놀이터가 보인다. 그네, 회전뱅뱅이, 다람쥐 오브제. 가족 단위 행락객으로 붐비는 이 일대는 같은 공원이라도 조금 전의 곡선 코스와는 대조적이다.

달리는 사람.

걷는 사람.

놀이터에서 뛰노는 어린이.

나무 그늘 벤치에 나란히 앉아 있는 연인.

어디선가 들려오는 트럼펫 소리.

휴일 공원에 와본 게 몇 년 만일까?

뭉클한 마음으로 작은 터널을 빠져나가 조금 더 달리니 왼쪽에 트레이닝 센터가 나왔다. 유리창 너머로 창가의 러닝머신에서 달리는 사람들의 모습이 보인다. 왜 일부러 실내에서? 공원에는 다양한 사람이 있다.

그 앞에 다시 나타난 어린이 놀이터에도 이상한 사람이 있었다. 음, 이상한 사람이라기보다는 수상한 사람?

분홍색 탱크톱에 새빨간 쇼트 팬츠. 화려한 옷차림의 여자가 놀이기구 사이를 네발로 기어가듯이 걷고 있었다. 포복 전진이라고 해야 하나, 먹잇감을 노리는 파충류라고 해야 하나. 주위의 어른들은 괴상하다는 듯 눈살을 찌푸렸고 아이들은 겁에 질려 도망쳤다.

내가 놀란 이유는 선두에 있던 도코로 씨가 멈춰 서서 분홍색 탱크톱 여자를 향해 "여어"라며 반갑게 손을 흔들었기 때문이다.

"세이카짱!"

그 목소리에 돌아본 여자의 파충류라기보다는 고양잇과 동물에 가까운 요염하고 섹시한 모습에 난 또 한 번 놀랐다.

"아, 도코로 씨, 늦었네요. 그쪽까지 가기 귀찮아서 여기서 기다렸어요."

네발에서 이족 보행으로 바꿔 이쪽으로 다가온 그녀는 짙은 눈동자로 날 보자마자 "어머"라며 미소 지었다.

"새로 온 멤버?"

그러면….

"소개하지. 이지러너즈의 두 번째 여성 멤버 세이카짱이야."

옆에서 도코로 씨가 넉살 좋게 말했다.

"우리의 간판스타라고나 할까. 뭐, 좋은 시절은 다 갔지만."

"반가워요. 미도리야마 세이카^{綠山淸花}예요. 푸른 산에 청초한 꽃이 핀다는 뜻이에요. 멋지죠?"

"네? 아, 네."

"본명은 따로 있지만요."

얼른 표정을 짓고 서 있는 내 옆에서 또 도코로 씨가 불쑥 끼어들었다.

"그건 그렇고 세이카짱, 그 이상한 걸음걸이는 뭐야?"

"아, 도마뱀 걸음걸이예요. 다리와 허리 근육 강화에 효과가 좋다고 미용 잡지에 나왔더라고요."

"역시 세이카짱답군. 아마 사람들 앞에서 그 걸음걸이를 실천한 사람은 전국에 한 사람밖에 없을 거야."

"그보다 빨리 달리고 맥주 마시러 가요. 난 도마뱀 걷기만 했는데도 녹초가 됐다고요."

"좋아. 빨리 달리고 마시러 가자고."

맥주라는 말에 환하게 웃는 사람은 도코로 씨만이 아니었다.

"아, 맥주 마시고 싶다."

"맥주!"

"맥주!"

오시마 외에 두 사람도 단번에 기분이 좋아졌는지 도코로 씨의 "레츠 고, 어게인!"을 신호로 다시 힘차게 달리기 시작했다.

결국 이날 연습은 한 시간도 안 돼 끝나버렸다. 난 그저 그들의 뒤를 쫓아갈 뿐이었다. 두 바퀴째가 되어 각자의 페이스로 달리기 시작하면서는 그조차도 따라잡을 수 없었고 세 바퀴째가 시작되자 더 이상 달릴 수 없었다. 마지막 반 바퀴는 걸어서 마무리한 나에게 도코로 씨가 말해준 것은 단 한 가지뿐이었다.

"난 하얀색이 더 나은 것 같은데."

땀에 젖은 티셔츠 위로 비친 스포츠브라에 대한 언급이란 걸 알아차리는 데는 시간이 조금 걸렸다.

달리기에 관한 조언은 전혀 없었다. 스카우트할 때랑은 너무 달랐다.

"매번 달린 후에는 세이카 씨네 집에서 샤워하고 나서 맥주를 마십니다. 세이카 씨네 집이 여기서 아주 가깝거든요. 나쓰메 씨도 같이 가시겠어요?"

난 오시마의 제안을 거절했다. 그리고 돌아가는 버스 안에서 흔들리며 뭔가 석연치 않다는 생각에 사로잡혔다.

팀 연습이 저래도 되나?

저렇게 해서 실력이 늘까?

게다가 맥주, 맥주라니….

"땀을 흘린 뒤 마시는 맥주는 당연히 각별하지. 네가 너무 어렵게 생각하는 거 아니야?"

"그래. 분명 다들 다마쨩의 실력에 맞춰서 느슨하게 달렸을 거야. 솔직히 한 번이나 두 번 보고 사람을 판단하는 건 좋지 않아."

"누나, 한번 시작한 일은 끝까지 해야지."

명계의 가족이 설득하지 않았다면 난 다음 주 연습에 나가지 않았을 것이다.

하지만 갔다. 지난번과 똑같은 코스를 두 바퀴 반 달렸는데 마지막에 가서 힘이 빠졌다.

가까스로 5킬로를 걷지 않고 완주한 것은 그 다다음 주였다.

겨우 끝까지 달렸다. 그뿐 아니라 마지막 50미터에서는 하타를 추월했다. 드디어 꼴찌 탈출이다.

나나미 이모, 보고 있어?

나름 감회에 젖어 하늘을 바라보고 있는 나에게 도코로 씨가 또다시 말했다.

"베이지는 최악이잖아."

참는 데도 한계가 있다.

"최악은 도코로 씨예요."

"뭐어?"

"사람을 스카우트해놓고 도코로 씨는 그것밖에 할 말이 없어요? 이렇게 해서 어떻게 40킬로를 달릴 수 있겠어요?"

내가 정색하고 항의해도 돌아오는 것은 느긋한 웃음뿐이었다.

"음, 그렇게 안달하지 마. 나한테도 생각이 있으니까. 자네는 40킬로, 40킬로라고 자네 이야기만 하는데, 팀에 가장 중요한 게 뭐라고 생각해?"

"중요한 것?"

"달리기만 한다면 혼자서도 가능해. 팀에 중요한 건 뭐지?"

"글쎄요…."

"멤버야. 멤버가 없으면 팀이 될 수 없어. 명명백백한 진리지. 난 지금 그 중요한 멤버를 모으는 데 중점을 두고 있어. 이제 한 명. 한 명만 더 모으면 여덟 명이야. 그때야말로 우리 이지러너즈가 진정으로 날개를 펼칠 때지."

기대하시라, 라는 말을 남기고 도코로 씨는 박력 있게 자리를 떴다. 내 기세에 눌린 고에다도 종종걸음으로 그 뒤를 따라갔다.

"도코로 씨는 매번 고에다를 차로 집에 데려다주고 자기는 전차를 타고 우리 집까지 와. 왕복 40분 정도 걸려서. 단지 맥주를 마시기 위해서 말이야."

둘의 뒷모습을 눈으로 좇으며 세이카 씨가 말했다.

"진짜 좋은 삼촌 아니야?"

"난 괴짜라는 생각밖에 들지 않아요. 하는 말도 도통 알아들을 수가 없고요."

139

"이해 못 하면 어때?"

"네?"

"서로를 이해하고 같은 목적을 향해 마음을 하나로 모으고… 음, 난 왠지 그런 팀은 싫더라. 목적은 제각기 달라도 괜찮지 않아? 내 목적은 달린 뒤의 맥주야. 너도 가끔은 같이 마시지 않을래?"

자연스러운 초대에 몸이 굳었다.

"술, 못 마셔요."

"나도 술은 약한데 달린 뒤 마시는 맥주는 두말할 것 없이 정답이에요."

"나도 다이어트 중이지만 맥주만은 끊을 수가 없어요."

그들이 말하면 말할수록 완고하게 안으로만 숨어드는 내가 있다. 솔직하게 말할 수 없다. 목구멍에 셔터라도 내린 듯 흔들어도 흔들어도 덜컹거리는 소리만 날 뿐이다.

"뭐, 괜찮아. 기분 내키면 언제든지 와."

그들이 떠나자 아이를 데리고 나온 가족들뿐인 어린이 공원에 나 혼자 남았다.

이리저리 뛰어다니는 아이들.

아기를 무릎에 올려놓고 그네를 타는 엄마.

모래놀이에 신난 아이를 카메라로 쫓는 아빠.

햇살이 희미해져가는 하늘을 올려다보며 생각한다. 이래서 사람들과 어울리기 싫다. 모두 다 떠나고 외톨이가 되었을 때, 전보다 훨씬 더 외톨이가 된 것 같으니까.

10

갈고닦으면 빛난다?
여덟 번째 멤버

일을 마치고 집에 돌아가는 길에 별생각 없이 상점가 서점에 들렀다. 잡지 매대에서 《이지·런》이라는 제목을 발견하고 무심코 손에 들었다. 이지러너즈와 비슷했으니까. 책장을 팔랑팔랑 넘겨보니 역시 달리기 전문지였다. 이런 잡지도 있구나 생각하며 홀린 듯이 계산대로 가지고 갔다.

집으로 돌아와 무심히 책장을 펼쳤다.

정신을 차리고 보니 몰입해서 읽고 있었다.

달리기 관련 기사가 가득 실려 있었고 내용이 꽤 충실했다.

바른 자세의 해설, 단기간에 몸을 만드는 집중 강좌, 러너의 영양학, 최신 러닝화의 경향, 실력별 월간 목표주행거리, 각종 마라톤 대회의 결과 리포트 등등.

그중에서도 러너 백 명을 대상으로 한 앙케트는 꽤 흥미로웠다.

'당신은 왜 달리는가?'

목적은 제각기 달라도 괜찮다. 세이카 씨는 이렇게 말했다. 앙케트 답변을 보니 달리는 이유는 천차만별이었다.

기록 경신을 위해. 체력 유지를 위해. 마라톤 풀코스를 완주하기 위해. 스트레스 해소를 위해. 달리기가 가장 가성비 좋은 스포츠이기 때문에.

십인십색이라더니 달리는 이유가 정말 다양했다. 그중에서도 '달리기가 좋아서'라는 심플한 답변이 가장 많았고 이어서 다이어트를 위해 달리는 사람이 많다는 것도 의외였다.

하지만 '달리기가 좋다'도 '살을 빼고 싶다'도 '기록을 경신하고 싶다'도 '완주하고 싶다'도 근본적으로 일맥상통하는 지점이 있다. 모두 긍정적이고 미래지향적이다. 기본적인 태도는 모두 같다. 새삼 나 자신을 되돌아보니 내 목적은 그 공통점과는 아득히 먼 지점에 있었다.

내 힘으로 명계에 가기 위해서라니. 장담하건대 이 세상에 나하나뿐이지 않을까. 틀림없이 나밖에 없을 것이다. 그러니 그 누구와도 함께 나눌 수 없다.

이제 고마자와공원에는 가지 않는 편이 좋을지도 모르겠다.

이런 나의 울적한 마음을 꿰뚫어 보기라도 한 듯 갑자기 도코로 씨가 전화를 걸어왔다. 언쟁이 있은 지 일주일이 다 되어가는 토요일 밤이었다.

"어, 나야. 드디어 찾아냈어. 여덟 번째 멤버. 내일 연습에 데려
갈 테니까 기다리라고. 알겠지? 비가 내리든 우박이 쏟아지든 내
일은 절대로 빠지면 안 돼!"

도코로 씨는 엄청난 기세로 자기 할 말만 하고 바로 전화를 뚝
끊었다.

변함없이 제멋대로인 사람이다. 막무가내에 괴짜. 머릿속 구조
를 도저히 이해할 수 없다.

그런데도 다음 날 내가 고민 끝에 고마자와공원에 간 이유는
도코로 씨의 '달리는 목적'에 아주 조금 흥미를 느꼈기 때문인지
도 모른다.

멤버가 여덟 명이 모이면 대체 어떤 일이 일어날까?

하지만….

부슬부슬 내리는 빗속. 난 480엔짜리 비닐우산 너머로 보이는
잔뜩 흐린 하늘을 올려다보며 한숨지었다.

이런 날, 진짜로 연습하려나?

도코로 씨는 분명 비가 내리든 우박이 쏟아지든 꼭 오라고 말
했다. 그렇지만 이런 을씨년스러운 날씨라면 달리기는커녕 산책
하는 사람의 그림자도 보이지 않을 게 뻔하다. 평소 같으면 사람
들로 넘쳐났을 일요일의 고마자와공원이 오늘은 이국의 숲속처
럼 고즈넉하기만 하다.

흙도 나무도 건물도 간판도 발밑의 콘크리트도 비에 흠뻑 젖어

있었다. 레인 넘기를 시작한 이래 비는 내 천적이 되었다. 장마 탓에 가족과 만날 수 없었던 일주일, 40킬로를 달려가는 도중에 날이 흐려져 울면서 포기했던 밤. 빗소리를 듣고 있으면 그런 것만 생각난다.

"다마키."

빨간 우산을 쓴 세이카 씨의 모습을 봤을 때는 안심이 됐다.

"당연히 오늘 연습은 취소야. 대신 우리 집에서 미팅이 있어."

"미팅이요?"

"빠지지 말고 꼭 나오랬으면서 정작 도코로 씨가 아직 안 왔어."

세이카 씨를 따라가는 내내 대체 어디로 데려가는 걸까 하는 불안과 쓸쓸한 그곳에 혼자 남겨지지 않아서 다행이라는 안도, 그 두 마음이 가슴속에서 시소처럼 올라갔다 내려가기를 반복했다.

말은 이렇게 해도 그건 고작 몇 분에 지나지 않았다.

"여기야."

고마자와공원을 가로질러 주택가로 들어선 지 2분도 지나지 않아 엷은 살구색 건물 앞에서 세이카 씨의 발이 멈췄다.

"가깝다고 했지?"

정말 가까웠다. 모임 장소가 되는 것도 어쩌면 당연하다.

이곳이 가까울 뿐 아니라 공간이 넓어서 최적의 장소가 되었다는 사실을 안 것은 그로부터 1분 뒤였다. 세이카 씨가 혼자 사는 507호는 넓은 방 두 개에 거실 겸 부엌이 딸려 있었다. 수납 공간이 많은 건지 원래 물건이 적은 건지 생활감이 느껴지지 않았다.

주인의 화려한 옷차림과 달리 실내는 흰색과 검은색으로 꾸며져 있어서 깔끔하고 세련된 분위기가 느껴졌다. 거실 가운데에 커다란 6인용 테이블이 있었고 난 그곳에서 다른 멤버들과 함께 도코로 씨를 기다리기로 했다.

"도코로 씨가 좀 늦네. 새 멤버가 도망이라도 갔나?"

"아니, 그게 아니라 새 멤버가 연습 전에 괜찮은 러닝화를 골라 달라고 부탁했다나 봐요."

"으음, 신입이 완전 초보인 모양이네."

모두 새 멤버에게 많은 관심을 보였다. 다른 이야기를 나누다가도 자연스럽게 화제가 그쪽으로 흘러갔다. 아마도 새 멤버는 아이가 둘 있는 중년 여성인 듯하다. 별생각 없이 흘려듣고 있던 나는 하타의 말에 눈을 깜박거렸다.

"그건 그렇고 도코로 씨도 신출귀몰이라니까. 이번에는 구민체육관에서 스카우트했다나 봐요."

"저기요."

나도 모르게 끼어들었다.

"스카우트요?"

"나쓰메 씨도 스카우트된 거잖아요."

"네, 저야 그렇지만."

"여기 있는 모두가 그렇거든요."

"모두?" 충격적인 사실에 아연실색하고 말했다. 그들은 그러든지 말든지 희희낙락하며 이야기하기 시작했다.

"난 회사를 조기 은퇴하고 한 달쯤 지내다 보니 칩거 생활도 지겨워지더군요. 그래서 일단 밖에 나가서 몸을 움직여야겠다 생각했지요. 다른 사람들을 보고 대충 따라서 달리고 있는데 지나가던 도코로 씨한테 스카우트됐어요. 갈고닦으면 빛날 재능이 있다면서 어찌나 호들갑을 떨며 칭찬하던지. 거기에 홀딱 넘어갔지 뭡니까. 허허허."

"난 다이어트 용품을 사러 대형 매장에 갔다가 거기서 죽치고 있던 도코로 씨한테 스카우트됐어요. 야외에서 달리는 건 공짜라면서 자네는 평범한 뚱보가 아니야, 갈고닦으면 빛나는 다이아몬드가 될 원석 뚱보라고, 라며 끈덕지게 설득했어요."

"난 도코로 씨가 일하는 곳의 중고차 딜러한테 차를 사러 갔는데 시운전에 재능이 뛰어나다면서 스카우트하더라. 당신은 갈고닦으면 빛날 불꽃 드라이빙 러너가 될 거라나 뭐라나."

"난 가게에서 스카우트됐어요. 맥주를 나르는 몸동작을 보니 타고난 균형 감각이 뛰어나다면서 갈고닦으면 빛날, 정통파 웨이터계 육상선수가 될 거라나 뭐라나 하면서 열변을 토하더군요."

나는 그저 말문이 막혔다. 벌어진 입을 다물 수 없었다고 해야 할까, 다문 입을 벌릴 수 없었다고 해야 할까. 설마 멤버 모두가 완전히 생초보였다니.

"그러니까, 도코로 씨의 목적은 그냥 멤버를 여덟 명 모으는 거군요? 여덟 명의 실력은 아무 상관도 없고."

"아니, 내가 보기에 도코로 씨 나름대로 사람을 고르는 기준은 있는 것 같아."

"맞아요, 일부러 의외성을 띠는 사람들을 모으는 느낌이 들어요. 나이도 직업도 제각각이고, 뚱보가 있는가 하면 말라깽이도 있고요."

"그런데 왜 의외성을 띠는 사람들을 모으는 거죠?"

"그거야 눈길을 끌기 위해서지."

"누구의?"

"그야 편집자지."

"네?"

무슨 말인지 도무지 이해가 안 간다.

"이제 슬슬 알려줄까?"

입가에 의미심장한 미소를 띤 세이카 씨가 엉거주춤 일어났다. 그대로 벽 쪽 책장까지 걸어가 잡지 한 권을 손에 들고 돌아왔다. 세이카 씨가 내민 그 잡지의 표지에는 《이지·런》이란 제목이 적혀 있었다.

"아, 이건⋯."

"알아? 그럼 얘기가 빠르겠네. 이 잡지에 〈우리 팀을 소개합니다〉란 코너가 있어."

"아, 본 것 같아요."

어렴풋한 기억에 기대 페이지를 넘기자 그 코너가 나왔다. 전면에 '에로론즈'라는 러닝 팀이 사진과 함께 소개되어 있었다. 대강 보니 아무래도 출판업계 사람들로 구성된 팀 같았다.

"이 사람들이 왜요?"

"도코로 씨는 이 사람들이 연줄로 나온 것 같다며 노발대발하더군. 이 사람들은 아무래도 상관없는데, 문제는 이지러너즈가 이 코너에 실리는 게 도코로 씨의 꿈이라는 거야."

도코로 씨의 꿈. 난 그 말을 머릿속으로 곱씹어 생각해보다가 무심결에 중얼거렸다.

"꿈이요?"

"아니면 팀 결성의 동기라고 해야 할까? 팀이 없으면 팀 소개 코너에 실릴 수 없잖아."

유리창을 때리는 빗줄기가 더욱 강해졌다. 세이카 씨는 잠시 그 소리에 귀를 기울이더니 다시 나에게 시선을 돌렸다.

"넌 그 어느 쪽도 아니네. 이 이야기를 들으면 대부분 웃든가 화를 내든가 하는데 말이야."

"너무 어이가 없어서 그래요."

"지금 여기 있는 사람들은 다 웃었어. 다 큰 어른이 〈우리 팀을 소개합니다〉 코너에 실리고 싶어서 팀을 만들었다니 우습지 않아? 왜 그렇게까지 집착하는지는 모르겠지만 도코로 씨는 정말로 진심이야."

"애당초 우리 팀 이름부터 《이지·런》에 어필하려고 그런 거잖아요" 하고 하타가 말했다.

"도코로 씨, 편집부에 오봉(한국의 추석과 같은 명절로 양력 8월 15일)이랑 연말에 선물을 보내는 것 같던데요" 하고 오시마가 말했다.

"그런데도 발행처인 ER출판에서는 우릴 취재할 기미가 전혀 없네요. 우린 무명에 인원도 적잖아요. 적어도 여덟 명은 돼야 팀으로 인정해준다고 편집부 사람이 말했나 보더라고요. 그때부터예요. 도코로 씨가 신출귀몰의 스카우트맨이 된 건."

드디어 도코로 씨가 달리는 목적이 밝혀졌다.

그 순간, 난 달린 후의 나른함과 비슷한 피로감을 느꼈다.

이 얼마나 보잘것없는 목적인가.

이 얼마나 초라한 꿈인가.

"다들 괜찮으신 거예요?"

나도 모르게 비난하는 말투가 되었다.

"팀 결성의 동기가 그런 거라도 괜찮냐고요."

"안 괜찮은 사람은 이미 나가떨어졌어. 남아 있는 사람은 그런 건 아무래도 상관없는 사람뿐이야. 뭐 어때서 그래? 도코로 씨의 동기가 뭐든 난 맛있게 맥주를 마실 수 있으면 그만이야."

"내 목표는 40킬로를 달리는 거예요. 그것도 여섯 시간 이내에. 그것 때문에 팀에 들어온 건데 이래선 아무런 의미도 없잖아요."

"그럴까? 난 고마자와공원 두 바퀴 반 달리기도 쓸모없진 않다고 생각하는데. 너도 처음에는 지쳐서 녹초가 됐지만 점점 익숙해졌잖아."

"익숙해지는 건 혼자 달려도 똑같아요. 난 더 잘 뛰고 싶은데 도코로 씨는 아무것도 안 가르쳐주고."

"너, 도코로 씨한테 부탁한 적은 있어? 달리는 방법을 알려달라고 말해보기라도 했냐고."

"…."

"팀 연습에 참여하는 데 의미가 필요하다면 너 스스로 노력해야지."

세이카 씨의 눈빛에는 흔들림이 없었다. 단호한 말투는 나나미 이모를 떠올리게 하는 면이 있었다. 난 그것만으로도 기가 죽었다.

"그렇지만 난 나쓰메 씨가 하는 말도 이해가 갑니다."

그때 오시마가 말했다.

"그냥 달리고 맥주를 마시는 것도 좋지만 뭔가 제대로 된 목표가 있으면 그건 그것대로 자극이 되지 않을까요. 모처럼 팀을 만들었는데 다 함께 뭔가를 이뤄내고 싶기도 해요."

생각지도 못한 지원사격에 어리둥절해하는데 대각선 앞에서 "그건 나도 그래요"라는 후지미 씨의 목소리가 들렸다.

"러닝 팀에 들어갔다고 전前 회사 동료들한테 말하면 꼭 물어봅니다. 무엇을 위해 달리냐고. 그냥 취미라고 말하면 '아, 그래'라며 시시하다는 눈빛을 보내지요. '나는 아직도 뼈가 빠지게 일하고 있는데 조기 은퇴하고 취미를 즐기며 여유롭게 살다니 좋겠어'라는 말이 들리는 것 같아서 왠지 주눅이 들더군요."

"저도 다이어트 침체기라 목표가 없는 것보단 있는 편이 좋을 것 같아요."

하타까지 내 말에 동조하자 갑자기 바람의 방향이 바뀌었다.

세이카 씨는 그 흐름을 거스르려 하지 않고 "흐음" 하고 가볍게 말했다.

"그래? 오시마가 무뚝뚝한 열혈남인 건 알았지만 다들 그렇게 생각하고 있었구나."

"무뚝뚝한 열혈남이요?"

"오시마는 겉보기에는 냉철해 보이지만 사실은 열정적인 스포츠맨십 같은 걸 좋아하잖아."

"아니, 난… 난 다만 모처럼 팀을 만들었으니까 함께 목표로 삼을 만한 뭔가가 있으면 좋겠다고 생각했을 뿐입니다."

"뭔가라니?"

"음."

바로 그때, 약속이나 한 듯 절묘한 타이밍에 그 뭔가가 날아들었다.

딩동딩동 딩동 하고 인터폰 소리가 요란하게 울려 퍼졌다. "열려 있어요!" 하고 세이카 씨가 외치자 몇 초 후 중문이 열리며 도코로 씨가 얼굴을 내밀었다.

"오, 다들 기다리게 해서 미안. 자, 기다리고 기다리던 여덟 번째 멤버를 데려왔어."

도코로 씨는 땀에 젖은 구레나룻을 반짝이며 언제나처럼 큰 목소리로 떠들어댔다.

"우리 이지러너즈, 드디어 본격적인 시동을 걸 때가 왔도다. 이제부터 원대한 목표를 향해 맹훈련 개시! 다들 정신 바짝 차리고 따라오라고!"

"본격적인 시동?"

"원대한 목표?"

전혀 따라가지 못하는 멤버들에게 도코로 씨가 선언했다.

"실은 피치 못할 사정이 생겨서 마라톤에 출전하게 됐어."

"마라톤?!"

우리는 모두 어리둥절한 표정으로 그저 도코로 씨를 바라볼 뿐
이었다.

나도 어안이 벙벙했다. 하지만….

내 시선이 향한 곳은 도코로 씨가 아니라, 그 뒤에서 빼꼼히 얼
굴을 내밀고 있는 여덟 번째 멤버였다.

"아, 미안, 늦었지만 소개하지. 기다리고 기다리던 새 멤버, 마
치 에이코 씨야."

한 발 앞으로 나온 그녀가 내 존재를 알아차리고 마스카라를
치덕치덕 바른 속눈썹을 심하게 깜박거렸다. 동시에 립스틱을 진
하게 바른 입술을 뻐끔거렸지만, 말소리는 하나도 들리지 않았다.

하고 싶은 말이 무엇인지는 듣지 않아도 알 수 있었다.

왜냐하면 나도 그녀와 똑같은 심정이었으니까.

어째서?

네가 왜 여기 있는 거야?!

##

그들이 마라톤을
뛰는 이유

맑고 푸른 5월 하늘 아래 24마트 뒤뜰에는 변함없이 오전조 직원들이 도시락을 펼쳐놓았다. 벚꽃 시즌은 지났지만 직원들의 뒤뜰 사랑은 여전해서 요즘도 연일 나무 그늘 벤치에 모여 앉아 왁자지껄 이야기꽃을 피우며 휴식 시간을 즐겼다. 평소 같으면 그 앞을 지나 달리러 나갔을 테지만, 오늘은 통신판매부 사무실 창가에서 그 풍경을 멍하니 내려다보고 있다.

생각지도 못한 방해꾼이 나타났기 때문이다.

"이런 좁아터진 곳에서 온종일 혼자 잘도 지내네."

내가 점심 식사를 마치길 기다렸다는 듯이 "들어갈게" 하고 쳐들어온 기생충 아줌마… 다시 말해 마치 에이코는 뻔뻔하게도 내 옆자리 컴퓨터 책상을 점거하고는 내가 창가로 도망쳤음에도 그곳에서 떠날 줄을 몰랐다.

"이건 뭐 그야말로 직장 내 은둔형 외톨이네. 좋겠어, 여기 틀어박혀 있기만 하면 돈도 주고."

"일을 하니까 돈을 주죠."

"그래도 우리랑 비교하면 훨씬 편하잖아. 우리는 계산대 앞에 종일 서서 일해야 해. 게다가 갑질하는 손님도 상대해야지, 바코드기는 에러 나기 일쑤고 학생 알바는 왜 그렇게 빨리 그만두는지, 진짜 일하기 힘들다고. 거기다 주방 일손이 부족하면 잠깐 와보라면서 크로켓을 튀기라질 않나 감자 껍질을 벗기라질 않나, 우리가 무슨 심부름센터도 아니고. 또 전무는 사람 좋은 얼굴로 교활한 짓을 얼마나 많이 하는지 알아? 소비기한이 지난 참치를 다진 참치살 초밥으로 만들어서 팔고 있다고. 영어 회화 서클에 들어가면 시급을 올려준다고 약속했다는데 '땡큐 베리 마치' 발음이 좋아질 때까지는 보류한다지 뭐야. 우리 파트타임 직원을 아주 우습게 아는 게 아니고 뭐겠어."

끝도 없이 돌아가는 혀가 멈춘 틈을 노려 내가 말했다.

"그래서 용건이 뭐예요?"

그녀는 흥, 하고 별거 아니라는 듯이 콧바람을 불었다.

"나도 네가 있는 줄 알았다면 그 팀에 들어가지 않았을 거야."

역시 어제 이야기인가.

"구민체육관에서 스카우트됐다면서요?"

"그래. 달리기 리듬이 훌륭해, 마이클 잭슨을 뛰어넘는 음감이 있어, 갈고닦으면 빛날 문워크계 러너가 될 거야, 라면서 엄청 뜨거운 러브콜을 보내더라고."

"몰래 달리고 있었군요."

"그래."

"날 따라 한 거예요?"

창가에 등을 대고는 히죽 웃어 보였다. 선제공격.

마치 에이코는 얼굴이 새빨개져서는 입술을 실룩거렸다.

"내가 네 흉내를 낸다고? 누가 그런 짓을 한다고 그래? 어이가 없네. 난 의사가 권해서 달린 것뿐이야. 요즘 미열이 계속 나는 데다가 잠도 깊이 못 자고 현기증도 나서 병원에 갔더니, 스트레스로 인한 자율신경기능이상인 것 같다며 운동해야 한다고 하도 말하길래 그럼 달리기라도 해야겠다고 생각했던 거라고. 달리기가 돈이 제일 적게 드니까. 누가 널 흉내 냈다고 그래? 러닝화도 없이 딸이 신던 낡은 운동화를 신고 달렸어. 그런 날 도쿄로 씨가 보고 스카우트한 거야. 그러더니 어제는 자기가 아는 데가 있다면서 운동화가 필요하면 시가의 5퍼센트 가격에 준다지 뭐야. 수상한 창고 같은 곳에 가서 아식스 운동화를 사서 집에 갔어. 근데 집에 돌아와 자세히 보니 아섹스지 뭐야. 그래도 난 운동화를 800엔에 살 수 있다면 아식스든 아섹스든 상관없어."

또다시 풀가동을 시작한 그녀의 혀 앞에서 난 통절하게 생각했다. 이 아줌마는 가슴속에 담아둔 말을 100퍼센트 토해내지 않으면 직성이 풀리지 않는구나. 한 조각이라도 남기면 변비에 걸린 것처럼 시원하지 않은 거야.

"그래서 어쩔 거예요? 마라톤, 정말 뛸 거예요?"

"달릴 거야."

"대체 왜요?"

"나도 큰소리 좀 쳐보고 싶어."

"누구한테요?"

"몰라. 너일지도 모르고 아니면 가족일지도 몰라. 24마트의 전
무일지도 모르고 아니면 아무런 도움도 안 되는 신이나 부처님일
지도 모르지."

역시 기생충 아줌마다. 여느 스포츠맨답지 않은 칙칙한 동기다.
아줌마가 마라톤을 완주한다고 해서 누가 눈 하나 깜짝할 것 같냐
고 쏘아붙이고 싶었지만, 입을 꽉 다물었다.

달리기에 관한 이 부정적인 마음. 뒷걸음질 치는 듯한 태도.

마치 에이코의 모습은 다름 아닌 바로 내 모습이라는 걸 깨달
았으니까.

"실은 피치 못할 사정이 생겨서 마라톤에 출전하게 됐어."

전날 폭탄선언을 한 도코로 씨의 '피치 못할 사정'이란 몹시도
시시한 것이었다. 역시나, 그럼 그렇지.

"에잇, 《이지·런》 편집부 놈들 말이야, 내가 보낸 건강 채소 주
스를 받아 마신 주제에 잘도 그런 매정한 말을 한단 말이야. 드디
어 멤버 여덟 명이 모였으니 내일이라도 취재하러 오라고 전화했

더니 여덟 명이 모인 것만 가지고는 아직 부족하다고 지껄이더군. 우리처럼 약한 팀은 강렬한 임팩트가 없으면 기사를 내줄 수 없다나 뭐라나."

인구밀도가 높아진 거실에서 도코로 씨는 서서 맥주를 마시며 '제기랄'을 연발했다.

"나도 쉽게 물러서진 않았단 말씀이야. 임팩트가 뭐야? 대형 인형을 뒤집어쓰고 연습하라면 하겠다, 다 함께 도마뱀 걸음걸이를 하라면 하겠다, 뭐든 다 하겠다고 엄포를 놨지. 하하하."

"도코로 씨, 그러니까 편집자가 싫어하는 거예요."

"시끄러워, 난 편집자한테 아첨할 생각은 조금도 없다고."

"그럼 채소 주스는 왜 보냈어요?"

"그건 러너로서의 기본 예의야."

도코로 씨는 하타의 말을 되받아치고는 빈 맥주 캔을 손으로 찌부러트렸다.

"마지막까지 잘 들어. 편집자 녀석은 인형 탈도 도마뱀 걸음걸이도 됐다고 했어. 그럼 대체 어쩌라는 거냐고 내가 물었지. 그랬더니 '그 팀은 도코로 씨 외에는 모두 거의 초보잖아요'라며 그럼 그걸 역이용해보면 어떠냐는 거야. 이를테면 여덟 명 중 일곱 명이 초보인 러닝 팀이 무모하게 마라톤에 도전! 자기들로서는 이 정도 되는 임팩트가 필요하다나 뭐라나."

"그래서 도코로 씨는 뭐라고 했어요?"

"물론 받아들였지."

맥주를 마시는 소리, 트림하는 소리, 과자를 우적우적 씹는 소리. 한순간 모든 소음이 자취를 감추고 쏴쏴 쏟아지는 빗소리만이 공간을 가득 채웠다. 정말로 아주 짧은 시간이었지만.

"그렇게 하기로 했어."

맨 먼저 반응한 사람은 세이카 씨였다.

"좋아요. 나가죠, 뭐. 마라톤."

멤버 일동이 세이카 씨를 토끼 눈으로 쳐다봤다. 도코로 씨만이 기쁨에 찬 눈빛이다.

"세이카 씨, 맛있게 맥주를 마실 수만 있으면 그만이라고 좀 전에…."

"아깐 아까고 지금은 지금이야. 화나지 않아? 그 편집자, 우리 팀을 아주 우습게 봤어. 약한 팀이라 대놓고 깔보다니."

"오, 과연 세이카짱이야!"

뭐랄까… 스위치의 위치가 사람마다 다르다고 해야 할까. 바로 손이 닿는 곳에 스위치를 갖고 태어난 사람과 까치발을 하고 손을 뻗어야 간신히 닿는 사람. 난 누가 뭐래도 후자다. 주저 없이 단숨에 덤벼들 수 있는 사람이 부럽다.

이런 생각을 하고 있는데 또 한 사람이 스위치에 손을 뻗었다.

"나도 참가해도 되나요?"

테이블 의자가 부족해 비치 체어에 앉아 있던 마치 에이코는 다른 사람들보다 머리 하나는 아래에 있었다. 그녀는 아래쪽에 있는 머리를 한껏 위로 치켜들며 말했다.

"완전히 생초보인 내가 말하기는 뭐하지만 가능하면 나도 마라톤에 나가보고 싶어요. 나이도 있으니 자신은 없지만 되도록 여러분에게 짐이 되지 않게 열심히 할게요."

"짐이라니, 무슨 그런 말을. 마라톤은 인생 경험이 크게 작용하는 경기라고. 결국 정신력과의 싸움이지."

"음, 그건 그러네요. 확실히 끈기와 인내심은 젊은 사람한테 지지 않을 자신 있어요."

그녀는 말하면서 날 힐끔 쳐다봤다. 혹시 라이벌 의식을 불태우는 건가?

"믿음직스럽군. 마치 씨, 우리 같이 마라톤을 목표로 열심히 뜁시다."

"네, 잘 부탁드려요."

"예스, 좋았어!"

빨리도 의기투합한 도코로 씨와 세이카 씨, 그리고 예상치도 못한 마치 에이코.

반대로 좀 전까지 달리는 목표를 갈구했던 셋은 반응이 느렸다.

"음, 나도 마라톤에 나가고 싶지 않은 건 아니에요. 아니, 오히려 나가고 싶죠. 언젠가는 도전해보고 싶지만, 어떤 것에나 단계가 있는 법이잖아요. 일단은 10킬로 코스부터, 적어도 하프마라톤부터 시작하면 어떨까요?"

하지만 여기선 오시마의 일반론이 통하지 않았다.

"단계? 그럼 편집부가 호응을 안 한다고. 자기 주제를 모르는 생초보 일곱 명이 갑자기 마라톤 풀코스에 출전한다. 그놈들이 원하는 건 그런 거란 말이야. 오합지졸 러너들의 좌충우돌 레이스. 눈물과 웃음, 그리고 감동! 반짝반짝 눈부신 캐치프레이즈가 눈앞에 떠오르지 않나?"

"안 떠올라요."

"떠오르기는 하는데 표현이 참 저렴하네요."

"독자에게 어필하고 싶은 마음은 이해하지만, 그것 때문에 42킬로나 달려야 하는 사람은 무슨 죄예요?"

영 자신 없어 하는 세 사람에게 세이카 씨는 "바보같이 왜들 이래?"라며 웃어 보였다.

"반드시 42킬로를 뛰어야 하는 건 아니잖아. 그 편집자도 팀 전원이 마라톤 풀코스에 출전하면 좋겠다고 했지, 전원이 완주하라고는 말하지 않았잖아."

"아."

"중간에 포기해도 참가는 참가야. 그렇죠? 도코로 씨."

"아, 뭐, 곧바로 포기하면 기사를 내기도 뭐하니 어느 정도 뛸 수 있도록 특별훈련은 해야겠지."

완주하지 않아도 된다. 이 느슨한 조건의 효과는 바로 나타났다.

"뭐야. 그럼 나도 참가해볼까."

"그럼 나도."

"나도."

이런 식으로 미적지근했던 세 사람은 한순간에 태도를 확 바꿨다. 그러고 보니 이제 나와 고에다를 제외하고는 모두 마라톤 풀 코스에 참가하겠다고 선언했다.

"고에다. 넌 어쩔 수 없지, 뭐. 무리해서 달리지 않아도 되니까 일단 스타트라인에는 같이 서줘. 세 걸음만 뛰고 기권하는 걸로 하자고. 오히려 임팩트가 있다며 좋아할 거야. 안 그래? 하하하."

조카에게는 한없이 약한 도코로 씨가 부드러운 눈빛으로 말했다. 이어서 그 눈빛의 열 배는 험악한 눈으로 날 쏘아봤다.

"나쓰메 다마키. 자네는 당연히 참가할 거지? 그 누구보다 40킬로에 집착했던 건 자네였으니까."

"내가 말한 40킬로와 도코로 씨가 말하는 42킬로는 달라요."

내가 어쩔 수 없이 달려야만 하는 40킬로와 이 사람들이 취미 삼아 달리다 힘들면 포기하면 그만인 42킬로를 똑같이 취급하지 말았으면 좋겠다. 그런 반발심을 느끼는 한편 마라톤을 목표로 내 건 그들의 특별훈련에 편승하면 40킬로를 주파할 힘을 키울 수 있지 않을까 하는 속셈도 어딘가에 있었다.

"좀 생각해볼게요."

"뭐야, 자넨 눈치도 없어?"

"음, 그럴 수도 있죠, 도코로 씨. 갑작스럽게 나온 얘기니까 시간을 좀 줍시다. 신중해서 나쁠 건 없지 않겠어요?"

"아니 뭐, 그야 그렇죠."

안하무인인 도코로 씨도 연장자인 후지미 씨에게는 왠지 모르게 약했다. 역시 이 사람도 근본 바탕에는 스포츠 정신이 깔려 있는 건가.

"그럼 나쓰메 다마키는 생각해보는 걸로 하고, 우린 구체적인 얘기로 들어가도록 하지. 문제는 어떤 대회에 참가할 거냐는 건데. 지금부터 특훈을 시작하면 다섯 달이면 그럭저럭 달릴 수 있을 거야. 즉 10월에 열리는 대회를 목표로 해야겠지."

"너무 성급한 거 아니에요?"

"그래요. 내년 초쯤이 괜찮지 않아요?"

"안 돼. 10월 대회에 나가야 12월에 발매하는 1월호에 간신히 맞출 수 있으니까."

"1월호?"

"《이지·런》 말이야."

"꼭 1월호에 실려야 해요?"

"그래, 꼭 1월호에 실려야 해."

"흠."

"자, 그런 이유로 마라톤 출전은 10월로 결정. 어느 대회에 나갈지는 차차 생각하기로 하고, 먼저 몸만들기부터 하자고. 다음 주부터는 본격적으로 연습하는 거야. 나쓰메 다마키, 자네한테는 일주일의 유예기간을 줄 테니까 그때까지는 결론을 내도록 해. 이상!"

이것이 어제 있었던 일이다.

"어쨌든 난 오기로라도 마라톤에 나갈 거야. 내일부터 점심시간에도 개인 훈련을 할 거고. 주부라 바빠서 말이야. 특히 평일은 점심시간밖에 시간이 없어. 네가 거기서 내려다보는 저 사람들도 다들 각자 집에 돌아가면 돌봐야 할 누군가를 하나씩은 떠안고 있어. 잠시라도 홀가분한 마음으로 있을 수 있는 건 점심시간이 다야. 그 귀중한 시간을 난 개인 훈련에 쓸 거지만, 그건 네 흉내를 내는 게 아니야. 마라톤을 위해서라는 걸 기억해둬."

현재 실력과는 상관없이 장대한 목표는 인간에게 자신감을 불어넣는 걸까? 기억해둬, 라며 쏘아붙인 마치 에이코는 자신이 무척 자랑스럽다는 듯 승리를 예감한 선수처럼 기세등등하게 통신 판매부를 나갔다.

그런데 갑자기 그녀가 발길을 돌려 입구에서 얼굴만 들이밀고 말했다.

"넌 마라톤 뛸 거야, 안 뛸 거야?"

어지간히 남의 일에 참견하기 좋아한다. 이런 면이 진짜 꼴불견이라니까.

"아직 결정 못 했어요. 단⋯."

"뭐?"

"나가지 않기로 하면 그때는 팀에서도 빠질 생각이에요. 어차피 도코로 씨는 금방 또 다음 여덟 번째 멤버를 스카우트할 테니까."

"으음. 나야 뭐 상관없지만."

마치 에이코의 발소리가 멀어지고 나는 다시 창밖으로 시선을 옮겼다. 아까보다 사람이 줄었다. 오후 업무를 앞둔 직원들은 하나둘 도시락을 정리하고 여학생처럼 들뜬 표정에서 피곤한 아줌마의 얼굴로 돌아갔다.

다들 집에 돌아가면 돌봐야 할 누군가를 하나씩은 떠안고 있다고 마치 에이코는 말했다. 분명 그럴 것이다. 하지만 그건 그 사람이 고독하지 않다는 증거 아닐까?

12

내가 마라톤을
뛰는 이유

마라톤에 나갈지 말지 아직 결정하지 못했다고 마치 에이코에게 한 말은 거짓이 아니다.

만약 그날 내가 40킬로 지점까지 달릴 수 있다면 그것은 스스로 레인을 넘을 수 있다는 이야기가 된다. 마라톤 대회가 나나미 이모에게 내 근성을 보여줄 절호의 기회라는 것은 분명하다.

다만 10월 대회라니 너무 급작스럽다. 고마자와공원 두 바퀴 반, 이제 고작 5킬로를 완주할 수 있게 된 내가 다섯 달 후에 42.195킬로에 도전한다? 헛웃음이 나올 만큼 믿기지 않는다. 그 이상한 팀과 함께 잘해나갈 자신도 없다.

혼자가 마음 편하다. 하지만 40킬로를 달성하는 데 더 긴 시간이 걸리겠지. 팀에서 특훈을 받는 것이 지름길이지만 잘해나갈 수 있을지 의문이다.

천천히 할지, 단기간에 승부를 볼지, 그것이 문제였다.

결론은 갑작스레 내려졌다.

아니, 사실은 꽤 오래전부터 준비되어 있었는데 이때다 하고 내밀었을 뿐인지도 모른다. 우연이라고 보기 어렵다. 결정을 하루 앞둔 밤, 그 타이밍에 그 아이가 나타나다니.

저녁때까지는 평소와 다름없는 토요일이었다. 일을 마치고 집에 가는 길, 모나미 1호를 타고 가족을 만나러 갔다. 어느덧 레인 넘기는 수요일과 토요일의 일과가 되어 있었다. 전에는 일주일에 서너 번이나 레인을 넘을 때도 있었지만 얄궂게도 달리기에 집중할수록 레인 넘기에 할애할 시간이 줄어들었다. 레인을 넘은 다음 날 아침은 다리가 쑤시고 잠도 제대로 못 자서 달리기 연습에 지장이 생겼다.

모나미 1호는 변함없이 컨디션 최상이었다. 날씨도 좋고. 전에는 추위와의 싸움이었던 레인 넘기도 어느덧 찬바람에 떨지 않아도 되는 계절을 맞이했다.

초여름의 향기를 머금은 대기.

구름 사이로 반짝이는 별.

적당히 시원한 봄밤, 혼자만의 여행은 그 나름대로 기분 좋았고 무거운 코트를 벗은 몸은 가벼웠다. 오로지 앞으로, 앞으로 달려나가는 모나미 1호 위에서 난 쭉 뻗은 선이 되고 점이 되고 마침

내 아무것도 없는 무無로 녹아든다.

녹아든다. 가족이 말하는 이 명계 용어가 의미하는 바를 레인을 넘는 동안에는 조금 알 것 같기도 했다. 불필요한 것을 내려놓고 몸이 가벼워지는 느낌. 도코로 씨와의 일도 마치 에이코와의 일도, 마음에 걸렸던 모든 것이 미지근한 밤공기에 스며든다.

빛의 길에 다다랐을 때는 언제나 가슴이 달아올라 있었다.

이제야 돌아왔다. 가족이 있는 곳에. 가족과 함께 머물 수 있는 곳에.

상쾌한 마음으로 "나, 왔어"라며 고요미에게 인사하려 했다.

하지만 그날 밤은 고요미의 모습이 보이지 않았다. 대신 불길한 그림자가 날 기다리고 있었다.

"나나미 이모…."

오랜만이었다. 뜻밖이었다.

"얼굴이 많이 탔네. 허여멀겋더니."

이모는 빛의 길 한가운데를 막아선 채 말했다.

"건강해 보이고 좋네. 그렇지만 너도 나이가 나이인 만큼 본격적인 여름이 오기 전에 자외선 대책을 세워두는 게 좋을 거야."

"그런 얘길 하려고 기다린 거야?"

설마, 하고 콧방귀를 뀌더니 뒤돌아선다.

"따라와."

가면 안 돼. 가고 싶지 않아. 그 앞에는 바람직하지 않은 뭔가가 기다리고 있을 거야.

"기다려. 고요미는?"

"좀 쉬라고 했어. 오늘은 자기 집에 있어."

"고요미한테 갈래."

"잔말 말고 따라와."

아무런 설명도 없이 앞서간다. 가면 안 돼. 이 앞에는…. 알면서도 거부할 수 없었다. 도망쳐도 소용없다는 것도 알고 있었다.

난 나나미 이모의 뒤를 따라 빛의 길을 걸어 예의 그 연극 무대 같은 풍경 속을 묵묵히 지나갔다. 이모는 고양이보다 빨랐다. 자꾸만 뒤처지는 날 신경도 쓰지 않고 큰 보폭으로 성큼성큼 나아갔다. 여느 때와 다른 모퉁이를 돌고 폭이 좁아지는 샛길을 지나 한적한 주택가로 들어섰다.

어떠한 냄새도 소리도 없는 무미건조한 집들. 새로 페인트칠을 한 듯한 벽에, 지금 막 핀 듯한 정원의 꽃들. 공허할 정도로 모든 것이 완벽하다.

이윽고 나나미 이모가 그중 하나를 올려다보며 "여기야" 하고 말했다.

그 순간, 기다렸다는 듯이 현관문이 열리고 한 소년이 뛰어나왔다.

날씬한 몸에 갸름한 얼굴. 남색 교복을 입었지만 아직은 교복이 잘 어울리지 않는 아이의 천진난만함이 옷깃에서 엿보였다.

야옹야옹. 발밑에서 나는 소리에 고개를 숙이니 어디선가 고요미가 나타나 소년의 다리에 몸을 비비고 있었다. 너무나 자연스럽게. 곤노 아저씨와 나에게 그랬던 것처럼.

그렇다는 건… 설마.

"곤노… 아저씨의 아들?"

믿어지지 않았지만 소리 내어 불러봤다. 떨려서 그런지 마지막 말을 할 땐 목소리가 뒤집어졌다.

오로지 모나미 1호만을 바라보던 소년은 그제야 겨우 내 존재를 알아차린 듯 고개를 들었다.

"이건 내 로드 바이크예요."

진심으로 듣고 싶지 않았던 한마디였다.

"먼 길 오시느라 고생하셨어요. 곤노 도모하루의 처, 린코라고 해요. 전 다마키 씨를 자주 봐왔던 터라 왠지 친근하네요. 직접 만난 건 처음이지만. 반가워요."

질서 정연한 외관과는 다르게 건물 내부는 우리 집과 비슷한, 마치 하계에 있는 듯한 생활감이 느껴졌다. 벗어놓은 외투와 양말, 바닥에 쌓여 있는 잡지, 너저분하게 굴러다니는 리모컨과 게임 CD, 야구공. 내가 들어가본 적 없는 사이클 곤노의 2층은 이랬던 모양이다.

"어질러져 있어서 미안해요. 우리 애가 아무리 잔소리를 해도 정리를 못 해서요."

우리를 식탁으로 안내한 린코 씨는 정겨운 옛날 감성의 양철 주전자에 물을 끓여 차를 타 주었다. 향은 나지 않았다. 맛도 느껴지지 않았다. 그런데도 따뜻한 것이 몸을 채워주었다. 린코 씨의 온화한 성품 때문인지도 모른다.

곤노 아저씨의 부인이 어떤 사람이었을지 상상해보긴 했지만, 실물을 마주하는 날이 오다니.

어딘가 모르게 쓸쓸해 보이면서도 귀염성 있는 얼굴이었다. 부드럽게 처진 눈도 다소곳이 오므린 입술도 자연스럽게 찰랑거리는 곱슬머리도 모든 것이 귀여운 초식동물을 연상시켰다.

하지만 곤노 아저씨에 비해 훨씬 젊었다. 나이 차가 많이 났나?

"린코 씨는 이 스테이지에 꽤 오래 머문 터라 최근에는 커뮤니티 센터에서 카운슬링도 하고 있대."

이모의 말을 듣고 깨달았다. 원래 나이 차가 많이 났던 게 아니다. 린코 씨가 젊은 시절에 죽었을 뿐이다.

"아뇨, 카운슬링이라기보다는… 그저 새로 이쪽에 오신 분들에게 이곳 생활을 안내하면서 고민을 들어드리는 정도예요. 본인의 죽음을 받아들이지 못하는 사자가 의외로 많거든요."

"린코 씨가 있는 커뮤니티 센터에도 자전거 주인을 찾는 포스터를 붙였어. 그래서 생각보다 빨리 주인을 찾을 수 있었던 거야."

"한눈에 알아봤어요. 그건 남편이 다이키를 위해 조립한 자전거라는 걸. 설마 다이키가 그 자전거를 이쪽에 불러들이고 있었을 줄은… 얼마나 놀랐는지 몰라요."

"그럼 제가 이 자전거로 레인 넘기를 하는 것도 모르셨어요?"

"네, 부끄럽지만. 남편이 자전거를 다마키 씨에게 준 것까지는 여기서 보고 있었는데, 그 후로는 남편이 야마가타로 내려가서."

"이곳에 있다고 해서 모든 사람의 사생활을 들여다볼 수 있는 건 아니야. 가족이나 친구처럼 살아 있을 때 가까웠던 사람만 볼 수 있어."

이모의 설명이 맞아요, 하고 린코 씨가 고개를 끄덕이며 말했다.

"그래서 그 자전거 때문에 다마키 씨가 이렇게 고생하면서 명계와 하계를 오가는 줄도 몰랐어요. 정말 죄송해요."

"아니에요. 저한테는 모나미 1호도 곤노 아저씨도 다 고마운 존재인걸요."

"고마운 건 나예요. 혼자였던 남편의 친구가 되어줘서 정말 고마워요."

"그건…."

"다마키 씨가 가게에 처음 온 순간부터 난 알았어요. 둘이 좋은 친구가 될 거라는 걸. 근데 둘 다 너무 서툴러서 좀처럼 가까워지지 않더군요. 그땐 어찌나 안타깝던지."

정말일까? 질투하지는 않았을까? 잠시 마음속에 스친 의심은 린코 씨의 환한 미소 앞에서 흔적도 없이 사라졌다. 이 사람은 벌써 오래전에 질투 같은 부정적인 감정은 모두 녹여냈을 테니까.

"여기 머문 지는 얼마나 되신 거예요?"

내 질문에 린코 씨는 "부덕의 소치로"라며 농담 섞어 말했다.

"20년 가까이 머물고 있어요. 처음에는 이 아이… 하계에 남겨 두고 온 다이키가 걱정돼서 좀처럼 다음 스테이지로 갈 수 없었어요. 그러는 사이에 다이키마저 이쪽에 오게 됐고. 게다가 다이키도 하계에 미련이 남아 있어서."

발밑의 고요미를 조용히 쓰다듬던 다이키가 순간적으로 고개를 들었다.

"사람마다 집착의 대상은 천차만별이지만 다이키의 경우는 하계를 향한 모든 미련이 저 자전거에 집약된 것 같아요."

린코 씨 말에 의하면 외동으로 태어난 다이키는 아빠가 자전거포를 해서인지 철이 들 무렵부터 자전거를 굉장히 좋아했다고 한다. 질리지도 않고 온종일 사이클 곤노에 틀어박혀 지내는 날이 많았고, 엄마를 마음에서 떠나보낸 후에는 그런 경향이 더욱 강해졌다.

"남편을 닮았는지 학교에서도 친구를 금방 사귀는 타입은 아니었어요. 엄마도 없는 데다가 남편은 다이키가 가여운 나머지 애가 원하는 대로 계속해서 새 자전거를 주었거든요. 그게 점점 더 다이키의 자전거 사랑에 박차를 가하는 결과로 이어진 것 같아요."

나중에 크면 투르 드 프랑스le Tour de France(매년 7월 프랑스에서 열리는 사이클 대회)에 출전해서 우승할 거야. 이런 꿈을 내걸고 프랑스어를 가르쳐달라고 조르기까지 한 다이키는 4학년이 되자 본격적으로 로드 바이크를 갖고 싶어 했다. 곤노 씨는 처음으로 주저했다.

"빨리 달릴 수 있는 자전거를 타면 속도를 내고 싶은 것이 인지상정이니까요. 신체적으로도 정신적으로도 다이키는 로드 바이크를 능숙하게 탈 힘이 없었어요. 남편은 다이키에게 적어도 열세 살이 될 때까지 기다리라고 말했어요. 열세 살이 되면 세상에 둘도 없는 멋진 로드 바이크를 선물하겠다면서. 다이키는 열세 살이 되는 날을 손꼽아가며 기다렸어요. 아직 있지도 않은 자전거에 이름까지 붙여놓고."

"이름이요?"

"모나미 1호, 라고."

"……."

"다이키가 사고를 당한 건 열세 번째 생일을 맞이하기 열흘 전이었어요."

목소리가 촉촉해진 린코 씨 옆에서 다이키가 고요미를 안아 올렸다. 블루 그레이 색 털에 얼굴을 묻고 어깨를 살짝 들썩였다. 갑자기 습해진 공기에 당황한 고요미의 반짝거리는 오른쪽 눈은 언제 봐도 모나미 1호의 아름다운 프레임 색깔과 비슷하다.

모나미 1호. 너무나 멋진 자전거다. 소중히 간직해온 나에게 꼭 필요한 자전거다. 그렇지만….

내가 곤노 아저씨에게 받았을 때부터, 아니, 그전부터 계속 모나미 1호는 이 아이의 자전거였다.

11년 동안 오로지 모나미 1호만을 갈구해온 다이키의 자전거다.

"돌려드릴게요."

미련과 망설임과 집착이 뒤섞인 형편없는 목소리였다. 하지만 말했다.

"지금까지 감사했어요."

"정말?"

다이키의 촉촉한 눈망울이 반짝거린 것과 아니요, 하고 린코 씨가 고개를 가로저은 것은 거의 동시였다.

"그 자전거는 남편이 다마키 씨한테 드린 거예요. 소유권은 다 마키 씨한테 있어요."

"하지만 원래 주인은 다이키예요. 게다가 이대로면 다이키는 언제까지고 세컨드스테이지에 갈 수 없어요."

"그건 그렇지만, 다마키 씨도 모나미 1호가 없으면 곤란하잖아 요. 없으면 안 되는 소중한 자전거잖아요."

"그래도 원래 다이키한테 주려던 거였고…."

"하지만 주지 못했고 남편은 다마키 씨에게 줬어요. 그 탓에 다 마키 씨는 넘으면 안 되는 경계를 넘고 말았고요. 이렇게 된 책임 은 남편에게 있어요."

"책임이라니요. 전 정말로 감사하고 있는걸요. 모나미 1호 덕분 에 가족과 만나서 기쁘고 행복해요."

"그런 가족과 못 만나게 되면 전보다 더 깊은 고독이 다마키 씨 를 기다리고 있을 거예요."

서늘함이 목덜미에서 등줄기를 타고 지나갔다. 각오를 다졌던 마음이 흔들렸다. 그걸 알아차렸는지 다이키가 다시 어깨를 들썩였고 린코 씨도 티슈로 눈가를 지그시 눌렀다.

단 한 사람, 이 촉촉한 분위기에 휩쓸리지 않는 철의 여인이 있었다.

한 발 떨어져 지켜보고 있던 나나미 이모가 안심하세요, 라며 천천히 입을 열었다.

"다마키는 선언했어요. 자전거 없이 레인 넘기에 필요한 40킬로를 혼자 힘으로 달리겠다고요."

"혼자 힘으로? 그게 가능한 거예요?"

"지금은 할 수 없어요. 그러니 잠시 유예해주시겠어요?"

이모가 시선을 다이키에게 돌렸다.

"있지, 다이키. 앞으로 다섯 달만 기다려줄래? 10월에는 결정이 나거든. 결과가 어떻게 되든 그때는 다이키, 너에게 반드시 모나미 1호를 돌려줄게. 그러니까 그때까지 잠시만 더 이 누나한테 자전거를 빌려줄래?"

난 검지손가락으로 이모의 등을 쿡쿡 찔렀다.

"왜 10월이야?"

"그야 당연히 네가 10월에 마라톤 대회에 참가하니까 그렇지. 거기서 나한테 네 근성을 보여줘. 네가 40킬로를 완주하면 나도 더는 네 가족이 너에게 빙의해 명계로 안내하겠다는 계획을 말리지 않을 테니까. 네가 원하는 만큼 이곳까지 달려오면 돼. 그 대신 중간에 포기하면 두 번 다시 그 나약한 얼굴을 들고 여기 나타날 생각은 하지도 마."

함정에 빠졌다. 그런 느낌이 들었다. 모든 것이 나나미 이모가 짜놓은 계획대로 흘러가고 있는 것 같았다.

그런데도 그 계획을 거부할 수 없었던 건 아무리 생각해봐도 그 방법밖에 없다고 마음속으로 인정하고 있었기 때문이다. 지금 여기서 모나미 1호를 돌려주면 모든 것이 끝장이다. 하지만 다섯 달 후라면 한 가닥 희망이라도 붙잡을 수 있다.

"다이키."

내가 부르자마자 고요미의 등을 쓰다듬던 다이키의 손이 멈췄다.

"미안해. 나, 열심히 할게. 힘내서 40킬로를 달릴 수 있도록 할게. 그러니까 앞으로 다섯 달만 기다려줄래?"

다이키는 굳은 눈빛으로 날 돌아보더니 아니, 라며 고개를 저었다.

"난 기다리기만 하진 않을 거야. 응원할래. 누나는 우리 아빠의 친구잖아."

소박하고 우직하면서도 따스함이 배어 있는 목소리였다.

아, 역시 곤노 아저씨의 아들이다.

그런 생각이 들자 난 참지 못하고 두 눈에서 굵은 눈물방울을 떨어트렸다.

헤어지기 전, 난 린코 씨에게 중요한 질문을 던졌다.

"오늘 일, 곤노 아저씨에게 말해도 될까요? 린코 씨와 다이키랑 만난 거요, 편지나 전화로 전해도 괜찮을까요?"

난 곤노 아저씨에게 알려주고 싶었다. 린코 씨와 다이키가 이곳에서 잘 지내고 있다는 사실을. 고요미도 함께 있다는 사실을. 만약 믿어준다면 곤노 아저씨는 얼마나 마음이 놓일까.

하지만 린코 씨는 고개를 저었다.

"아니요, 그이한테는 말하지 말아주세요. 그 사람, 야마가타에서 지금 잘 지내고 있거든요. 이쪽 일 같은 건 모르는 편이 좋아요."

"쓸쓸하지 않으세요? 항상 보고 있는데, 그게 상대방에게 전해지지 않는다니."

"하지만 그건 그곳과 이곳으로 나뉘어 있는 모두의 쓸쓸함이니까요. 다마키 씨는 예외지만요."

당신은 반칙을 쓰고 있어, 라고 말하는 것 같아 뜨끔했다.

마음을 전할 수 없는 건 그곳과 이곳으로 나뉘어 있는 모두의 쓸쓸함. 난 그 대원칙을 거스르고, 게다가 자전거라는 금지된 수단을 이용해 넘으면 안 되는 경계를 넘고 말았다. 그게 그렇게 큰 잘못일까?

오늘 밤, 내가 가족을 만나지 않고 하계로 돌아온 것은 그런 양심의 가책을 느꼈기 때문인지도 모른다.

"너, 내가 쓸데없는 짓을 했다고 생각하니?"

빛의 길을 따라 돌아가는 길에 이모는 평소와 달리 내 눈치를 살폈다.

"다이키와 만났을 때는 가슴이 철렁했어. 하지만…."

"하지만?"

"내가 모나미 1호를 돌려주면 다이키는 하계에 대한 집착에서 해방되는 거잖아. 그러면 린코 씨도 같이 세컨드스테이지에 갈 수 있고. 나만 빼고 다 좋은 거잖아."

"그리고 네가 40킬로를 완주하면 만사 오케이 아니야? 넌 틀림없이 그 후로도 혼자 힘으로 명계와 하계를 오가는 몸짱 할머니가 될 거야."

"왠지 가시 돋친 말 같은데."

"솔직히 난 네가 지금 쏟는 노력을 좀 더 평범한 데 쓰면 좋겠어. 영어 공부는 어떻게 됐지?"

"지금 영어가 왜 나와?"

"통역사가 되고 싶다며? 내성적인 성격을 극복하고 다양한 사람과 교류하겠다면서 영문과에 들어갔잖아. 아니야? 그랬으면서 그렇게 쉽게 중퇴해버리다니."

"어떻게 될지 알 수 없는 미래를 위해 노력하기 싫어. 이모가 죽고 나서부터 그렇게 생각하게 됐어."

"봐, 또 금방 남 탓이나 하고. 그럼 마라톤은 어때? 다섯 달 후도 미래는 미래야."

"그만해."

더는 참을 수 없었다.

"그렇게 다 쏟아내지 마. 10월을 목표로 달리라는 둥 영어는 어떻게 됐냐는 둥 살아 있을 때는 이런 식으로 사람을 몰아붙이지 않았잖아. 한번에 이거 해라, 저거 해라, 강요하지 않았다고."

"미안."

이모가 사과했다.

뭐지? 이모가 사과를?!

그 순간, 머릿속이 새하얘지고 발이 주르르 미끄러져 다른 차원에 빠지기라도 한 듯 세상의 질감이 완전히 달라졌다.

나나미 이모가 나에게 사과했다.

이건 사건이다. 대사건! 나에겐 정말 엄청난 충격이었다.

"미안해. 내가 너무 한꺼번에 많이 말했지? 전처럼 매일 만날 수 없으니 만났을 때 이것저것 다 말하고 싶었나 봐."

경악해하는 날 아랑곳하지 않고 이모는 계속 사과했다.

"초조해서 그런 건지도 몰라. 요즘 내가 변한 것 같거든."

"응? 혹시… 녹아들고 있는 거야?"

목소리가 잠겼다. 말로 내뱉고 나니 무서워져 어깻죽지가 떨려 왔다.

"아마 그런 것 같아. 그 증거로 이제 녹아드는 게 별로 무섭지 않아."

"그런…."

그런 거 싫어. 언제까지나 이모 그대로 있어줘. 그렇게 말하려다가 이내 삼켰다. 녹아들지 않으면 다음 스테이지로 갈 수 없다. 새로운 생명으로 다시 태어날 수 없다.

"새아버지에 대한 원망… 다른 건 다 녹아도 그것만은 남을 거라고 생각했는데, 요즘 좀 이상해. 새아버지도 불쌍한 사람이었던 것 같아. 너무 안됐다는 생각도 들고."

"도대체 왜? 나쁜 사람이었잖아. 외할머니를 이유도 없이 막 때리고 그랬다며."

"응, 근데 엄마는 이미 다 녹아들어서 다시 태어났어. 미움만 남겨봤자 무슨 소용인가 싶기도 하고."

체념이란 이런 걸까. 녹아드는 것에 대한 저항감마저 녹아들고, 지금은 모든 걸 조용히 받아들이는 이모가 바로 내 옆에 있다.

"이모, 기다려. 조금만 더 기다려줘. 적어도 내가 혼자 힘으로 레인을 넘을 때까지는 이모 모습 그대로 있어줘."

"응, 그럴게. 10월까지는 어떻게든 잔소리쟁이 이모로 남아 있을게."

"방긋방긋 웃는 이모는 안 돼. 난 고집불통에 성질 더럽고 장갑차처럼 강력한 이모를 다시 보고 싶어."

"장갑차? 그래, 네 기대에 부응하도록 노력할게."

이모가 멈춰 섰다. 좌우에서 이모의 옆얼굴을 비추던 빛이 그 앞에서부터 끊어져 있었다. 저 멀리 암흑이 펼쳐졌다.

"내일 연습, 늦지 말고. 마라톤에 나가기로 했습니다. 잘 부탁드립니다. 예의 바르게 말하는 거야. 알겠지?"

"네네."

"대답은 한 번만."

양심의 가책을 느끼면서도 모나미 1호에 올라탔다. 다음에 왔을 때 이모는 얼마나 녹아들어 있을까? 이렇게 불안한 마음으로 페달에 발을 올린 적은 없었다.

하계에서 헤어졌다. 이모는 죽었다. 영원한 이별이었어야 했는데 다시 명계에서 만나게 됐다. 기적이다. 말 그대로 언빌리버블. 그런데 또다시 이별이 다가오고 있다. 이번에는 죽음이 아니라 생이 우리를 갈라놓을 것이다. 이모는 다시 태어나기 위해 나에게서 멀어진다.

살았든 죽었든 사람과 사람의 관계에 영원한 것은 없다.

난 그 사실을 어금니가 욱신거릴 만큼 절절히 느끼며 페달을 밟기 시작했다.

13

본격 시동,
사랑에 빠진 너구리

다음 날부터 오키나와 서쪽에 자리한 외딴섬 구메지마를 목표로 본격적인 연습이 시작됐다.

그렇다. 이지러너즈가 출전할 대회는 도코로 씨가 독단적으로 정한 구메지마 마라톤이다. 개최일은 10월 28일. 앞으로 다섯 달하고 조금 더 남았다.

이번 대회는 그야말로 참가하는 데 의의가 있어서, 도코로 씨외에는 누구 하나 진심으로 완주를 생각하는 사람은 없었다. 그렇지만 목표는 있는 편이 좋으니 각자 자신의 목표를 정하기로 했다. 목표 기록이 아니라, 목표 거리를.

• 도코로 42.195킬로

- 세이카 20킬로
- 후지미 21.1킬로
- 오시마 25킬로
- 하타 15킬로
- 마치 에이코 16킬로
- 고에다 3보 이상

내 목표는 말할 것도 없이 40킬로다.

"40킬로는 또 뭐야. 딱 떨어지는 건지 아닌지 참 애매한 숫자군. 어차피 달리는 거 2.195킬로 더 달려서 완주하지 그래?"

도코로 씨가 한 소리 했지만 내 목표는 어디까지나 레인의 길이와 똑같은 40킬로다. 혼자 힘으로 레인을 넘을 수 있다는 걸 나나미 이모에게, 린코 씨에게, 가족에게 증명해 보이는 것. 내 목표는 그것뿐이다.

어쨌든 이지러너즈는 각자의 목표를 향해 움직이기 시작했다.

"우선 모두 초심으로 돌아가 기본부터 시작하지. 10분이든 20분이든 좋으니까 시간 있을 때마다 개인 훈련을 하도록. 그리고 근육 운동도 매일 이만큼씩 하도록 하고!"

- 스트레칭
- 복근 운동 50회
- 배근 운동 50회

- 팔굽혀펴기 30회
- 허벅지 운동 좌우 30회씩

직접 해보니 꽤 힘들었다. 아침 조깅으로 녹초가 되어 일하러 가고, 점심시간에도 가볍게 달린다. 집에 오면 또 근육 운동을 한다. 이래선 몸이 버티기 힘드니 주 2회 개인 훈련을 쉬고 레인을 넘고 있는데, 이걸 쉬는 거라고 할 수 있을지 의문이다. 너무 힘들 때는 손을 모아 가족에게 미안해, 라고 말하고 자는 날도 늘어났다.

"일요일 팀 훈련도 난이도를 한 단계 올린다. 자, 오늘부터는 10킬로다. 고마자와공원 다섯 바퀴! 한 달 안에 전원 완주. 이것이 현재 우리의 목표다."

10킬로. 도코로 씨는 쉽게 말했지만 이건 정말 말도 안 되는 거리다. 지금까지 달리던 5킬로의 두 배. 겨우 한 달 만에 그렇게 쉽게 실력이 향상될 리 없다. 그렇게 생각했지만….

후지미, 세이카, 오시마 이렇게 세 사람은 10킬로에 처음 도전한 그날 바로 성공했다. 목표를 정하고 달린 덕분일까?

3개월 차인 나는 쓴맛을 봤다. 10킬로에 처음 도전한 날, 걷지 않고 달린 거리는 7킬로까지였다.

"10킬로도 못 달리는 애송이가 40킬로에 도전하겠다니, 건방지군!"

도코로 씨는 나를 향해 일갈했지만 사실 7킬로는 나에게 상당히 큰 진전이었다. 그때까지 내 기록이었던 5킬로를 넘는 순간, 새

하얀 도화지 같은 미지의 영역에 뛰어든 것 같았다. 그 앞에 뭐가 있는지 보고 싶은 마음과 두려운 마음, 어디까지 갈 수 있을지 불안한 마음과 흥분되는 마음, 무거워지는 다리와 좀 더 앞으로 나아가고 싶은 마음, 마지막은 체력과 정신력의 싸움이었다. 조금만 더, 조금만 더, 조금만 더. 그저 나 자신에게 계속해서 그 말을 되뇐 끝에 겨우겨우 도달한 7킬로. 40킬로는 이것의 여섯 배 가까이 된다고 생각하니 몸서리가 쳐졌지만, 기록을 2킬로나 갱신한 건 어찌 되었든 성과가 아닐까.

그 후 난 아침에 달리는 거리를 조금씩 늘려나갔고 그다음 주 일요일에는 고마자와공원을 네 바퀴, 즉 8킬로나 돌았다.

또 그다음 주에는 8.5킬로.

그리고 '한 달 안'에 해당하는 마지막 연습 날인 6월 중순, 드디어 10킬로를 멈추지 않고 끝까지 달리는 데 성공했다.

마지막 2킬로는 거의 정신력으로 버텼다. 숨쉬기조차 버거웠다. 한 걸음 한 걸음마다 체력이 부족하다는 걸 통감했다. 마지막 힘을 쥐어짜려 해도 짜낼 만한 힘이 어디에도 없었다.

하지만 멈추고 싶지 않았다. 걷고 싶지 않았다. 포기하고 싶지 않았다.

한 달 만에 10킬로. 이 첫 장애물을 넘지 못하면 그야말로 40킬로는 시간이 아무리 지나도 단지 꿈에 불과하다. 난 이제 꿈 따위 꾸기 싫다. 더 리얼하게, 필사적으로, 너덜너덜해질 만큼 진심으로 가족이 있는 곳을 향해 달려가고 싶었다.

드디어 10킬로 지점이 보였을 때, 머릿속은 몽롱했고 뭐라 외치고 있는 도코로 씨의 목소리도 들리지 않았다.

이제 열몇 걸음만 더 가면 된다.

이제 몇 걸음만 더 가면 된다.

이제 한 걸음… 앞으로 푹 고꾸라지듯 바닥에 주저앉았다.

"나쓰메 다마키, 66분 44초. 잘했어."

도코로 씨의 말에 대답은커녕 얼굴을 들기도 힘들었다.

덥다. 고통스럽다. 무릎이 욱신거린다.

그렇지만 달렸다. 10킬로를 달렸다!

피로감과 성취감이 교차하는 가운데 얼마나 오래 바닥에 등을 대고 있었을까.

겨우 호흡이 진정되고 한참 감고 있던 눈을 떴다.

구름 한 점 없는 초여름의 하늘. 너무나 푸르고 푸르러서 울고 싶었다.

아빠. 엄마. 슈.

나나미 이모.

린코 씨, 다이키.

보고 있어요? 나, 해냈어요. 드디어 10킬로를 달렸어요!

이렇게 격앙된 감동에 취한 순간도 세이카 씨가 "앗!" 하고 소리를 지르기 전까지였다.

"마치 씨도 왔어."

뭐라고?!

손가락 하나 까딱하고 싶지 않았는데 반사적으로 발딱 일어나졌다.

진짜 보인다. 저 멀리서 점점 가까이 다가오는 힘줄이 불거진 아줌마의 모습. 스스로 자른 게 틀림없는 산발한 짧은 머리, 발에는 아섹스. 그렇다 하더라도 설마⋯. 난 마지막까지 내 눈을 의심했다.

마치 에이코는 달리기 시작한 지 아직 한 달도 안 된 생초보다. 고마자와공원에서는 주말마다 하타와 장렬한 꼴찌 경쟁을 벌여왔다.

"마치 씨, 진짜 다섯 바퀴째 맞아?"

"한 바퀴 뒤지는 네 바퀴째 아니야?"

다른 사람들도 믿어지지 않는 눈치였는데 도코로 씨가 딱 잘라 말했다.

"아니, 다섯 바퀴째야. 마치 씨는 저래 봬도 운동신경이 꽤 좋아. 고등학생 때는 테니스부였다더군. 어렸을 때 운동했던 사람은 다른 운동도 금방 잘한다니까."

마치 에이코가 테니스를? 너무 안 어울려서 상상이 안 간다. 저녁 햇살을 받아 붉게 물든 길을 달려오는 그녀는 당연히 테니스 라켓보다 프라이팬이 어울리는 풍모였다. 요즘 들어 화장을 대충하는 그녀의 얼굴에는 일상의 피로가 훤히 드러나 있었다.

하지만 목 아래로는 확실히⋯ 도코로 씨의 말 때문인지 모르겠지만 지면 위를 미끄러지듯 나아가는 발놀림이 꽤 그럴싸해 보였다. 한 시간 이상 달리고 있는데도 자세가 그렇게 나쁘지 않고 게다가….

"마치 씨, 힘내요! 이제 마지막 10미터야."

골인을 앞두고 성원을 받자 마치 에이코는 놀랍게도 있는 힘껏 막판 스퍼트까지 내는 괴력을 보여주었다.

"71분 52초. 기록은 둘째치고 대단하군. 잘했어."

"정말 대단해요, 마치 씨. 10킬로를 뛰다니."

"기대주가 탄생했네요."

갈채 속에서 골인한 마치 에이코는 비틀비틀 코스를 벗어나 연석을 넘어가더니 푸른 잔디 위에 주저앉았다. 이제 한계라는 얼굴이었지만, 약삭빠르게 햇빛이 들지 않는 나무 그늘을 골랐다. 골인 직후 움직일 수도 없었던 나보다 여유로워 보였다.

괜히 억울한 마음이 치밀어 올랐다.

"치사해요."

난 마치 에이코 옆에 앉았다.

"테니스 쳤었다면서요? 몰랐어요."

"네가 그걸 왜 알아야 하지?"

머리까지 땀으로 범벅이 된 마치 에이코는 질세라 되받아쳤다.

"일부러 숨기려고 한 건 아니야. 테니스는 아주 오래전, 어렸을 때 했던 거니까. 이제 와 영광의 순간 따위 되돌아봐봤자 비참할 뿐이지."

"영광의 순간이 있었군요. 반짝반짝 빛나던 청춘이."

"반짝반짝 빛나던 정도가 아니지. 번쩍번쩍 빛났어. 그 시절은 내 인생 최고였어. 그때는 테니스를 열심히 하면 할수록 다들 인정해줬으니까. 시합에서 이기면 코치가 칭찬해주고 멤버들도 기뻐해줬어. 당연하다고 생각했는데 어른이 되고 보니 그게 그렇지 않더라."

거칠게 숨을 몰아쉬며 하늘을 올려다봤다. 좀 전에 올려다본 하늘보다 미묘하게 어두워졌다.

"주부로 사는 건 참 허무해. 아무리 열심히 해도 아무도 인정해주지 않거든. '힘내요!' 하고 누군가 날 응원해준 거, 잘했다고 칭찬해준 거, 참 오랜만이야."

마치 에이코는 그렇게 중얼거리더니 드물게 얌전히 입을 다물었다.

하는 수 없이 나도 그 옆에 앉은 채 땀이 식기를 기다렸다. 꽤 오랜 시간. 아니… 그렇다 쳐도 너무 길었다.

"하타 녀석, 왜 이리 안 와?"

"아무리 그래도 이건 너무 늦는데."

골인 지점에서 좀처럼 돌아오지 않는 하타를 기다리던 네 사람이 웅성거리기 시작했을 때였다.

"저, 죄송해요."

갑자기 옆에서 목소리가 들려와 돌아보니 커다란 나무 기둥 뒤쪽에서 빼빼 마른 여자가 얼굴을 내밀고 있었다. 고에다다.

"네?"

과묵한 고에다가 먼저 말을 걸다니 처음 있는 일이었다. 아니, 그녀의 목소리를 들은 것 자체가 처음이었다.

"사실 하타… 저 때문이에요."

팽팽하게 당겨진 현이 내는 소리 같았다. 그러면서도 의외로 강단 있어 보이는 목소리이기도 했다.

"아까 여러분이 달리고 있을 때 제가 맡아뒀던 짐을 하타가 가지러 왔어요. 이제 됐으니까 돌려달라면서. 전 아무것도 묻지 않고 그냥 돌려줬어요."

"엥, 정말이야?"

고에다가 고개를 끄덕이는 것보다 빨리 이 이야기를 듣고 있던 마치 에이코가 골인 지점의 네 사람에게 소리쳤다.

"하타가 도망갔대!"

오시마, 고에다 그리고 나, 이렇게 셋이 한 단독주택을 올려다보며 한숨을 지은 것은 그 일이 있은 지 여드레 후의 저녁이었다.

고마자와공원에서 그리 멀지 않은 히몬야라는 동네의 연예인이 많이 살 것 같은 고급 주택가. 우리 앞에 떡하니 서 있는 건물도 대사관인가 싶을 만큼 큰 저택으로 대문 앞에 있는 차고는 차 세대는 넉넉히 들어갈 만큼 널찍했고, 철문 사이로 보이는 잘 정돈

된 정원에는 꽤 큰 연못이 있었다. 보지 않아도 연못에 비단잉어가 헤엄치고 있다는 걸 알 수 있었다.

"하타… 평범한 대학생인 줄 알았는데 부잣집 도련님이었다니."

저택의 규모에 놀란 오시마는 주저했다.

"돌아가죠. 아무래도 우리 팀과는 어울리지 않는 사람 같아요."

하지만 그 말을 하자마자 고에다가 인터폰에 손을 올렸다.

딩동.

"실례합니다. 하타야마 신타 씨랑 같은 러닝 팀의 기도코로 유나라고 합니다."

그녀의 표정에서 결연한 각오가 전해졌다.

여드레 전 도망 사건 이후 연락이 끊긴 하타를 걱정하며 한번 찾아가보자고 말을 꺼낸 사람은 고에다였다. 하타에게 그냥 짐을 돌려준 게 어지간히 마음에 걸렸던 모양이다. "그런 겁쟁이 돼지 같은 놈은 내버려둬!"라며 도코로 씨가 반대했지만 고에다의 의지는 굳었다.

그리하여 무뚝뚝한 열혈남 오시마와 나도 함께 오게 됐다.

역시 같은 팀이라도 자연스럽게 연령별로 나뉘게 된다. 도코로 씨, 세이카 씨, 후지미 씨, 마치 에이코는 시니어 그룹, 오시마, 고에다, 하타, 나는 주니어 그룹.

시니어 그룹은 하나같이 하타의 실종을 "아직 젊으니까"라는 한마디로 가볍게 치부해버렸다.

"뭐, 좀 있으면 돌아오지 않겠어?"

"젊은 사람 일은 젊은 사람들끼리 알아서 해."

관대하다고 하면 관대하다고 할 수 있고, 무책임하다고 하면 지극히 무책임하게 보일 수도 있다. 그들은 모든 걸 주니어 그룹에 떠넘겼다.

휴, 이런 귀찮은 일이 생기니까 단체 활동이 싫은 거다.

난 마음속으로 이렇게 중얼거리며 고에다, 오시마와 함께 철문을 지나 저택 안으로 발을 들여놨다.

응접실은 거대한 항아리에 꽂혀 있는 생화에서 퍼져 나오는 은은한 향기로 가득했다. 폭신폭신한 소파에 나란히 앉아 기다리기를 10분. 차를 내온 도우미 뒤로 하타가 겸연쩍은 듯 얼굴을 드러냈다.

"하타, 너…."

무의식중에 눈을 크게 뜬 우리의 마음속 외침을 오시마가 대표로 말했다.

"살쪘네."

말 그대로다. 다이어트와의 전쟁에서 일진일퇴를 거듭하던 하타는 겨우 여드레 만에 그야말로 엄청나게 불어 있었다.

"이게 원래 내 모습이에요."

하타가 비굴한 모습으로 우리 맞은편에 앉자 소파가 깊숙이 내려갔다.

"어렸을 때부터 학예회 때마다 너구리 역할만 맡았어요. 항상 배가 불룩 나온 먹보 너구리. 대사는 늘 배고프다, 한 그릇 더 주세요, 곱빼기 만세! 같은 것들이었죠."

"도련님, 설탕은 조금만요." 하타는 이렇게 속삭이며 나간 도우미에게는 눈길도 주지 않고 녹차에 설탕 스틱을 세 개나 넣고 섞었다.

"그런 캐릭터를 바꾸고 싶었던 거 아니야? 그래서 달리기 시작한 거잖아."

"그런 캐릭터를 바꾸고 싶어서, 그래서 다이어트 용품을 사러 갔죠. 거기서 도코로 씨한테 붙들려서는. 그때 다이어트 벨트나 살 걸 그랬어요."

"그럴지도."

"그래도 도코로 씨가 달리는 편이 더 멋있다고 말했을 때는 그렇다고 생각했어요. 확실히 다이어트 벨트를 두르는 것보다 달리는 편이 멋있으니까. 다이어트 벨트는 어차피 너구리 캐릭터의 연장선 위에 있으니까요. 편하게 살을 빼려고 하는 한 평생 너구리에서 벗어날 수 없어. 그런 생각을 한 것 자체가 잘못이었어요."

"도코로 씨는 겁쟁이 돼지라고 하더군."

하타는 고개를 푹 숙였다. 아무리 어깨를 축 늘어뜨려도 동글동글 포동포동한 그의 몸집에서는 일말의 비애도 느껴지지 않았다.

"달리기 싫어진 거예요?"

후루룩 녹차를 홀짝이는 하타에게 오시마 옆에 앉은 고에다가 물었다.

"이제 연습에 안 나올 건가요?"

하타가 천천히 고개를 들어 망설이는 눈빛으로 고에다를 바라봤다. 늘 말없이 책을 읽는 그녀가 지금 여기서 이렇게 말하고 있는 모습을 이제야 이상하게 여기는 듯이.

"난 지난번에 하타한테 가방을 돌려주기 전에 이 말을 물어볼걸 그랬다며 후회했어요. 그냥 돌려주지 말고 물어본 다음에 돌려줄 걸 하고."

허세라는 껍질이 벗겨지고 자존심에 상처를 입은 남자의 상심이 하타의 표정에 드러났다.

"달리기가 싫어진 게 아니야. 이제 제법 익숙해졌고 숨쉬기도 그럭저럭 편안해졌어. 조금씩이지만 체중도 빠졌고. 그냥 한심해서 그래. 난 달린 지 6개월이나 됐는데 나쓰메한테도 추월당하고 50대 아줌마한테까지 추월당했어…. 정신을 차리고 보니 난 매번 꼴찌였어. 스물한 살 남자인 나로서는 체면이 말이 아니라고."

하타는 꼴찌는 싫다며 다시금 고개를 숙였다.

어리광 부리지 마! 돼지 녀석! 도코로 씨라면 이런 말로 일갈했겠지만 고에다는 이렇게 말했다.

"그럼, 다음부터는 내가 꼴찌가 될게요."

"뭐?"

"다음 연습부터는 나도 같이 달릴게요. 그럼 내가 꼴찌잖아요."

건강에 신경 쓰지 않아서 그런지 여드름이 늘어난 하타의 볼이 붉어졌다.

"그, 그건 날 위해서?"

"아니요, 나도 언제까지 이대로 있을 수는 없겠다고 생각했어요. 매주 연습에 따라가긴 했지만 달리는 건 힘들 것 같아서 피하고 도망쳤죠. 늘 숨어만 있었어요. 나만 편하게 있었어요. 하지만 열심히 달리는 멤버들을 보는 사이에 나도 뭔가가 하고 싶어졌어요."

고에다는 꽃망울이 벌어지듯 환하게 미소 지었다.

"고마워요. 좋은 기회를 줘서."

"임무 완료." 오시마가 중얼거렸다.

"이제 괜찮겠네. 돌아가죠."

너구리 인형 같달까, 골목길의 우체통 같달까. 그저 얼굴을 붉힐 뿐 아무 말이 없는 하타를 남겨두고 오시마가 벌떡 일어섰다. 빠른 걸음으로 현관으로 향하는 그의 뒤를 나와 고에다가 서둘러 쫓아갔다.

"이제 괜찮다니… 정말 저렇게 두고 가도 괜찮겠어요? 하타가 연습에 나올까요?"

몇 번이나 뒤를 돌아보는 고에다에게 오시마는 자신만만하게 고개를 끄덕였다.

"확실해요. 저 녀석은 이제 평범한 너구리가 아니에요. 사랑에 빠진 너구리지."

아하, 그제야 이해한 내 옆에서 고에다는 "사랑?"이라며 어리둥절해했다.

"하타가 사랑에 빠졌다고요?"

"…."

의외로 순수한 고에다와 사랑에 빠진 게 확실해 보이는 너구리 캐릭터 하타. 이 둘이 앞으로 어떻게 될지 아주 살짝 궁금하긴 하다.

궁금하다고 하니….

"그러면 난 여기서."

나와 고에다를 가까운 버스 정류장까지 바래다준 오시마는 자전거로 돌아갔다. 그런데 헤어질 때 의문의 한마디를 남겼다.

"나쓰메 씨, 오늘은 자전거가 아니라 아쉽네요."

…이건 대체 어떤 의미지?

14

고교 두 바퀴 레이스

다음 일요일부터 하타가 연습에 복귀하고 그 후로도 계속 나오게 된 것은 두말할 것도 없다. 고에다에게 좋은 모습을 보여주고 싶은지 갑자기 전과 다르게 남다른 열의를 보였다. 다이어트도 다시 시작한 덕에 차마 눈 뜨고 볼 수 없을 정도였던 요요에서 서서히 회복해 '뚱뚱보'에서 '뚱보' 정도가 됐다.

고에다도 하타와의 약속을 지켰다. 그 가냘픈 몸으로 달리는 모습이라니 도저히 상상이 가지 않았지만, 실제로 팔다리를 움직여 땅 위를 사뿐사뿐 뛰었다. 달리다 멈추고 달리다 멈추고, 처음에는 누구나 그것을 반복한다. 조금씩 달리는 시간이 길어지고 멈추는 시간이 짧아진다.

다만 빈혈이 있는 고에다는 무리하면 바로 혈색을 잃고 주저앉왔다. 그때마다 하타는 "괜찮아?"라며 곁을 지켜주었고 도코로 씨는 "시끄러워, 돼지 녀석. 고에다 가까이 가지 마!"라며 호통을 쳤다. 고에다밖에 눈에 들어오지 않는 하타는 무슨 말을 해도 흘려들었다.

사랑, 그래 이것이 바로 사랑이다.

"아줌마들만 있는 직장에서 일하다 보니 이런 풋풋한 사랑은 오랜만에 보는 것 같아. 청춘의 사랑이라니, 좋아 보이더라. 역시 사랑의 왕도는 짝사랑이지. 이것저것 고민하고 혼자 상상의 나래를 펼치기도 하고. 그 시간이 길면 길수록 숙성된다고나 할까?"

하타의 사랑을 지켜보는 데 몰입해 있던 나는 명계에서도 무심코 이렇게 말했다.

곧바로 엄마의 잔소리가 날아들었다.

"짝사랑도 좋지만 혼자 상상의 나래만 펼치다가는 다마짱처럼 연애도 못 하고 할머니 같은 소리나 하게 될걸."

"할머니?"

"청춘의 사랑이 좋아 보인다느니, 보통 젊은 사람은 그런 말 안 하잖아. 신중한 것도 좋지만 사랑은 살아 있는 생물이라 너무 숙성하면 썩어버린다고. 후후."

생긋생긋 웃는 얼굴로 퍽 진지한 이야기를 꺼낸 엄마에 이어 바로 이때라는 듯이 모두 총공격에 나섰다.

"맞아. 다마키는 옛날부터 너무 신중했어. 관심 가는 남자가 있어도 보기만 할 뿐이었지. 부모로서는 그 정도가 마음이 놓이긴 했지만 스무 살이 넘어가니까 거꾸로 걱정이 되더라. 대학생 때는 이모가 하도 가라고 재촉해서 몇 번인가 미팅에 나갔지? 그래 놓곤 대화에 참여할 생각이 전혀 없더라. 그렇게 꽉 막힌 타입은 꺼리게 된다고. 특히 젊은 남자들은."

"누나, 고등학생 때는 같은 반 다마키 하야토를 좋아했잖아. 그래서 노트에 '다마키 다마키'라고 쓰고는 이름도 성도 다마키라서 어쩌지, 하고 혼잣말하며 히죽거렸으면서 다마키 하야토 앞에만 서면 갑자기 퉁명스럽게 굴었지. 틀림없이 기분 나쁜 애라고 생각했을 거야."

"겁이 많아서 그래, 다마쨩은. 연애 감정이 생겨도 막상 상대방 앞에 서면 뒷걸음치는 거지. 왜 있었잖아. 전에 일하던 곳 직원 중에 무라타 씨라고. 혼자 좋아하며 늘 지켜봤으면서 막상 밥을 먹자고 하니까 겁먹어서는."

흠… 이렇게까지 자세히 알고 있다니. 모든 걸 깡그리 알고 있으니 프라이버시를 지켜달라고 항의할 기력조차 없다.

"걱정 끼쳐서 미안해. 하지만 난 사랑 같은 거 안 해도 살아갈 수 있으니까 괜찮아."

"살아갈 수는 있어도 그것만으로는 뭔가 부족하지. 아무런 맛도 멋도 없는 인생을 보내게 된다고."

"그렇지만 아무리 깊은 맛이 나는 연애를 한다 쳐도 언젠가는 반드시 어느 한쪽이 먼저 죽고 말잖아. 혼자 남게 되잖아. 그러면 처음부터 혼자인 편이 낫지 않아?"

이때 엄마, 아빠, 슈의 표정을 난 영원히 잊을 수 없다.

물론 나도 긍정적인 연애관이라고는 생각하지 않는다. 아니 어쩌면 상당히 염세적인 쪽이라고 해야 맞을 것이다. 그렇다고 해도 저렇게까지 절망적인 표정을 지을 건 없지 않나?

"있지, 다마키. 이것만은 기억해줘. 아빠와 엄마가 연애하지 않았다면 다마키는 태어나지 않았을 거라는 걸."

아빠가 깊은 한숨을 내쉬었다.

좋은 대학을 나와 좋은 회사에 취직하고 좋은 사람을 만나 결혼한다. 이게 행복이라고 순진하게 믿는 사람은 요즘 세상에 그리 많지 않겠지만, 좋은 사람을 만나 결혼하는 것에 대해서는 아직도 그래야 한다고 믿는 사람이 많은 것 같다. 특히 엄마들 세대에는 말이다. 그 점에서 난 불효를 저지르고 있는지도 모르겠다.

그러나 지금의 내가 할 수 있는 최대한의 효도는 레인을 넘어 계속해서 명계에 오는 것, 그걸 위해 나 자신을 단련하는 거라고 생각했다. 솔직히 연애할 처지도 아니었고.

조금이라도 빨리, 조금이라도 멀리 갈 수 있도록 난 거의 매일 쉬지 않고 달렸다. 장딴지와 무릎, 그리고 허벅지에 근육이 붙은 걸 확연히 알 수 있었다. 화장실 거울에 비친 하반신의 실루엣이 달라졌다. 오랫동안 입어온 청바지의 허리둘레가 헐렁해지고 대신 허벅지 부근이 꽉 꼈다.

성과는 아주 좋았다. 분명 그랬어야 하는데….

문제는 6월 후반부로 접어들며 기온이 올라가 조금씩 몸에 영향을 주면서 나타났다. 달리기 쾌적한 봄을 지나 시련의 여름이 점점 다가오고 있었다.

여태 하던 대로 연습해도 소모되는 에너지의 차이가 뚜렷했다. 겨울철 땀이 산뜻한 데 반해 여름철 땀은 진득진득하다. 매일 위력을 더해가는 햇볕에 그을린 피부는 7월 초에 이미 바캉스에서 돌아온 듯한 구릿빛으로 물들어 있었다.

이지러너즈 멤버들이 눈에 띄게 해이해진 것도 그즈음이었다. 고에다 외에는 모두 10킬로를 예사로 뛸 수 있게 되고 15킬로로 목표가 껑충 뜀과 동시에 연습 참가율이 내려갔다.

허리가 안 좋다, 땀이 열이 난다, 무릎이 아프다, 빈혈 등등. 결석의 이유는 제각각이었지만 다들 여름 더위에 지쳐 있었다.

이렇게 말하는 나도 이른 아침 조깅을 종종 빼먹었다. 24마트 점심시간에도 죽을 정도는 아니지만 너무 더워서 달릴 수 없었다. 일요일 팀 연습에서도 15킬로는커녕 10킬로 바로 앞에서 발이 멈추는 일이 늘어났다. 요사이 컨디션이 좋아 거리를 늘려나가던 오시마와 하타도 마찬가지였다.

그런 침체 분위기를 불식시키기 위해 나선 것은 역시 도코로 씨였다.

"대회까지 이제 석 달 반, 이렇게 해이해져 있을 때가 아니야! 하고 기합을 넣어도 더운 건 더운 거고 의욕이 생기지 않는 건 마찬가지야. 자, 일단 생기를 불어넣기 위해 레이스를 하는 게 어때?"

"레이스?"

"고쿄 두 바퀴, 10킬로 레이스다!"

이리하여 이지러너즈는 처음으로 홈그라운드인 고마자와공원을 벗어나 러너의 성지로 잘 알려진 고쿄 코스에 진출하게 됐다.

'7월 15일 15시 반, JR유라쿠초역에서 도보 3분 거리의 도쿄국제포럼 B홀 앞에서 집합. 시간 엄수. 문답 불요. 주지육림. 늦는 사람은 토끼띔 고쿄 열 바퀴!'

도코로 씨에게서 문자를 받았을 때는 뭐야, 하고 고개를 갸웃거렸다. 의미를 알 수 없는 사자성어는 무시하기로 하고, 고쿄에서 달리는데 집합 장소가 도쿄국제포럼?

직접 가본 후에야 이해가 갔다. 이 멋진 건물의 화장실을 이용해 운동복으로 갈아입은 뒤 코인 로커에 짐을 맡기고 달린다는 계획이었다.

"최근에는 러너를 위한 시설이 늘었지만 이곳을 이용하면 로커 요금 300엔만 내면 돼. 아는 사람들 사이에선 꽤 유명하지."

옷을 갈아입은 우리는 마루노우치 빌딩가를 지나 고쿄로 이동했다. 쇼핑을 즐기는 사람들과 데이트하는 커플, 휴일 출근한 직장인들이 오가는 길거리에서 러닝용 운동복을 입은 남녀노소 일행은 확연히 눈에 띄었다.

"그건 그렇고 도코로 씨, 어째서 일부러 고쿄에서 달리기로 한 거죠?"

유난히 눈에 띄는 무지개색 티셔츠와 금빛 반바지 차림의 세이카 씨가 앞서가는 도코로 씨에게 물었다.

"10킬로 레이스를 하고 싶으면 고마자와공원에서 다섯 바퀴를 뛰어도 되잖아요."

"그야 해이해진 분위기를 완전히 새롭게 바꾸기 위해서지. 다들 매너리즘에 빠졌잖아. 고마자와공원에도 질렸고."

"그래도 좀 더 가까운 곳도 있는데."

"맞아요. 유라쿠초는 의외로 불편하고 교통비도 엄청 비싸잖아요."

"내 나이쯤 먹으니 이런 세련된 분위기가 좀 어색하긴 하군요."

저마다 한마디씩 불평했지만 도코로 씨는 침묵을 지켰다. 그런 도코로 씨에게 오시마가 결정적인 한 방을 날렸다.

"아, 그러고 보니 고쿄 근처 히토쓰바시에 《이지·런》을 출간하는 ER출판이 있지 않나요?"

"그, 그래 맞아."

"도코로 씨, 또 무슨 일 꾸미고 있는 거 아니에요?"

"뭐? 내가 무슨 일을 꾸민다고 그래? 생사람 잡지 마. 나는 그저 초대장을 팩스로 보냈을 뿐이라고."

"초대장?"

"오늘 레이스 말이야. 《이지·런》 편집자한테 관심 있으면 보러 오라고 했지."

어이가 없다. 정말이지 왜 그렇게까지 〈우리 팀을 소개합니다〉 코너에 실리고 싶은 걸까.

"그래서 답장은요?"

이럴 때 도코로 씨를 상대해주는 사람은 후지미 씨뿐이다.

"당연히 오겠죠. 답장이 없다는 건, 왜 있잖아요, 무소식이 희소식이라고. 오후 4시에 니주바시 다리 앞에서 출발이라고 써놨으니까 벌써 기다리고 있을 거예요."

당연히 그런 일은 없었다. 도쿄국제포럼에서 10분도 안 걸려 도착한 니주바시 다리 앞에는 편집자 비슷한 사람의 그림자도 형체도 없었다. 눈에 들어오는 건 초록 나뭇잎을 즐기며 천천히 거니는 관광객과 카메라를 손에 든 외국인 여행객뿐이었다.

"생각해보니 오늘은 휴일이잖아. 직장인이면 팬티 바람으로 낮잠을 즐기고 싶지 않겠어?"

도코로 씨는 말은 그렇게 하면서도 미련이 남은 듯 준비운동으로 시간을 끌었고, 아킬레스건 스트레칭을 백 번도 넘게 해서 끊어질 것 같을 때가 되어서야 포기했다.

"…달릴까?"

쇄신은커녕 오히려 분위기가 착 가라앉았다.

그 가라앉은 분위기를 끌어올린 건 세이카 씨였다.

"잠깐, 하나 제안하고 싶은 게 있어. 모처럼 레이스를 하는데 상품이 걸려 있어야 좀 더 의욕이 나지 않겠어?"

"상품?"

"우리 가게 단골손님이 스포츠 용품 회사에 다니는데 요전번에 최신형 고기능 워치를 선물로 줬어. 친구랑 같이 쓰라며 두 개나."

이거야, 하고 세이카 씨가 손목에 찬 빨간색 고기능 워치를 들어 보였다.

"나머지 한 개를 오늘의 상품으로 제공할게. 남녀 공용이라 아무나 쓸 수 있어."

고기능 워치. 실제로 어떤 기능이 있는지는 몰라도 세이카 씨가 손목에 찬 시계는 매우 고도의 기능을 갖춘 제품으로 보였고 디자인도 굉장히 멋졌다.

"오오, 진짜 좋은 물건 같군요."

"잘됐네요. 마침 러닝용 시계가 필요했는데."

후지미 씨와 마치 에이코의 눈빛이 변했다. 시니어 그룹일수록 선물에 약한 걸까. 도코로 씨까지 "워치, 워치, 워어어!"라며 괴성을 지르기 시작했다.

"도코로 씨는 안 돼요. 1등이 확실하니까."

"맞아요. 도코로 씨는 빼요."

이렇게 모두 한마음으로 정해 선물을 준비한 세이카 씨와 도코로 씨를 제외한 나머지 여섯 명이 고기능 워치를 두고 쟁탈전을 벌이게 됐다.

"준비, 땅!"

먼저 도코로 씨가 휙 하고 앞으로 튀어나갔다. 마치 한 줄기 바람과도 같은 속도였다.

의욕이 그리 높아 보이지도 않았는데. 《이지·런》 편집자에게는 퇴짜를 맞고 고기능 워치 쟁탈전에서도 제외되고. 도코로 씨 입장에서 보면 동기가 상당히 저하됐을 법도 한데 말이다.

저 사람, 진짜 제대로 달리면 얼마나 빠를까?

단연코 빠른 도코로 씨를 가장 먼저 뒤따른 것은 후지미 씨였다. 허리가 아프다 아프다 하면서도 할 때는 하는 최고령. 그 바로 뒤에 오시마. 이 순위는 예상대로다.

의외였던 것은 지금까지 항상 상위권이었던 세이카 씨가 어째선지 내 뒤에 있고 마치 에이코와 하타가 경쟁하듯 내 앞을 달리고 있다는 점이었다. 매번 꼴찌 경쟁이 치열했던 둘이 내 앞에!

초조했다. 당황스러웠다. 하지만 이런 생각도 들었다. 여기서 휘둘리면 안 된다고.

아마 하타는 고에다에게 잘 보이고 싶은 마음에, 마치 에이코는 고기능 워치를 갖고 싶은 마음에 실력 이상으로 무리하고 있을 것이다. 둘을 신경 쓰다 내 페이스가 흔들리면 안 된다. 지금은 신중에 신중을 기해야 할 초반 코스다.

니주바시 다리 앞에서 시작한 우리는 고쿄와 히가시교엔을 둘러싼 내부 해자를 따라 왼쪽으로 돌아나갔고, 펠리스 호텔 앞에 이르렀을 때는 서로 완전히 멀어졌다. 한참 앞에 마치 에이코와 하타의 모습이 보였다. 달려도 달려도 거리를 좁힐 수 없는 답답함이 더해갔다. 더구나 다케바시 다리를 지날 무렵부터 힘든 경사가 시작되자 심장이 빠르게 뛰었다. 내딛는 한 걸음 한 걸음의 부하가 증가하고 바로 호흡이 거칠어졌다. 도코로 씨가 알려준 오르막길 대책, '속도를 늦추지 말고 보폭을 좁게 할 것'을 지키며 참고 참아 겨우 평평한 길이 나왔을 때, 내 뒤로 바짝 다가온 세이카 씨에게 추월당했다.

역시. 초반에 힘을 쓰지 않고 비축해뒀군.

여기서 뒤처지면 안 된다는 생각에 서둘러 쫓아갔다. 예쁜 무지개색 티셔츠에 딱 붙어 따라갔다. 일직선인 가로수 길을 달려 구단시타 구역을 통과해 드디어 완만한 내리막길로 들어섰다. 이곳은 시야가 확 트여 있어 고쿄의 푸름과 해자의 물, 그 뒤로 솟아오른 마루노우치 빌딩 숲까지 한눈에 선명히 들어왔다. 멋진 풍경이다. 멋진 경치에 홀린 사이 속도를 높인 세이카 씨는 또다시 멀어졌다. 이번에는 따라가지 못했다.

이제 반 바퀴를 돈 건가?

그렇다면 2~3킬로쯤 달린 건가?

앞으로 세 배 이상 남았다고 생각하니 아득하다.

가슴이 조여오는 것 같다. 차도의 매연을 들이마신 탓인지 목안쪽도 따끔거린다. 아직 초반인데 이렇게 지쳐서야 두 바퀴나 달릴 수 있을까? 자신감이 희미해져간다.

그나마 다행인 것은 흐린 하늘 덕분에 기온이 평소보다 낮다는 점이다. 수묵화처럼 흑백의 무늬를 그리는 구름 아래로 몇 대의

헬리콥터가 요란하게 선회하고 있다. 나가타초永田町(국회의사당과 수상 관저가 있어 정계를 의미하기도 한다)의 어떤 정치인이 부정부패라도 저지른 걸까? 세이카 씨는 귀에 이어폰을 꽂고 있었는데 그건 아이팟일까. 무슨 색이었지? 2시 넘어서 도넛을 먹는 게 아니었는데.

집중력이 떨어진다. 의식이 분산된다. 하지만 뇌의 9할은 단 하나만을 생각했다. 힘들다, 힘들다, 힘들다, 힘들다, 너무 힘들다.

세이카 씨가 순식간에 속도를 내 하타와 경쟁하던 마치 에이코를 금방 따라잡았다. 하타는 나란히 달리는 상대를 바꿔 그대로 나아가고 나가떨어진 마치 에이코는 뒤처졌다. 힘든 건 나뿐만이 아니다. 오른쪽 왼쪽으로 크게 흔들리는 마치 에이코의 뒷모습에 투지가 불타올랐다. 이 사람한테만은 질 수 없어!

그렇게 나 자신을 고무시켜봤지만, 마음만 앞설 뿐 체력이 받쳐주지 못했다. 마음은 천리를 달리고 있는데 몸은 느릿느릿 땅을 기어갈 뿐이었다. 느려지는 속도에 마음을 졸이는 사이 어느새 스타트 지점인 니주바시 다리가 보이기 시작했다.

이제 겨우 한 바퀴. 두 바퀴째가 걱정이다.

기록은? 어지러운 가운데 손목시계를 보는 내 옆을 도코로 씨와 비슷한 사람이 엄청난 기세로 달려갔다.

아니, 비슷한 사람이 아니라 진짜 도코로 씨였다.

"아니?"

왜? 맨 앞에 있어야 할 그가 여기에?

내가 29분 8초 만에 한 바퀴를 도는 동안 도코로 씨는 두 바퀴를 달렸다는 걸 깨닫는 데는 시간이 조금 걸렸다.

빠르다. 너무 빠르다.

니주바시 다리 앞으로 화려하게 골인한 도코로 씨는 별 흐트러짐 없는 목소리로 마치 에이코와 나에게 소리쳤다.

"마치 씨, 보폭이 너무 넓어! 나쓰메 다마키, 가슴을 너무 폈어!"

무심코 상반신에 힘을 주는 것이 내 나쁜 버릇이다. 릴랙스. 릴랙스. 두 팔을 앞으로 뒤로 부드럽게 흔들어 들어간 힘을 분산시켰다.

마지막 한 바퀴는 마치 에이코를 이기고 싶다는 일념으로 달렸다. 적도 마찬가지로 의지와 집념으로 간신히 버티는 듯했다. 그런 것치고는 저 나이에, 게다가 달린 지 두 달밖에 안 됐는데 잘도 여기까지 달려왔다.

팰리스 호텔 근처에서 일단 1미터까지 근접했다. 다시 멀어졌다. 심장이 고장 나지 않길 바라며 두 번째 오르막길에 도전, 지도리가후치 파출소 앞에서 한 번 더 남은 힘을 짜내 따라붙었다. 멀어졌다.

다시 완만한 내리막길. 고쿄의 푸름과 해자의 물, 그 뒤의 빌딩 숲이 처음 돌 때보다 흐릿해 보였다. 오른쪽에 국립극장이 보이기 시작할 즈음 그제야 겨우 마치 에이코를 따라잡았다. 나란히 달렸다. 이번에는 뒤처지지 않았다. 내 속도는 느려졌지만, 적도 그만큼 느렸다.

가스미가세키 빌딩 숲이 가까워졌을 무렵, 처음으로 한 걸음 앞섰다. 고작 몇십 센티미터. 금방 다시 나란히 섰다. 재차 힘을 짜 냈다. 다시 앞섰다. 다시 나란히 섰다. 좀비 같은 아줌마다.

체력의 한계가 다가온다. 아니, 이미 한계를 넘어섰다. 더는 견 딜 수 없는 경계를 넘은 순간, 조금 전까지는 나른할 정도로 달아 올랐던 몸이 거꾸로 식기 시작했다. 오한과 함께 팔뚝에 닭살이 돋았다. 시큼한 위액이 올라왔다.

드디어 마지막 직선주로. 니주바시 다리 앞에서 기다리고 있는 멤버들의 모습이 보였다.

보이긴 보였는데 이제 틀렸다. 숨이 쉬어지지 않는다. 팔이, 다 리가 말을 듣지 않는다.

이를 갈면서도 힘이 다해 속도가 줄기 시작했을 때, 눈에 보였다 사라지기를 반복하던 마치 에이코가 갑자기 시야에서 벗어났다.

어?

무심코 뒤를 돌아봤다. 마치 에이코는 길에 주저앉아 있었다. 쓰러졌나? 아니다. 신발 끈이다. 풀린 신발 끈을 다시 묶고 있다. 찬스!

이 틈에 거리를 벌렸다. 골인까지 조금만 더 가면 된다. 더는 돌 아보지 않고 달렸다.

결국 난 신발 끈 덕분에 승리를 거뒀다. 어쩐지 시원하지 못한 승부이긴 하지만.

"나쓰메 다마키, 62분 48초."

"마치 에이코, 63분 3초."

15초 차이로 들어온 마치 에이코는 땅에 주저앉아 있는 나를 아주 부아가 치민다는 듯 쳐다보고는 헉헉거리며 도코로 씨에게 물었다.

"고기능 워치는 누가?"

순간 그 자리에 있던 전원이 똑같은 표정으로 마치 에이코를 바라봤다. 저렇게 죽을 듯한 얼굴로 골인한 직후에 어깨를 들썩이면서도 고기능 워치 생각이 나나?

"놀랍게도 하타가 내 뒤를 이어 2위로 골인했어."

"에?"

"아쉽게도 3위는 후지미 씨. 초반에 힘을 너무 썼어. 오시마는 약점을 극복하지 못하고 5위."

"약점?"

"방향치야. 두 바퀴째에서 코스를 벗어나 기록 손실을 크게 봤어. 이렇게 알기 쉬운 코스를 도대체 어떻게 하면 벗어날 수 있는 거지?"

아무래도 하타는 그저 운이 좋았던 모양이다. 그래도 2위는 2위다. 남자라 그런가? 바로 얼마 전까지만 해도 꼴찌였는데 한 달 열심히 훈련했다고 이렇게까지 성장하다니.

"음, 하필이면 하타가."

마치 에이코의 부러운 듯한 시선을 받은 하타는 겁먹은 표정으로 뒤로 물러났다.

"아니에요, 고기능 워치는 거절했어요. 아까 봤는데 난 더 좋은 게 있거든요. 3위를 한 후지미 씨한테 양보했어요."

"그래요. 내가 받았습니다. 손자한테 사용 방법을 가르쳐달라고 할 겁니다. 허허허."

"어머, 양보해도 된다는 얘기는 없었잖아요. 그건 규칙 위반 아니에요?"

"아니, 그렇지만 하타가…."

"그래요. 받은 사람 마음이죠…."

"어휴 참, 풍족한 시대네. 젊은이가 물건을 소중히 하지 않으면 그 세상도 끝난 거 아닌가."

고기능 워치를 놓친 마치 에이코가 잔뜩 심술을 부렸다. 마무리 스트레칭을 하는 와중에도 시종일관 시큰둥해 있었다. 도쿄국제포럼으로 돌아가는 길에도 몇 번이나 쭈그리고 앉아 신발 끈을 고쳐 맸는데 일부러 그러는 게 훤히 보였다.

"신발 끈이 원망스러운가 보네요."

"요즘 신발 끈은 잘 풀어지지 않는데 말이에요."

"역시 아식스가 아니라 아섹스라서 그런가?"

주니어 그룹 넷이 이야기를 주고받는 사이 도쿄국제포럼에 도착했다. 이날은 지하 화장실에서 옷을 갈아입고 그대로 해산했다.

"시니어 그룹은 뒤풀이하러 가는 줄 알았는데 안 가네요."

"그러게요. 마치 씨 컨디션도 안 좋고 다른 사람들도 익숙하지 않은 코스라서 피곤한가 보네요."

"아, 그리고 경사가 진짜 심하더군요. 나도 정말 힘들었어요. 게다가 코스까지 벗어나는 바람에 1킬로는 더 뛰었고."

"대체 어디에서 코스를 헷갈린 거예요?"

"그게 나도 잘 모르겠어요. 길이 다 똑같아 보여서. 방향치라 자주 그래요."

"내가 사람 얼굴을 잘 기억 못 하는 거랑 비슷한 거군요. 난 사람들 얼굴이 다 비슷해 보여요."

"아, 그렇군요. 그런 것 같았어요."

"네?"

"아까부터 어떤 남자가 어설프게 우릴 미행하는데 다마키 씨는 전혀 모르더라고요."

"네?"

오시마가 이 말을 한 것은 다른 사람들과 헤어지고 둘이 히비야역으로 걸어갈 때였다. 평소에는 자전거로 다니는 오시마도 이날은 전철을 이용했다. 집이 같은 방향이라 자연스럽게 둘이 히비야선을 타고 같이 가게 됐는데 아무래도 우리를 따라오는 사람이 있었던 모양이다.

누구?

오시마의 언질에 뒤돌아보니 그곳에는 40~50대로 보이는 중년 남성이 있었다. 어중간한 머리 길이에 어중간한 숱의 수염. 청바지에서 뺀 줄무늬 셔츠의 길이도 어중간했다. 전체적으로 몹시

초췌해 보였다.

나와 눈이 마주치자 그는 순간적으로 '걸렸구나' 싶은 표정을
지었다. 하지만 곧바로 태도를 바꿔 고개를 가볍게 숙였다.

"안녕하세요."

"누구시죠?"

오시마가 경계하는 목소리로 물었다.

"니주바시 다리 앞에서부터 우리 팀을 보고 있었죠? 도쿄국제
포럼까지 따라와서 해산 후에도 이렇게 우리를 미행했고. 우연은
아닌 것 같은데요?"

"네, 그래요. 우연이 아닙니다. 따라온 게 맞아요. 하지만 수상
한 사람은 아닙니다. 꼭 물어보고 싶은 게 있어서…."

이상한 이야기지만 그때 난 엉뚱한 생각을 했다.

어쩌면 이 아저씨는 내 비밀을 파헤치고 있는 주간지 기자일지
도 모른다고.

모나미 1호에 대해 알고는 충격적인 사실을 폭로하려는 게 아
닐까 하고.

하지만 물론 그런 전개는 영화나 소설 속에서나 볼 수 있는 것
으로, 현실은 좀 더 현실적이었다.

"다시 인사드립니다. 나는 이런 사람입니다."

남자가 내민 명함에는 'ER출판 《이지·런》 편집부 와타세 쓰토
무'라고 적혀 있었다.

"ER출판에서 나오셨군요?"

오시마의 태도가 확 바뀌었다.

"아니, 그럼 처음부터 그렇게 말했으면… 아, 그러니까 그건가
요? 〈우리 팀을 소개합니다〉 코너 취재차?"

도코로 씨의 영향인지 미묘하게 말투에서 아첨의 향기가 느껴
졌다.

와타세 씨는 "아니요" 하고 바로 대답했다.

"내 담당은 〈우리 팀을 소개합니다〉가 아니라 〈환상의 천재 러
너 열전〉입니다."

"환상의… 천재 러너?"

"네, 과거 천재 러너였던 기도코로 다이스케 씨에 관해 현재 같
은 팀에 속해 있는 두 분께 꼭 물어보고 싶은 게 있어서요."

기도코로 다이스케. 이게 바로 그 괴짜의 이름이라는 걸 알아
차리는 데는 상당한 시간이 필요했다.

네에?!

15

천재 러너와
범재 유령

기도코로 다이스케. 20여 년 전 육상계에서는 아직도 전설로 전해 내려오는 그는 그야말로 달리기 위해 태어난 남자였다.

너무 빠르다. 그리고 강하다.

타고난 장거리 주자인 그가 처음으로 실력을 발휘한 것은 초등학교 4학년 겨울이었다. 처음 출전한 초등학교 5킬로 경주에서 함께 출전한 상급생들을 큰 차이로 따돌리고 압승을 거뒀다. 그 자리에서 고문의 권유로 육상부에 들어간 이후 그는 수많은 대회 기록을 연이어 갱신했다.

고등학교 졸업 후에는 체육 특기자 전형으로 준푸도대학에 진학했다. 하코네 역전(여러 사람이 장거리를 릴레이 형식으로 달리는 경기)에서는 처음 참가한 경주에서 뛰기 힘든 하나노니花の二 구간

을 질주해 구간상을 받았다. 두 번째 참가했을 때는 엄청난 기세로 여덟 명을 제쳤고, 세 번째 참가했을 때는 전무후무한 열네 명 추월을 이루어냈다. 일본 선수권 대회에서 늘 상위 성적을 거둔 기도코로는 당연히 여러 실업팀에서도 상당히 인기가 높았고, 그의 앞날에는 찬란한 영광이 펼쳐져 있었다.

그랬기에 모두 경악하지 않을 수 없었다.

대학교 4학년 어느 날, 기도코로는 돌연 육상부에 탈퇴서를 제출했다. 그 이유는 아무에게도 알리지 않은 채 대학도 중퇴하고 그대로 자취를 감췄다.

이후 기도코로 다이스케의 이름이 육상 대회에서 거론되는 일은 없었다.

그렇게 그는 지금도 일본 육상계 최대의 수수께끼로 남아 있다.

"정말 그때는 굉장히 놀랐어요."

와타세 씨는 《이지·런》 과월호에 실린 〈육상계 7대 불가사의 특집〉이란 기사를 테이블에 펼쳐놓고 마치 어제 일을 이야기하듯 콧김을 거칠게 내뿜었다.

"사실 그때 나도 모 대학의 육상부에 소속되어 있었어요. 그 당시 육상을 하는 사람에게 기도코로의 은퇴는 마른하늘에 날벼락이었죠. 사고를 당했다는 둥 실연을 당했다는 둥 온갖 억측이 난무했어요. 하지만 난 어느 것도 믿을 수 없었습니다. 기도코로는 강인한 러너였으니까요. 가능하면 초반에는 힘을 비축해뒀다가

후반부에 단숨에 몰아치곤 했어요. 아무리 거리를 벌려놔도 마지막에는 반드시 정상을 탈환했죠. 그런 불굴의 의지를 가진 사람이 사고나 실연 정도로 육상을 저버릴 리가 없다, 난 그렇게 생각했습니다."

히비야역 근처 카페에서 이야기를 나누길 30분. 신기하게도 그저 초췌한 아저씨로밖에 보이지 않던 와타세 씨의 눈빛은 서서히 빛을 되찾았고 목소리에도 활기가 돌아왔다.

"결국 은퇴의 이유는 아직도 밝혀지지 않았습니다. 그대로 계속 달렸다면 나카야마 다케유키 선수와 좋은 레이스를 펼쳤을 텐데, 매우 유감스러운 일입니다."

안타까워하는 와타세 씨에게 오시마가 주저하며 물었다.

"근데, 그게 진짜 도코로 씨 이야기인가요?"

"네?"

"우리랑 같이 달리는 그 도코로 씨와 동일 인물이 틀림없나요?"

와타세 씨는 말문이 막힌 듯한 표정을 지었지만 난 오시마의 의문이 타당하다고 생각했다.

그야 빠르긴 하다. 달리기를 무척 좋아하는 마음도 전해진다. 그런데 설마 그 괴짜가 천재 러너였다니.

"아니, 사실 나도 처음에는 의심했어요. 동료가 최근에 기도코로라는 남자가 편지와 채소 주스를 보내온다고 말했을 때는 솔깃했지만 어차피 가짜일 거라고 생각했습니다. 그런데 얼마 전 동료가 기도코로 씨한테서 걸려온 전화로 골머리를 앓고 있길래 내가 대신 받아서 말했어요. 당신이 진짜 기도코로라면 〈우리 팀을 소개합니다〉 같은 데 나오지 말고 〈환상의 천재 러너 열전〉에 나오라고. 그랬더니 그런 코너는 필요 없다고 일갈하는 게 아닙니까. 그런데 목소리가 똑같았어요. 전에 들었던 기도코로의 목소리와."

그래서 오늘 어쩌면 진짜 기도코로를 볼지도 모른다는 한 가닥의 기대를 안고 고쿄에 확인하러 온 것이다.

"나이도 먹었고 움직임이 둔해지긴 했지만 그건 틀림없는 기도코로였습니다. 왜 기도코로가 저런 약체 팀에 있는지 알고 싶어지는 게 인지상정이잖습니까. 하지만 단도직입적으로 나가면 또 단박에 거절할 가능성이 있어요."

"그래서 우리를 따라왔군요."

오시마가 낙심한 듯한 표정으로 말했다.

"약체 팀이라 미안하네요."

"아니, 그게 아니라… 맞는 말이긴 하지만 난 정말로 알고 싶습니다. 기도코로가 왜 다시 달리기 시작했는지, 왜 왕초보들을 모아서 팀을 만들었는지 말입니다."

"그건 〈우리 팀을 소개합니다〉에 실리기 위해서입니다."

"네?"

"도코로 씨는 그 코너에 실리고 싶어서 팀을 만들었어요."

"설마 그런 이유로?"

"네, 그런 이유입니다."

와타세 씨는 재떨이에 손을 뻗어 담배를 비벼 껐다.

"이거야 원 점점 더 알 수가 없군요, 기도코로 다이스케라는 남자. 근데 러닝 팀은 언제 만들었나요?"

"처음 스카우트된 건 후지미 씨로, 분명히 올해 1월이라고 했어요."

"1월. 그렇다면 그때 뭔가 있었다는 얘긴데…."

"서점에서 《이지·런》을 본 게 아닐까요? 책장을 펼치다 〈우리 팀을 소개합니다〉란 코너를 보고는 그 코너에 너무너무 실리고 싶었다든가."

"흠, 기도코로는 올림픽에서 금메달을 노려볼 만하다고 입에 오르내리던 사람입니다. 그 천재가 25년 전 일본 육상계에서 홀연히 모습을 감췄는데, 복귀한 이유가 〈우리 팀을 소개합니다〉 코너에 실리고 싶어서라니 말이 됩니까?"

점점 감정이 격해지는 와타세 씨에게 내가 말했다.

"근데 왜 복귀했는지 물어보기 전에 왜 그만뒀는지 알아야 하지 않을까요? 그만둔 이유를 모르면 복귀한 이유도 알 수 없을 것 같은데요."

"맞습니다. 하지만 은퇴한 이유는 당시에도 수수께끼였고 지금도 그 진상은 어둠 속에 가려져 있어요."

"공개할 수 없는 장애가 생긴 건 아닐까요?"

"그에 대해선 준푸도대학 코치가 전면 부인했습니다. 기도코로의 몸 상태는 최상이었다면서."

"인간관계는요? 대학 육상부 사람들과 문제가 있었다든가."

"기도코로는 절대적인 에이스이자 캡틴이었습니다. 내부에서 대립이 있었다고 해도 상대방이 그만뒀을 겁니다."

"남모르게 자신의 한계를 느낀 건 아닐까요?"

"하코네 역전에서 열네 명을 추월한 지 1년도 안 됐을 때였습니다."

도저히 영문을 모르겠다. 결국 도코로 씨가 괴짜라서 그런 거라는 한마디로 정리하려는데, "단 하나" 하고 와타세 씨가 덧붙여 말했다.

"걸리는 게 있긴 합니다. 기도코로가 탈퇴하기 한 달 전, 같은 육상부에 있던 사람이 심부전으로 급사했어요."

죽음. 침을 꼴깍 삼켰다. 항상 밝아 보이는 도코로 씨의 주변에도 죽음의 그림자는 있었다.

"한때 준푸도대학에 그 무명 선수의 유령이 나온다는 소문이 퍼지기도 했어요. 그 무명의… 아, 생각났다. 야마시타였습니다. 기도코로는 어디 있냐고 묻는 야마시타의 유령을 봤다는 육상부원이 여럿이었다고 하더군요."

"야마시타 씨는 도코로 씨하고 가까운 사이였나요?"

"글쎄요. 기도코로는 외로운 늑대 스타일의 러너였어요. 아무튼 한낱 가십에 지나지 않는 얘기고 게다가 난 유령 같은 건 믿지 않아요."

와타세 씨는 대수롭지 않게 말했다. 그 후 오시마와 그가 이런저런 언쟁을 벌이는 와중에도 나는 줄곧 야마시타 씨에 대해서만 생각했다. 언제나 그렇듯 살아 있는 사람보다 죽은 자에게 마음이 기운다. 나쁜 버릇이다.

천재와 같은 육상부에 있던 무명 러너. 그 또한 하계를 향한 미련 때문에 명계에 머물며 녹아들려야 녹아들 수 없는 그런 사람 중 하나일까.

"다마키 씨?"

오늘 일은 도코로 씨에게는 말하지 않기로 했다. 뭔가 알게 되면 연락하겠다고 약속한 후 와타세 씨와 헤어진 우리는 히비야선 전철에 몸을 실었다. 그 후에도 내 머릿속에는 계속 죽은 이의 그림자가 드리워져 있었다.

"다마키 씨, 나 보여요?"

옆에서 오시마가 불러도 금방 대답하지 못할 정도였다.

"아, 미안해요. 네. 보여요."

"다행이에요. 내가 유령이라도 된 줄 알았어요."

유령, 이라는 말에 뜨끔했다. 내 머릿속을 들여다본 것 같아서.

오시마가 이어서 말했다.

"그러고 보니, 유령 말인데요. 다마키 씨는 그런 거 믿어요?"

"그런 거?"

"유령 말이에요. 믿는 쪽이에요?"

훅 들어온 질문에 말문이 막혔다. 아, 글쎄요, 하고 웃어넘기는 게 무난하다는 걸 알면서도 거짓으로라도 가족의 존재를 부정하는 말은 할 수 없었다.

"네, 믿어요."

"다행이네요. 나도 믿거든요. 그래서 하는 말인데 아까 와타세 씨한테 들은 유령 이야기, 이상하게 신경이 쓰여요. 야마시타 씨의 죽음과 도코로 씨의 탈퇴, 어쩌면 어떤 연결 고리가 있지 않을까 하는 생각이 들거든요."

오시마도 같은 생각을 하고 있었다.

난 아군이라도 얻은 듯 힘주어 말했다.

"나도 관련이 있을 것 같아요. 구체적으로 무슨 일이 있었는지는 모르지만요."

"혹시 이런 건 어때요? 도코로 씨는 야마시타라는 둘도 없는 친구를 잃은 충격으로 달릴 수 없게 됐다든가."

"음, 근데 도코로 씨는 외로운 늑대 스타일이었다고 했잖아요. 친한 친구가 있었을까요?"

"거꾸로 갈등이 있었기 때문에 더 후회가 남는 건 아닐까요?"

"그렇더라도 육상을 그만두기에는 좀 약한 것 같아요."

"그러면 도코로 씨가 야마시타 씨를 죽였다든가."

"네?"

"농담이에요."

우리는 얼굴을 마주 보며 쓴웃음을 지었다.

"흠, 도코로 씨에게 물어보는 게 가장 좋은 방법이긴 한데 와타세 씨한테 입막음을 당해서 그럴 수도 없고. 게다가 물어봤자 대답해주지 않을지도 모르고요. 그 사람, 맨날 쓸데없는 말을 늘어놓는 데 비해 자기 이야기는 좀처럼 안 하잖아요."

듣고 보니 난 도코로 씨에 대해 아무것도 모른다. 어디서 태어나 어떻게 자랐고 지금 어떻게 살고 있는지. 아니, 도코로 씨뿐만 아니라….

"생각해보니 난 이지러너즈 멤버들에 대해 아무것도 모르네요."

"나도 마찬가지예요. 그런데 그것도 괜찮지 않아요? 일주일에 한 번, 그저 모여 달리기만 하는 것도. 직장도 가정도 아무런 상관 없이 나이도 제각각이고, 그렇지만 함께 달린다는 거."

정말 그렇다. 내가 그들에 관해 자세히 알려고 하지 않는 것과 마찬가지로 그들도 내 신상에 관해 알려 하지 않는다. 그저 흥미가 없는 것이겠지만 무관심이 오히려 고맙기도 하다.

"도코로 씨 일도 너무 깊이 관여하지 않는 게 좋을까요?"

"하지만 자꾸만 더 신경이 쓰이네요. 그런 이야기를 들었으니."

"그렇네요."

"난 정말로 알고 싶어요. 육상을 그만둔 이유를 알면 도코로 씨가 이지러너즈를 결성한 진짜 이유도 알 것 같거든요. 그러면 우리 팀의 근원을 알게 되겠죠."

"근원, 이요?"

"차라리 야마시타 씨의 유령이라도 나타나서 알려주면 좋을 텐데."

"아."

그 순간 마음속으로 외쳤다.

그거야!

"나, 알아볼 수 있을 것 같아요. 야마시타 씨에 관해서."

무심코 말하고 말았다.

"어떻게요?"

"그건… 음, 친척 중에 알 만한 사람이 있어요. 신문기자라 옛날 일도 많이 알아요. 그러니 그 당시의 일도 알아봐줄 수 있을 거예요."

"그렇군요. 혹시 알게 되면 와타세 씨한테 알려주기 전에 먼저 나한테 알려주세요."

오시마가 한 정거장 먼저 내리고 난 후 난 어깨에 힘을 빼고 좌석 등받이에 편하게 기댔다. 단체 활동에 어지간히 익숙해진 지금도 혼자 있는 편이 마음 편하다. 긴장이 풀린 탓인지 갑자기 잠이 몰려와 남은 한 정거장은 꾸벅꾸벅 졸면서 전철에 몸을 맡겼다.

나중에 생각해보니 이때 느긋하게 졸지 말고 좀 더 생각했어야 했다.

오시마는 와타세 씨에게 들은 유령 이야기를 왜 그렇게 쉽게 받아들였을까.

내가 유령을 믿는다고 말했을 때, 그의 눈동자에 비친 희미한 빛은 과연 무엇을 의미하는 것이었을까.

16
언해피버스데이·투·미

이지러너즈가 처음 고마자와공원 여섯 바퀴에 도전한 것은 고쿄 레이스를 치른 바로 다음 주였다.

총 12.6킬로. 드디어 10킬로를 넘었는데 놀랍게도 고에다를 빼고 모두 완주에 성공했다.

이날은 바람이 강했다. 맞바람에 울고 순풍에 웃으며 완주를 목표로 천천히 달렸다. 마지막 한 바퀴는 거의 걷는 것과 다름없는 속도였다. 그래도 완주는 완주다.

"알았나? 누구든 성실하게 달리면 장거리를 뛸 수 있게 된다. 빨리 달리려면 특수 훈련이 필요하지만, 오래달리기는 누구나 할 수 있어."

도코로 씨의 말대로 어쨌든 우리는 나름대로 성장하고 있는 듯

하다.

참고로 요요에서 탈출해 5킬로를 뺀 하타는 이날도 도코로 씨와 오시마에 이은 3위로 골인했다. 스스로 말하길 '나는 새도 떨어트릴 기세'인 그는 연습 후 세이카 씨네 집에서 열린 후지미 씨의 생일 파티에서 과감하게 선언했다.

"저는 구메지마 마라톤의 목표를 42.195킬로 완주로 수정하겠습니다."

그의 말에 다들 아연실색했다.

난 아연실색했다고 생각했다.

하지만 이 침묵은 그저 잠시 망설이는 순간일 뿐이었다.

"나도 사실 같은 생각을 하고 있었어요. 그럼 하는 데까지 해볼까 하고."

오시마까지 완주를 향한 의욕을 드러냈을 때는 이미 그 말이 폭탄선언으로 들리지 않을 만큼 그 자리의 분위기가 확 바뀌어 있었다. 뭐랄까, 묘하게 긍정적인 방향으로.

"이렇게 열심히 훈련하고 있고, 일부러 팀 전원이 구메지마까지 가는 거고, 또 이렇게 된 이상 어디까지 할 수 있는지 자신을 시험해보고 싶다고나 할까."

그건 그래, 하고 산뜻하게 동의한 사람은 스위치가 잘 켜지는 세이카 씨였다.

"좋아, 그럼 나도 42.195킬로를 완주할래! 목표를 정하는 건 공짜잖아."

이 흐름에 기름을 부은 것은 도코로 씨였다.

"오, 아주 좋아. 의욕들이 대단하군. 사실 나도 처음부터 그렇게 생각해서 여러분이 완주하기 쉬운 대회를 고른 거니까 다들 안심하라고."

"완주하기 쉬운 대회라고요?"

"제한 시간 말이야. 통상 마라톤 풀코스의 제한 시간은 여섯 시간 전후가 많은데 구메지마 마라톤은 무려 일곱 시간이야. 중간에 걷더라도 어떻게든 완주할 수 있지."

"정말이요?"

"그럼, 정말이지. 실은 여러분의 사기 증진을 위해 특별상도 준비해뒀어. 경주 당일, 나를 뺀 일곱 명 중 1등으로 골인에 성공한 사람에게는 바로바로, 바로바로, 수제 러닝화를 선물하겠다!"

마치 에이코의 눈빛이 변했다.

"수제 러닝화가 있기는 한 거예요?"

"내 친구 중에 프로용 러닝화 개발 팀에서 일하는 녀석이 있거든. 부탁하면 발에 꼭 맞는 신발을 만들어줄 거야. 가격이 시판 러닝화의 세 배 정도는 되지만, 친구니까 3분의 1 가격에 해준다고 했으니 얼추 비슷하지?"

자랑스럽게 말하는 도코로 씨지만 상품으로 분위기를 고조시키겠다는 발상은 세이카 씨와 똑같다.

"그럼 나도 완주를 목표로 하겠어요."

아니나 다를까, 마치 에이코가 소리 높여 선언한 것에 이어 후지미 씨도 참여하겠다고 나섰다.

"나도 일단 마음만은 골인을 목표로 해볼까요. 여하튼 오늘로 예순둘도 됐고 하니 체력은 달리겠지만 수제 러닝화는 좀처럼 손에 넣기 어려우니까 말입니다. 허허허."

이렇게 해서 결국 이날 나와 고에다를 뺀 전원이 구메지마 마라톤의 목표를 대담하게 수정했다.

구메지마 마라톤까지 이제 98일이 남았다.

"다들 분위기를 잘 맞춘다고 해야 하나, 잘 휩쓸린다고 해야 하나. 허세로 사는 사람들 같다니까. 뭐, 목표로 하는 것뿐이면 42킬로든 100킬로든 무슨 상관이겠어. 실제로 마라톤을 완주할 수 있는 사람은 도코로 씨밖에 없지 않아? 요통이 있는 후지미 씨한테는 절대로 무리야. 세이카 씨도 정강이가 아프다 그러고, 살이 빠졌다고는 하지만 하타는 여전히 통통하니까 중간에 무릎에 무리가 올 테고. 마치 에이코는 논외로 하고, 가능성이 있는 사람은 오시마 정도려나. 그런데 알잖아, 오시마는 방향치라서 뛰다가 코스를 벗어날지도 몰라. 안 그래? 뭐, 이렇게 말하는 나도 3개월 만에 40킬로를 달릴 수 있을지 좀 불안하긴 하지만."

휴, 하고 숨을 몰아쉬고 번쩍 고개를 드니 초가 스물세 개 꽂힌 케이크를 둘러싼 채 아빠와 엄마, 슈 세 사람이 환하게 웃으며 날 바라보고 있었다.

"아, 미안. 나… 혼자 너무 떠들어댔지?"

후지미 씨의 생일 파티가 있고 사흘 후, 이쪽 우리 집에서는 내 생일 파티가 열렸다.

엄마가 큰맘 먹고 준비한 생일 파티. 그런데 나 혼자 저쪽 이야기를 주저리주저리 늘어놓았다는 걸 깨닫고 반성했다. 그렇지 않아도 요즘 연습 때문에 피곤해서 일주일에 두 번 넘던 레인을 한 번으로 줄이는 주가 많아 미안하던 참이었다.

"아냐, 괜찮아. 살아 있는 사람들의 이야기는 활기가 넘쳐서 좋다니까."

"아빠는 듣기만 해도 가슴이 뛰는걸."

"난 세이카 아줌마 팬이야. 누나, 세이카 아줌마 이야기 좀 더 해줘."

여전히 다정한 가족. 내가 무엇을 하든 결코 토 달지 않고 모든 걸 긍정적으로 받아준다. 게다가 테이블에는 엄마의 사랑이 듬뿍 담긴 요리가 한가득 올라왔다. 닭튀김, 케첩 볶음밥, 치즈 햄버그 스테이크, 방울토마토 샐러드, 설탕이 듬뿍 들어간 달걀말이. 모두 다 내가 좋아하는 음식이다.

물론 이것들은 내가 열세 살 때 좋아했던 것들이고 지금의 내 입맛에는 맞지 않는다. 어차피 난 이 맛을 즐길 수도 냄새를 맡을 수도 없다.

무미 무취. 그렇지만 마음은 가득 채워진다.

"촛불, 한 번에 다 끈다."

난 일부러 신나게 볼에 공기를 가득 머금고는 후 하고 입김을 불었다. 스물세 개의 불꽃이 흔들린다. 흔들리며 몸을 비틀고 저항하면서도 하나, 또 하나 사그라들어 한 줄기의 연기가 된다.

난 스물세 살이 됐다.

가족이 죽은 지 10년이 지났다.

"있지, 슈의 마지막 생일 파티… 열 살 때 생일 파티 기억해? 엄마가 케이크 가게에서 초를 받아오는 걸 깜박해서 내가 생각하다 못해 향을 꽂으면 어떠냐고 물었더니 슈가 엄청나게 화냈잖아. 결국 집에 있던 비상용 양초 하나를 억지로 케이크에 꽂았지."

그래. 모처럼 다 모였으니까 하계의 일은 내버려두고 우리가 함께 보낸 그 시절의 이야기를 하자. 함께 나눈 추억을 이야기하자.

"비상용 양초, 진짜 커다랬어. 엄마가 한 자루에 10년 치라고 말했지만 슈는 양초에 불을 붙였다가 끄고, 다시 붙였다가 끄고, 그걸 열 번이나 반복했지. 얼마나 웃기던지."

"그래, 그랬었지. 다마키 덕분에 생각났다. 그때는 진짜 재미있었어. 슈는 다섯 번 만에 지쳤는데 산소결핍이 일어나니까 그만두라고 하는데도 고집을 피우며 한 번만 더, 한 번만 더, 라고 했었지. 마지막에는 얼굴이 새파래져서 웃지도 못할 지경이었어."

"무슨 소리야, 아빠."

아빠의 묘한 이야기에 내 입술에서 웃음기가 가셨다.

"아빠는 그때 없었어. 아직 집에 안 왔었잖아."

"아, 그랬나? 슈는 그러고 나서 몸이 안 좋아져서 기다리던 케이크도 못 먹고 잠들어버렸잖아."

"그건 그렇지만, 아빠는 그때 집에 없었잖아. 슈, 그랬지?"

"그런가? 잘 기억나지 않지만 아빠랑 엄마가 굳은 표정으로 이야기하던 건 기억해. 내가 천식이 있어서 몸이 약한데 촛불을 열 번이나 끄게 하다니 너무 생각이 없었다며 엄마가 우니까 아빠가 위로해줬어."

"잠깐만 슈."

난 젓가락을 내려놓았다. 내 목소리가 날카로워지는 게 느껴졌다.

"분명히 아빠와 엄마는 그날 밤 어두운 표정으로 소곤소곤 이야기했지만, 그때 슈 너는 네 방에서 자고 있었잖아. 아빠랑 엄마의 이야기를 들었을 리 없어."

"뭐, 아무럼 어때. 이미 지난 일이고 결국 슈는 그날 케이크를 먹긴 먹었잖아. 밤중에 몰래 일어나서 냉장고 문을 열고… 내가 발견했을 때는 입 주변이 크림투성이였어. 한밤중에 무슨 짓을 하는 거냐고 혼냈잖아."

"아니야, 엄마. 슈를 발견한 건 나랑 아빠였어. 밤에 몰래 그러는 거 아니라며 아빠가 슈를 혼냈어. 하지만 이 일은 엄마한테는 비밀로 하자고 약속했고. 케이크는 아빠가 먹은 걸로 하자면서."

"어머, 그럼 어째서 내가 아는 거지?"

어째서?

도대체 뭐가 어떻게 된 걸까? 모두의 기억이 뒤죽박죽이다. 있어야 할 기억이 엉뚱한 자리에 가 있다. 혼란 속에서 내가 문득 떠올린 것은 언젠가 나나미 이모가 했던 말이었다.

사자는 이곳에서 전생의 때를 씻어낸다. 가장 먼저 씻겨나가는 것은 괴로운 과거나 슬픈 기억. 아름다운 기억도 서서히 씻겨나가고 마지막에는 자기 자신, 그 자체가 녹아든다.

자신을 특정하는 성격, 특징, 버릇, 그런 것들이 조금씩 깎여나가 모두 똑같아진다.

사람과 사람의 경계가 모호해진다. 자신과 타인의 구별이 어려워진다. 그렇게 다 녹아든 후에 비로소 우리는 다음 스테이지로 나아갈 수 있다.

이게 바로 그건가?

아빠와 엄마의, 엄마와 슈의, 슈와 아빠의 경계가 모호해지고 구별하기 어려워진 건가?

소름이 돋았다.

"아빠!" 나는 외치듯이 물었다.

"아빠 생일이 언제지?"

"8월 4일이잖아."

그건 엄마의 생일이다.

"엄마. 엄마가 좋아하는 음식이 뭐지?"

"푸딩이야."

그건 슈가 좋아하는 거고.

"슈, 좋아하는 TV 프로그램은?"

"〈골프 다이제스트〉."

그건 확실히 아빠다.

"그만해."

나도 모르게 일어났다. 도망치고 싶다. 이런 건 견디기 힘들다. 하지만 무릎에 힘이 빠져 금방 다시 방석에 앉았다.

언제부터 이렇게 된 걸까.

방심하고 있었다. 40킬로 앞만 보다가 고꾸라지고 말았다. 설마 다들 이렇게까지 녹아들었을 줄이야.

"부탁이야, 모두 정신 차려. 제발 정신 똑바로 차리고 자기 자신을 잃지 마. 그렇게 방긋방긋 웃지 않아도 괜찮으니까. 따뜻한 가정이 아니어도 괜찮으니까. 신경질 부리는 엄마여도, 방관자 같은 아빠여도, 얄미운 동생이라도 괜찮으니까. 그저 아빠는 아빠로, 엄마는 엄마로, 슈는 슈로 있어주기만 하면…."

엄마의 잔소리, 아빠의 불평, 슈의 밉살스러운 말.

얄궂게도 지금은 그런 것들이 너무나 그립다.

이미 녹아들어 떨어져나간 조각들.

"있지, 듣고 있어? 슈."

내 서슬에 놀라 엄마 옆에 바싹 다가붙은 슈에게 말했다.

"괜찮아, 그렇게 착한 아이가 아니어도. 밉살스러운 말 해도 괜찮아."

"밉살스러운 말?"

"슈, 자주 그랬잖아. 나한테 뚱보라느니 바보라느니 팔방 못난이라느니."

"팔방 못난이?"

"슈가 나한테 그랬잖아. 맨날 말했어. 그날, 나만 빼고 사고를 당한 날 아침에도, 우린 그 한마디를 시작으로 다퉜잖아."

"팔방 못난이가 무슨 말이야?"

"나도 모르겠어. 하지만 아마… 나랑 같이 놀자, 라는 의미였을 거야."

오른쪽 눈에서 눈물이 뚝, 떨어졌다. 안 돼. 슈가 무서워할 거라는 걸 알면서도 목구멍이 뜨거워지고 입술이 계속해서 떨렸다.

"슈는 쉬는 날에도 항상 집에 있었어. 몸이 약해 놀러 나갈 수 없어서 심심했지? 나도 친구가 그리 많지는 않았지만 그래도 슈는 내가 부럽고 쓸쓸했던 거야. 좀 더 같이 있자고 말하고 싶었던 거야. 그래서 그렇게 열심히 밉살스러운 말을 했던 거야. 미안해, 살아 있을 때 알아주지 못해서."

"몰라. 누나, 무슨 소릴 하는 거야? 왜 울어?"

당혹스러울 뿐인 슈는 아예 엄마 뒤로 숨었다.

대신에 엄마가 싱긋 웃으며 말했다.

"괜찮아. 슈는 이제 외롭지도 아무렇지도 않아. 아빠랑 엄마가 늘 함께 있는걸."

그래, 그렇게 전생의 모든 걸 녹여내고 깨끗하게 씻어내고 언젠가는 다시 새롭게 시작하겠지. 노여움도 슬픔도 깨끗하게 정화해 추적추적 내리는 비처럼 하계로 내려왔다가 다시 하늘로 올라가겠지. 자전거 페달을 아무리 밟아도, 달리고 달려도, 더는 내가 다다를 수 없는 곳에….

전에 없이 선명하게 그림이 그려졌다. 일찍이 이 세계에서는 느껴본 적 없는 아픔이, 고독이, 날 덮쳐왔다. 싱글벙글 웃으며 끊임없이 케이크를 먹는 아빠와 엄마가 스크린에 비친 배우처럼 보였다.

부탁이야. 날 봐.

나의 아빠와 엄마로 돌아와줘.

소리 없이 외친다. 부탁이야. 너무나 간절히 바라는 바람에 머리가 몽롱해져도 아빠와 엄마에게는 전해지지 않는다.

대신 현관에서 "다마!" 하고 부르는 소리가 들렸다.

다마. 날 그렇게 부르는 사람은 한 명밖에 없다.

다리에 힘이 돌아왔다. 일어나서 재빨리 현관으로 나갔다.

들이받기라도 하듯이 가슴팍으로 뛰어드는 날 나나미 이모는 한숨을 내쉬며 안아주었다.

"이래서 이제 오지 말라고 했던 거야. 녹아드는 쪽은 세상 편하지. 괴로운 건 너란 말이야."

그렇게 말하는 이모도 전에 비하면 녹아든 양만큼 부드러워졌다. 그럼에도 아직 어딘가 남아 있는 그녀 특유의 강인한 힘으로 내 두 팔을 잡아 뿌리쳤다.

"울 거면 이제 오지 마. 몇 번이나 말하지만, 난 네가 눈물 짜는 걸 보려고 여기 있는 게 아니니까."

말하면서 뒤를 돌아봤다.

"손님이 왔어. 네가 부탁했잖아."

"안녕하세요." 나나미 이모의 어깨 너머로 린코 씨가 얼굴을 내밀었다.

"전에 부탁하신 거 알아냈어요."

"

세상은 혼돈 속으로

명계의 커뮤니티 센터에서 사자들을 대상으로 카운슬링을 하는 린코 씨와 심부전으로 죽은 준푸도대학의 야마시타 씨. 이 둘이 명계에서 알고 지내던 사이일 리는 없다고 생각했다. 하계가 넓은 것과 마찬가지로 명계도 넓을 테니까.

린코 씨가 죽은 지는 약 20년, 야마시타 씨는 25년 전이다. 야마시타 씨가 선배라는 얘기다.

이러한 사정은 이미 잘 알고 있었다. 하지만 카운슬러가 린코 씨 한 사람만 있는 것도 아니고, 그들 중에는 30년이나 40년 동안 녹아들기를 꺼린 사람이 있을지도 모른다는, 밑져야 본전이란 생각으로 린코 씨에게 알아봐달라고 부탁한 게 열흘 전이다.

그렇게 해서 멋지게 빙고! 있었다. 25년 전 야마시타 씨의 카운슬링을 담당했던 베테랑 스태프가.

죽은 야마시타는 과연 육상 선수답게 그 어떤 영혼보다 빨리 레인을 넘어왔다고 한다. 그런데 이곳에 도착한 후에는 갑자기 생각에 잠겨 깊은 고민에 빠졌다. 이대로 죽어도 괜찮은가, 하는. 그의 경우 고뇌의 근본 원인은 생에 대한 집착이 아니라 하계의 누군가에게 전하고 싶은 것이 있다는 아쉬움 때문이었다고. 하고 싶은 말을 전하지 못하고 죽은 것이 가슴에 사무친다고 했다는 것이다.

야마시타 씨는 누구에게 무엇을 전하고 싶었던 걸까.

린코 씨가 그 내용을 기록한 상담 기록지를 가지고 왔다.

"사실 비밀 엄수 의무가 있어요. 하지만 다마키 씨한테 보여주고 싶었어요. 야마시타 씨는 카운슬러의 설득으로 이미 다음 스테이지로 넘어갔지만, 그가 25년 전에 전하지 못했던 마음을 지금, 다마키 씨가 그 상대방에게 전할 수 있지 않을까 해서요."

의미심장한 말과 함께 건네받은 상담 기록지를 하계에 가지고 온 나는 그걸 몇 번이나 다시 읽어봤다. 그리고 책상 서랍에 넣어놨다.

그 상담 기록지는 한 달 넘게 그곳에 잠들어 있다.

미리 말해두지만 상담 기록지에 중요한 내용이 없었던 건 아니다. 오히려 거기에는 나 혼자는 감당하기 힘들 정도로 묵직한 진실이 적혀 있었다.

그러니까 난 그것을 감당하지 못하고 도망쳤다는 이야기다.

린코 씨는 야마시타 씨 대신 전해달라고 말했지만, 솔직히 이때 난 다른 사람을 대신할 만한 처지가 아니었다. 린코 씨에게 조사를 부탁했을 때와 그 답이 돌아온 지금은 사정이 전혀 달랐다.

내가 만나러 가는 한 그 자리에 머물러 있을 거라고 생각한 가족이 어느새 저렇게 녹아든 걸까. 사람과 사람의 경계마저 녹아들고 있다는 사실, 그 충격이 너무나 커서 난 아무것도 할 수 없었다.

식욕이 없어졌다. 하계에 있는데도 불구하고 입에 들어온 음식의 맛이나 냄새를 느끼지 못하게 됐다. 24마트에서도 실수하는 횟수가 늘었다. "피곤하면 잠시 쉴래?" 하고 전무가 말할 정도였다.

"오소리 씨, 요즘 정신이 반쯤 나가 있는 거 같아."

"컴퓨터 입력 실수가 잦다며 주임도 걱정하던데."

"겨울잠을 자기에는 아직 이르지 않아?"

5인방의 비방도 회오리 근처에서 빙글빙글 원을 그리는 느낌이다. 뭐가 어떻게 되든 아무 상관없다.

그럼에도 달리기만은 그만두지 않고 계속했다.

아침 6시면 저절로 눈이 떠진다. 일하러 가기 전에 잠깐이라도 달려 심박수를 높이고 샤워로 땀을 씻어낸다. 그렇게 안 하면 양치질을 빼먹은 것처럼 상쾌하지 않다. 어느샌가 그런 체질이 되어 있었다.

달린다는 행위는 나를 평온하게 만들어준다. 좋은 일도 나쁜일도 저 멀리 쫓아내고 아스팔트를 차는 발의 움직임에만 온 신경을 집중했다.

실감이 났다. 강변의 벤치에서 벤치까지, 다리에서 다리까지의 거리가 전보다 줄어든 것 같았다. 내가 지나가는 풍경의 흐름이 빨라지는 듯했다. 조금씩, 그렇지만 착실히, 난 빨라지고 있었고 강해지고 있었다.

의문도 품었다. 어느 날부턴가 가슴에 새겨지기 시작한 공포.

내가 빨라지면 빨라질수록 가족이 녹아드는 속도도 빨라질 것 같았다.

이 세상의 내가 강해지면 강해질수록 저세상의 가족이 멀어져 갈 것만 같았다.

난 실감과 의문 사이에서 흔들리고 있었다.

미안하지만 야마시타 씨 일에는 신경 쓸 여유가 없었다.

한편 이지러너즈 멤버들은 불타오르고 있었다.

목표가 사람을 변화시킨다는 말은 진짜였다. 나와 고에다 외에 여섯 명이 입을 모아 42.195킬로를 목표로 내건 그날 이후, 그들은 진심으로 그 엄청난 거리에 도전하기 시작했다는 듯 진지하게 연습에 임했다.

"나, 헬스클럽에 다니기 시작했어. 정강이 통증은 결국 근육이 부족해 그런 것 같아서" 하고 세이카 씨가 말했다.

"세이카 씨가 헬스클럽에 다닌다면 나도 다녀볼까."

그러자 후지미 씨도 이렇게 말했다.

"후지미 씨까지 헬스클럽에 다닌다고요? 그럼 난 비만 치료 센터라도 가서 열심히 살을 빼겠어요."

하타까지 묘하게 투지를 불태웠다.

"난 매일 밤 복근 운동 300회를 채우겠어. 공짜잖아."

그런가 하면 마치 에이코도 경쟁심을 드러냈다.

"난 요즘 훈련에 인터벌 트레이닝을 적용했어요."

오시마는 뭔가 전문적인 말을 꺼냈다.

"전 일단 체력부터 만들게요. 식사에도 좀 신경 쓰고요."

게다가 고에다도 제법 긍정적인 모습을 보여주었다.

하지만 그렇게 열심히 하면 할수록 자연스럽게 피로도 쌓여갔다. 피곤하면 짜증이 나고 여유가 없어진다. 또 남의 말에도 신경이 곤두서기 쉽다. 이상하게도 모든 멤버가 열심히 하면 할수록 팀 내에서는 사소한 충돌이 눈에 띄게 늘어갔다.

유난히 충돌률이 높았던 사람은 마치 에이코였다. 그러니까 다툼의 7할 정도는 이 아줌마가 원흉이었다. 해도 되는 말과 하면 안 되는 말의 울타리가 한없이 낮은 그녀는 팀에 익숙해짐에 따라 그 본색을 드러내기 시작했다.

"좋겠어, 남자는. 애당초 기초 체력이 여자랑은 전혀 다르잖아. 같은 출발선에서 러닝화를 걸고 경쟁하라니 말이나 되는 소리야?"

"좋겠어요, 하루 종일 시간이 남아도는 사람은. 요리도 청소도 부인이 다 해주니까 평일 대낮부터 헬스클럽에 다닐 수 있는 거지. 근데 후지미 씨, 그 고기능 워치는 잘 쓰고 있어요?"

"좋겠어, 가만히 있기만 해도 남자가 뭐든 다 해주는 젊은 애는. 근데 고에다, 쓸데없는 참견 같지만, 사람은 고생을 좀 해봐야 해. 뒤룩뒤룩 살찐 부잣집 도련님이 연줄 없이 출세한 사례는 없으니까 말이야."

"좋겠어요, 마음 편한 귀족 독신은. 보통은 마흔 넘어서 독신이라고 하면 이상한 사람 취급한다며 초조해하는데, 도코로 씨는 원래부터 괴짜니까 무서운 게 하나도 없죠?"

가공할 만하다. 마치 에이코의 독설.

그리고 그녀는 끝내 금기어 레벨 100인 '좋겠어'를 또다시 입에 올리고 말았다.

"좋겠어, 스폰서가 있는 사람은."

그 한마디에 공기가 얼어붙은 것은 평소처럼 고마자와공원을 여섯 바퀴 돌고, 다 같이 세이카 씨네 집으로 향하던 길에서였다.

전에는 짐을 맡아주던 고에다가 같이 달리기 시작하고부터 우리는 세이카 씨의 집에 짐을 보관했다. 세이카 씨네 집에 집합해서 옷을 갈아입은 뒤 달리고 다시 돌아와 샤워까지 했다. 진짜 제 집 드나들 듯했다.

설마 그 은혜를 원수로 갚는 말을 마치 에이코가 하리라고는….

"나도 젊었을 때부터 물장사나 해서 어디 사장님이라도 하나 꼬셔놨으면 얼마나 좋아. 세타가야에 아파트도 떡하니 마련해주고, 고기능 워친지 뭔지도 사 주고."

바로 거기 지뢰가 있었다. 누가 봐도 지뢰라는 표시가 있었다. 그런데 이 사람은 왜 그걸 밟느냔 말이다.

모두 아연실색한 가운데 장본인인 세이카 씨만은 정신을 바짝 차리고 반격에 나섰다.

"그래요. 난 물장사를 하고 있어요. 저 아파트도 남자한테 돈을 원조받아 샀고. 스폰서란 말은 너무 저급해서 유치하지만, 선물을 주는 사람도 많아요. 그게 부러우면 마치 씨, 당신도 나처럼 살면 되잖아요. 안정된 삶을 찾아 주부가 된 사람이 말이 참 많으시네요."

이 말도 맞는 말이다.

하지만 여기서 물러서지 않는 것이 마치 에이코다.

"어머. 결혼이 곧 안정이라는 생각이야말로 구식 아니야? 결혼하면 편안한 생활을 보낼 수 있을 것 같아? 그건 독신자의 망상이라고. 현실은 그렇게 달콤하지 않아. 남편에 애들에 시어머니에 돌봐야 할 사람이 늘어만 간다고. 그래도 적어도 난 말이야, 누구의 원조도 받지 않고 혼자 힘만으로 살아왔어. 그것만은 당당하게 말할 수 있어."

"그러니까, 남편이 번 돈으로 밥을 먹고, 남편이 대출해서 산 집에 사는 건 원조 축에 들어가지 않는다는 거네. 혼인신고서를 제출한 순간 남편 건 다 자기 게 되는 건가? 그런데도 집에서는 애물단지 취급이나 받고, 회사에서는 거친 세파에 시달리고, 정말이지 남자는 힘들겠어. 그렇게 어디에서도 위로받지 못하는 남자들이 마음을 치유하러 우리 가게 같은 곳에 오는 거야."

"미안하지만 우리 남편은 가족 다섯을 다 먹여 살릴 만한 능력이 없거든. 나도 파트타임으로 일하고 있다고."

"파트타임으로 일해서 얼마나 번다고 그래?"

파탄으로 치닫는 두 사람의 배틀을 지켜보던 후지미 씨가 끼어들었다.

"둘 다 진정해요. 살다 보면 다 입장도 다르고 고생 안 하고 산 사람이 어디 있겠습니까."

"조기 은퇴하고 안락한 삶을 사는 사람은 잠자코 있어요."

"마치 씨, 후지미 씨한테까지 그게 무슨 소리예요?"

분명히 이 상황은 마치 에이코의 열세다. 그렇지만 새빨갛게 불타오르는 얼굴을 보니 그녀는 자신이 잘못했다고는 조금도 생각하지 않고 오히려 분개하고 있었다. 다른 사람들이 나쁘다. 세상이 잘못됐다. 마치 에이코는 그렇게 타인을 증오하고 공격하는 것으로 자신을 북돋우며 살아왔다.

이대로 배틀을 계속해봤자 그녀는 더욱더 활기를 띨 뿐이다. 이 아줌마를 침묵시키기 위해서는 다른 발상이 필요하다.

"잠깐만요."

나도 참 성격이 꼬였다고 생각하면서도 멤버들의 주의를 환기했다.

"확실히 마치 씨 말이 너무 심했어요. 하지만 마치 씨도 좀 안됐어요. 마치 씨는 집에 병간호가 필요한 시어머니가 있고 딸의 학비 때문에 돈도 들고 감기에 걸려도 일을 쉴 수가 없어요. 매일 그런 하루하루를 보내느라 피곤해서 신경이 좀 날카로워진 것 같아요."

마치 에이코는 새빨간 얼굴을 보랏빛으로 물들이고 분개할 거라 생각했다. 입만 크게 벌려 뻐끔거리겠지. 그럼에도 말은 안 나오고 숨소리만 거칠어질걸. 이번에야말로 나의 완벽한 승리다.

하지만 나를 돌아본 그녀의 얼굴은 얼음물에라도 들어갔다 나온 것처럼 새하얬다.

표정도 없고 움직임도 없었다. 그저 입술만 살짝 벌려 나에게 한마디, 내뱉었다.

"무슨 소릴 하는 거야, 고아 주제에."

몇 대의 버스를 보냈을까.

8월의 하늘은 저녁이 되어도 밝다. 그럼에도 고마자와 거리를 오가는 차의 불빛은 엄연히 존재감을 더해갔다. 공원의 복작거림이 잦아들고, 하나, 또 하나, 살아 있는 것들의 움직임이 사라져간다.

시계를 보니 오후 8시였다. 7월 이후로는 무더위로 인해 서머 타임을 적용해 4시 반에 모이니까 연습 종료 시각은 6시 반. 7시에는 세이카 씨네 집에서 나왔을 테니 이래저래 한 시간이나 이렇게 벤치를 점거하고 있었다는 말이 된다. 일어나고 싶지 않았다. 단지 그만한 이유로.

그렇지만 서서히 숨이 꽉 막혀왔다.

"이제 제발 돌아가요. 부탁입니다."

난 옆에 있는 오시마에게로 시선을 옮겼다.

"돌아가고 싶어지면 돌아갈게요. 혼자 잘 갈 수 있으니까 신경 쓰지 마세요."

마치 에이코와 일전을 벌인 후 요즘 들어 가끔 참석하던 미팅, 이라 칭하는 뒤풀이를 패스하고 집으로 가는 나를 무슨 이유에선지 오시마가 자전거로 따라왔다. 그러고는 내가 앉아 있는 버스 정류장 벤치에 앉아 여전히 돌아가지 않고 있다.

"나도 가고 싶어지면 갈 거예요. 그러니 신경 쓰지 마세요."

대체 무슨 생각인 걸까. 오시마는 아무 말 없이 아무것도 묻지 않고 그저 옆에 있어주었다. 흔한 동정심이라면 별로 달갑지 않다. 정말 돌아가줬으면 좋겠다. 어떻게 하면 날 혼자 내버려둘까?

후유, 들으라는 듯 깊은 한숨을 토해냈다. 아, 생각났다.

털어놓는 거다.

오시마가 날 따라온 이유는 마치 에이코가 내뱉은 마지막 한마디에 호기심이 생겨서가 아닐까? 그럼 지금까지 알고 지낸 사람들과 마찬가지로 그 기대에 부응해주기만 하면 호기심이 채워져 내 곁을 지나갈 거다.

뭐야, 빨리 알아차렸으면 좋았잖아. 난 신속히 그가 바라는 것을 내주었다.

"열세 살 때 가족을 모두 잃었어요. 그 후 날 돌봐주던 이모도 죽었고요. 그때부터 계속 혼자예요. 마치 씨가 말한 대로예요."

이때 상대방을 보지 않는 것이 중요하다. 어떤 얼굴을 하면 좋을지 고심하는 상대를 철저히 무시할 것.

"딱히 신경 쓸 것 없어요. 내 일에는 내가 가장 익숙하니까. 지금 좀 우울한 건 사실이에요. 혼자 사는 집에 돌아가면 더 우울해지니까 조금만 더 여기 있고 싶어요. 뭐, 딱히 마치 씨한테 그런 말을 들어서 그런 건 아니에요. 먼저 시작한 건 나였으니까. 그 아줌마는 핵탄두에 버금갈 만큼 강력하고 파괴적이면서도 동정받으면 상처받아요. 그때는 통쾌했는데 시간이 지날수록 나 자신이 너무 싫어지네요."

대형 트럭이 굉음을 울리며 고마자와 거리를 지나갔다. 배기가스가 눈앞을 부옇게 만들었다.

이 정도 고백으로 어떻게 안 될까?

마음속으로 중얼거린 그때, 오시마가 말했다.

"그럼 나도 고백할게요. 나도 지금 자전거를 타고 돌아가고 싶지 않을 정도로 우울해요."

내 고백에 만족하기는커녕 분노마저 느껴지는 음색이었다.

우울하다고?

순간 고개를 돌려 바라본 그의 옆얼굴은 생각보다 그렇게 화를 내는 것 같지도, 도발하는 것 같지도 않았다. 다만 그는 무척 침울한 표정으로 시무룩해 있었다. 그런 오시마는 처음 봤다.

"왜 오시마 씨가 우울해요?"

"요즘 맨날 싸우기만 하잖아요."

"싸운다고요?"

"우리 팀 말이에요. 보통 대회가 다가오면 다들 의욕에 불타올라 일치단결하지 않나요? 동료와 정을 쌓고 함께 울고 웃고 하지 않나요? 그런데 우리 팀은 별것도 아닌 일로 싸우기만 하니…."

"그게 그렇게…."

"중요한 거예요. 일부러 팀에 들어와 연습하는 건데. 좀 더 다 같이 팀의 화합을 소중히 해야 하지 않을까요?"

"아."

"내가 이상한 말이라도 했나요? 그렇군요. 맞아요, 어차피 난 무뚝뚝한 열혈남이니까…."

갑자기 쑥스러운지 오시마가 고개를 숙였다.

"사실은 나, 전에는 몸이 약했어요. 어렸을 때 신장이 안 좋아서 초등학생 때는 1년에 반 정도는 병원 침대에서 지냈어요. 중학생이 돼서도 운동은 계속 금지였죠. 스포츠 근성과는 인연이 없는 학창 시절을 보냈어요. 그래서 야구팀이나 축구팀 같은, 그런 열정 가득한 집단을 향한 동경심 같은 게 강했어요. 고등학교를 졸업하고 조리사 학교에 들어간 뒤에야 겨우 운동 금지에서 해방됐는데, 이제 와서 동아리 활동을 할 수도 없잖아요."

생각지도 못한 고백에 당혹스러우면서도 난 슈를 떠올렸다. 몸이 약해서 하면 안 되는 게 많았던 동생. 그 얼굴과 오시마의 얼굴을 겹쳐 본 순간, 같은 벤치에 앉아 있으면서도 아득히 멀게만 느껴지던 오시마가 불현듯 손이 닿을 만큼 가깝게 느껴져 당황스러웠다.

"그래서 도코로 씨한테 스카우트 제안을 받았을 때 기뻤어요. 요리사 수습생으로서 체력 부족을 통감하던 때이기도 해서 두말할 것 없이 팀에 들어갔어요. 난 그것만으로도 가슴이 두근거렸고 멤버가 늘어나는 게 정말 좋았어요. 하지만 요즘엔 이런 생각이 들어요. 팀이라고는 하지만 달리는 건 어차피 혼자 하는 거라고요. 모두 동료라기보다는 라이벌로 고기능 워치니 러닝화니, 사리사욕만 좇고 있어요. 팀이야 어떻게 되든 아무 상관없는 거예요."

시름에 잠긴 옆얼굴에 얕게 깔려 있던 어둠이 한층 더 짙어졌다.

나와는 상관없는 사람의 상관없는 고백.

하지만 그 얼굴을 슈로 바꿔 보니 왠지 말을 걸고 싶었다.

"분명 달리기는 개인경기지만, 그렇다고 모두 자기만 생각하는 건 아닌 것 같아요."

무심결에 말하고 말았다.

"적어도 야마시타 씨는 그렇지 않았어요."

"야마시타 씨요?"

"준푸도대학의 육상부는 원래 개인적인 성향이 강해서 부원들은 개인 성적을 올리는 데만 열중했어요. 근데 야마시타 씨는 달랐어요. 비록 개인경기라 해도 팀이 힘을 합해야 승리할 수 있다고 믿었던 거죠."

"팀이 힘을 합해야?"

"육상경기에서 래빗이라고 아세요?"

"네. 유력 선수가 대회에서 좋은 기록을 낼 수 있도록 이끌어주는 페이스메이커를 말하는 거잖아요."

"야마시타 씨는 대학 시절 도코로 씨의 래빗이었어요. 페이스메이커의 숙명으로 처음부터 자신의 성적은 접어뒀지만, 그래도 야마시타 씨는 도코로 씨의 승리를 둘이서 일구어낸 훈장으로 생각하고 자신의 역할을 자랑스러워했어요."

왠지 내가 직접 본 것처럼 말하고 있다. 이래선 수상하게 생각할 텐데. 내심 당황하면서도 이어서 말했다.

"하지만 그런 야마시타 씨의 생각은 도코로 씨에게는 전해지지 않았어요. 그래서 야마시타 씨가 심부전으로 죽었을 때 도코로 씨는 다만 자신을 책망했어요. 래빗을 무리하게 만든 탓에 심장에 부담이 간 게 아닐까, 자신은 야마시타를 희생시켜 승리를 거듭해 온 게 아닐까 하고. 결국 죄의식을 견디지 못하고 육상을 그만둔 거예요. 야마시타 씨는 그게 아니라고, 자신은 자랑스럽게 생각하며 래빗 역할을 수행했고 천재 러너에게 공헌할 수 있어서 행복했다고 전하고 싶어서 유령으로 나타나기까지 했는데, 그때 도코로 씨는 이미 대학을 떠난 후였어요."

유령의 심정까지 알다니 갈수록 수상하다.

어떻게 알았어요? 그런 질문을 각오하고 오시마 쪽을 봤다.

그의 눈동자는 나에게서 스르륵 빠져나가듯이 노을로 물들어가는 거리의 한 지점을 가리켰다.

"야마시타 씨도 저 길을 따라갔을까요?"

"저 길?"

"보여요."

보여요. 오시마는 그렇게 말했다. 틀림없이.

"어렸을 때 아파서 몇 번이나 죽을 고비를 넘겼어요···. 그때부터 밤이면 길 일부분이 눈부시게 빛나고 그 길을 미끄러지듯 달려가는 사람들의 모습이 보이기 시작했어요. 지금도 가끔 보여요. 다마키 씨하고 여기 있는 동안에도 세 사람이 저 길을 달려갔어요. 봐요, 저 골목길."

오른팔을 쭉 뻗어 손가락으로 가리켰다. 내 눈에는 아무것도 보이지 않았다. 하지만 이 사람에게는 보인다. 두근두근 가슴이 떨렸다. 너무나도 쿵쾅거리는 나머지 마음이 무너져 내리고, 내 비밀을 오시마에게 들키지 않을까 싶어 정신이 혼미할 만큼.

하지만 내 비밀은 이미 들킨 뒤였다.

"빛나는 그 길을 미끄러지듯 달려가는 사람들 속에서 자전거를 타고 가는 사람을 봤어요. 두 번쯤···."

오시마의 눈동자가 똑바로 날 향했다.

너무 가까워서 도망갈 수 없다.

"다마키 씨와 무척 닮은 사람이었어요."

18

합숙 훈련

도쿄와 니가타를 잇는 간에쓰 자동차 도로는 생각보다 휑했다. 추월 차선에는 가끔 혈기 왕성한 스피드광이 나타나 아침 햇살을 받아 빛나는 아스팔트를 압도적인 기세로 달려나가 점이 되었다. 한편 오른쪽 차로에는 위태위태하게 갈지자를 그리며 가는 차도 있었다.

"으엑."

"오오."

"아악."

몇 초 간격으로 목소리가 새어 나오고 창밖의 풍경이 튀어 오른다. 시속 80킬로인데 이렇게 많이 흔들리는 차는 처음이다.

도코로 씨의 미제 자동차. 중고차 매장에 근무하는 그가 새로

산 지 얼마 안 된 빈티지 자동차다.

"왜 이런 차를 산 거예요?"

"왜라니? 마치 씨, 모르세요? 이 머스탱은 전 세계의 희귀템 중에서도 희귀템이에요. 요즘 진짜 보기 드문 녀석이라고요."

"그러니까 왜 이런 차를 샀냐고요. 바람이 불면 날아갈 것 같은 고물차를."

"그거야, 희귀하고 눈에 띄니까."

"승차감은 아무래도 상관없는 거예요?"

"시승은 안 했어요."

"도코로 씨, 그러고도 중고차 딜러 맞아요?"

"마치 씨의 그 입, 이 차 안에서는 다물어야 할 거예요. 그러다혀 깨물어요."

난 운전석과 조수석에 앉아 대화를 주고받는 두 사람에게서 눈을 돌려 창밖을 바라봤다.

어느새 하늘이 넓어졌다. 아침 햇살을 가르던 빌딩들이 드넓게 펼쳐진 밭으로 바뀌고, 삐뚤빼뚤했던 풍경이 평평한 선으로 바뀌어갔다. 멀리 희미하게 보이는 산만이 우뚝 솟아올라 있었다.

"이제 한 시간 정도만 더 가면 도착이야. 모두 이를 꽉 깨물고 버티라고. 그리고 오시마는 가끔 뒤 트렁크 좀 확인하고."

"뒤 트렁크?"

"가끔 바람에 날아가거든."

"네에?"

아침 7시에 고마자와공원에 모여 가위바위보에서 진 세 사람이 도코로 씨의 머스탱에 목숨을 맡긴 지 약 세 시간. 우리는 피서지로 유명한 가루이자와로 향하고 있다. 가위바위보에서 이긴 셋을 태운 하타의 셀시오는 지금쯤 우리보다 한참 앞서가고 있을 것이다.

지난달 말, 갑작스럽게 합숙 훈련을 떠나자고 말한 사람은 도코로 씨였다.

"이제 슬슬 마지막 고비야. 이쯤에서 한 방, 세게 밀어붙이자고."

세게 밀어붙인다는 말의 구체적인 의미는 몰랐지만 요즘 옥신각신하는 팀을 도코로 씨 나름대로 어떻게든 해보려는 마음은 전해졌다.

그 마음은 모두 같았는지 "합숙?", "그래?", "음, 좋지" 하는 식으로 순조롭게 진행돼 일정은 9월 중순의 사흘 연휴, 장소는 가루이자와로 척척 정해졌다. 가루이자와에는 하타의 아버지가 경영하는 회사의 별장이 있다고 한다.

"근데 하타가 통 크게 숙소를 제공한 건 속셈이 있어서일지도 몰라. 이번 기회에 고에다와의 거리를 확 좁혀보려는 꿍꿍이 아니겠어? 젊은 사람은 가루이자와라는 장소만으로도 기분이 좋아지잖아. 나무도 꽃도 하늘도 가루이자와라는 것만으로 로맨틱하게 보이고. 가루이자와는 무서운 곳이야."

조수석의 마치 에이코가 이러니저러니 하면서도 신나게 떠드는 데는 이유가 있다. 애당초 그녀는 시어머니를 돌봐야 한다며 합숙에 불참하겠다고 알려왔다. 다음 달에는 구메지마에도 가야 하는데 그렇게 자주 집을 비울 수는 없다면서. 그런데 가루이자와로 떠나기 직전에 남편과 두 딸이 병간호는 자기들이 할 테니 걱정하지 말고 다녀오라고 했고, 당사자인 시어머니도 요 며칠 컨디션이 좋아 기분 좋게 보내주었다는 것이다. 도대체 왜 그런 쓸데없는 짓을.

유난히 큰 짐을 끌고 약속 장소에 나타난 마치 에이코를 본 나와 세이카 씨가 시무룩한 표정으로 얼굴을 마주 본 것은 두말할 것도 없다.

솔직히 합숙 훈련은 나에게 우울 그 자체였다.

남과 여행을 가는 게 몇 년 만이지?

뭘 하든 단체로 행동해야 하고, 항상 누군가와 함께해야 하는 그런 고행을 사흘이나 견딜 수 있을까?

자신감은 제로였다. 아니, 마이너스일지도.

그런데도 나는 왜 간다고 했을까.

창문에 비치는 나의 근심스러운 그림자에 질문을 던졌다. 기분 전환? 현실 도피? 이제 와 생각해보면 이 세상에서 도망치고 싶었던 건지, 저세상에서 도망치고 싶었던 건지 헷갈린다.

명계의 가족은 나날이 녹아들어 경계를 잃어갔다. 당장에라도 무색투명한 공기 속에 스며들어버릴 것만 같아서 옆에 있는 게 무서웠다. 하지만 또 내가 곁에 없으면 그사이에 퍼스트스테이지에서 사라져버릴 것만 같아서, 그것도 무서웠다.

명계에 가도 지옥, 가지 않아도 지옥. 나는 그런 일상에서 사흘만이라도 해방되고 싶었는지 모른다.

그리고 하나 더.

나는 내 옆자리에 앉아 몸을 돌려 가방을 지켜보고 있는 오시마를 곁눈질했다.

빛나는 그 길을 미끄러지듯 달려가는 사람들 속에서 자전거를 타고 가는 사람을 봤어요. 다마키 씨와 무척 닮은 사람이었어요.

그 놀랄 만한 발언 후 약 한 달. 서로를 피하며 오늘에 이른 오시마와의 관계에, 이 합숙 훈련을 계기로 어떤 변화가 생기길 바라는 마음이 있었는지도 모른다.

명계와 하계를 연결하는 레인은 원래 살아 있는 사람의 눈에는 보이지 않는다. 하지만 영감이 뛰어난 몇몇 사람에게는 보이기도 한다. 원숭이도 쉽게 이해하는 매뉴얼에 쓰여 있던 내용이 사실이었다는 걸 생생히 깨닫게 된 그 밤, 나는 고민에 빠졌다.

설마 오시마가 레인을 넘기 위해 자전거를 타고 달리는 나를 목격했을 줄이야.

순간 닮은 사람이라고 하면 어떻게 넘어가지 않을까 하는 생각도 했다.

그러나 바로 소용없는 짓임을 깨달았다. 직감적으로 체념할 수밖에 없다는 걸 알았다.

생각해보면 오시마는 전부터 이상하게 내 자전거에 관심이 많왔다. 분명 그 나름대로 신호를 보낸 것이리라. 내가 명계에만 빠져 지내느라 눈치채지 못했을 뿐이다.

"믿지 않아도 어쩔 수 없지만 그 길은 저세상과 이어져 있어요."

나는 오시마에게 털어놓았다. 곤노 아저씨와 고요미의 이야기로 시작해 처음 레인을 넘은 밤의 일도. 그 뒤로 명계에 가는 것만이 유일한 삶의 이유였는데 이제 곧 모나미 1호를 잃게 된다는 것까지. 그 후에도 가족을 만날 수 있는 유일한 방법은 내 힘으로 레인을 넘는 것이라는 사실까지도. 모든 이야기를 마쳤을 때는 완전히 밤이 깊어 우리는 짙은 어둠에 휩싸여 있었다.

나조차 믿기 어려운 황당무계한 이야기. 하지만 오시마는 믿는 듯했다. 적어도 "그런 일이?"라고 한 번도 말하지 않았다. 다만 이야기가 진행될수록 그의 표정은 왠지 모르게 점점 더 굳어갔고 하고 싶은 말이 있는 듯 보였다.

"그 빛나는 길 위의 사람들이 우리와 다른 차원에 있다는 건 어렴풋이 짐작하고 있었어요. 난 다마키 씨의 말을 믿어요. 하지만 다마키 씨 자신에 관한 말은, 뭐랄까, 듣고 있기 힘드네요."

"무슨 의미죠?"

"5월쯤부터였나? 그때부터 다마키 씨는 갑자기 진심으로 달리기 시작했어요. 표정도 전과 달라져서 난 은근히 기뻤어요. 다마키 씨가 진짜로 팀의 일원이 된 것 같아서. 마라톤에 나갈 결심을 해준 것도 기뻤고 함께 구메지마에 갈 날이 기다려졌어요. 그런데 아니었군요. 그건 우리와는 아무 상관도 없는 거였어요. 오로지 명계에 가기 위한 거였어요. 자전거를 돌려줄 날이 다가와서 초조했을 뿐이죠."

"그건… 마, 맞아요."

"애초에 우리 팀에 들어온 것도 명계에 가기 위한 수단에 불과했군요."

"맞아요. 그러면 안 되나요?"

비난하는 듯한 말에 나도 목소리가 예민해졌다.

"목적은 제각기 달라도 괜찮다고, 세이카 씨도 말했잖아요."

"그건 그렇지만, 설마 명계에 가기 위해서였다니."

차분해 보였던 오시마는 의외로 동요한 모양이었다. 하고 싶은 말을 삼키는 듯 보였고 들이마신 공기를 길게 내뱉었다. 한참을 그렇게 가만히 있다가 갑자기 턱을 치켜들고는 큰 목소리로 말하기 시작했다.

"하지만 다마키 씨가 혼자 힘으로 명계에 간다고 해도 가족이 모두 녹아든 뒤면 의미가 없지 않나요? 다음 스테이지로 이동한 후라면 다마키 씨도 어쩔 도리가 없잖아요."

"네. 그렇지만 언제 다 녹아들지는 모르는 거잖아요. 모나미 1호를 돌려준 후에도 가족이 퍼스트스테이지에 남아 있는데 나에게 40킬로를 달릴 힘이 없다면, 나는 또 얼마나 후회를 하게 될지 몰라요."

"그러니까, 나중에 후회할까 봐 지금 자신을 단련하고 있다는 건가요?"

"맞아요. 과거의 나를 후회하는 일은 더는 하기 싫어요. 그 자전거를 잃게 되면 잃은 대로 이러쿵저러쿵 변명하지 않고 내 힘으로 달려가고 싶어요. 그곳이 명계든 어디든."

"언뜻 보면 앞을 향해 나아가는 것 같지만 잘 생각해보면 다마키 씨는 완전히 뒤로 달리고 있었군요."

피나게 노력하는 내 하루하루를 오시마는 단 한마디로 부정해 버렸다.

"다마키 씨가 42.195킬로가 아니라 40킬로에 집착하는 데는 분명 이유가 있을 거라고 생각하긴 했어요. 대체 무엇 때문일지 궁금했죠. 그런데…."

아직 한낮의 햇살을 어딘가에 품고 있을 듯한 밤기운이 바로 내 옆에서 급속도로 얼어붙는 것만 같았다.

얼어붙은 분노를 머금고 있는 오시마의 눈동자가 보였다.

"명계에 가기 위해서라니, 정말 실망입니다."

분명 체온을 느낄 수 있을 만큼 가까웠던 오시마가 단번에 저 멀리, 명계보다 더 먼 곳으로 멀어져 갔다.

나는 그를 향해 말했다.

"당신은 이해 못 해요."

오시마가 벤치 뒤에 세워둔 자전거를 탄 것과 내가 벤치 앞에 선 버스에 올라탄 것 중 어느 것이 먼저였을까. 아마도 거의 동시였을 것이다. 버스 계단에 발을 딛고 요금 통에 동전을 넣은 뒤 그대로 앞자리로 간 나는 더는 오시마를 돌아보지 않았다.

"좋았어, 다행히 죽은 사람 없이 잘 왔군. 합숙 첫날부터 좋은 징조야. 운이 아주 좋아."

도코로 씨의 고물 자동차가 숙소에 도착한 것은 정오가 거의 다 돼서였다. 고급차로 쌩쌩 달려온 넷은 벌써 도착해 숙소 거실에서 쉬고 있었다.

"봐봐. 이 별장, 이렇게 넓어. 게다가 인테리어도 멋지지 않아? 하타네 아버지, 센스가 좋으시네. 독신? 하타의 아버지니까 그럴 리 없겠지? 호호."

흥분한 세이카 씨가 집주인처럼 안내해준 이층집은 확실히 모든 방이 널찍하니 인테리어도 고급스럽게 느껴졌다. 상주하는 관리인이 있는 만큼 먼지가 쌓인 눅눅한 별장과도 거리가 멀었다.

외관 벽은 하얗게 칠했고 기둥은 짙은 갈색이다. 군데군데 낙엽송이 자리한 뜰은 초록색 잔디가 뒤덮고 있다. 누가 봐도 가루이자와답다.

우리는 앞뜰에 자리한 테라스에서 유기농 채소와 천연 효모 빵을 점심으로 먹으며 일단 방을 배정했다.

남녀로 나누어 손바닥 뒤집기로 방을 같이 쓸 짝을 정했다.

제발 마치 에이코는 아니길.

기원하는 마음을 담아 손바닥을 뒤집어서 내밀었다.

손바닥을 뒤집은 다른 한 사람의 손은 아주 작았다. 손목은 마치 나뭇가지 같았다.

다행이다. 아직은 내게도 운이란 것이 조금은 남아 있는 모양이다.

점심 식사를 마친 우리는 즉시 각자의 방에서 러닝용 운동복으로 갈아입었다.

"세이카 씨와 마치 씨에게는 미안하지만 다마키 씨랑 같은 방이 돼서 안심했어요."

단둘이 있게 되자 고에다가 말했다.

"왜?"

"저 둘은 무섭잖아요."

너무나 솔직한 대답에 피식 웃음이 나왔다.

오후 1시, 훈련 개시. 합숙 훈련 때 도대체 뭘 하는가 싶었는데 결국은 달리기였다.

단, 달리는 방법이 평소와 조금 달랐다. 최근에는 고마자와공원 여섯 바퀴, 총 12킬로를 각자의 페이스에 맞춰 달리는 게 보통이었지만, 오늘은 굳이 거리를 설정하지 않고 천천히 두 시간을 달리자고 도코로 씨가 말했다.

"흔히 말하는 LSD라는 훈련이야. 롱 슬로 디스턴스Long Slow Distance. 본 경주까지 이제 한 달, 이쯤에서 장시간 운동에 몸을 길들여놓는 게 좋아. 단, 지금 무리하면 한 달 후 경주에도 영향을 미치니까 어디까지나 느긋하게, 알겠지?"

난 요즘 12킬로를 거의 한 시간 10분에서 15분의 페이스로 달린다. 두 시간이면 그 두 배에 가깝다. 그렇다면 20킬로? 소름이 돋았다.

하지만 선두를 달리는 도코로 씨의 속도는 확실히 느렸고 평소보다 지면에 닿는 발의 충격이 약한 만큼 발과 심폐에 미치는 부담도 적었다. 평지가 많은 길은 달리기 쉽고 무엇보다 풍경이 이채롭다.

멋들어진 별장과 리조트 단지.

그 공간을 수놓는 다채로운 꽃.

가로수 나뭇잎 사이로 비치는 햇살.

9월의 한낮인데도 대기에는 습기도 무더위도 없이 푸른 잎과 흙 내음을 날라온 바람이 땀이 밴 피부를 기분 좋게 어루만져주었다. 점차 호흡이 거칠어지고 발뒤꿈치 부근에서 피로가 스멀스멀 올라와도 여기는 가루이자와다, 라는 생각만으로 약간의 사치를 부리는 듯한 기분에 젖어들었다.

이 세상에는 이런 천국 같은 곳도 있구나. 혹시 모두 살아 있었다면 우리도 함께 별장에 놀러 왔을까.

별장에 놀러 온 가족 단위 여행객들이 스쳐 지나갈 때마다 그런 생각이 들었다.

아니, 우리 집은 그렇게 유복하지 않았으니까 기껏해야 펜션에서 1박 정도 했으려나. 그 펜션을 정하는 데도 엄마는 이것저것 조건을 달아서 아빠를 들들 볶았을지 모른다. 환경이 바뀌면 몸에 탈이 나는 슈가 천식 발작을 일으켜 여행을 엉망으로 만들어버렸을지도. 아마 난 왜 이런 일이 생기는 거냐며 공연히 화를 냈을 테지만, 지금은 살다 보면 그런 일도 있는 거란 생각이 든다.

"역시 우리 집이 최고라니까."

엄마는 이 한마디가 하고 싶어서 여행을 떠났을지도 모른다.

전에는 있었는데 지금은 없는 사람들.

전에는 있었는데 지금은 없는 것들.

잃어버린 시간을 공상 속에서 부활시키는 일은 현실로 돌아왔을 때의 타격이 너무 커서 평소 잘 하지 않지만, 달리고 있을 때는 어째선지 하게 된다. 외로움도 허무함도 1초 간격으로 지면에 떨어지는 충격과 함께 몸으로 받아낼 수 있다.

체력이 좋아진 건가.

"앞으로 50분."

선두를 달리는 도코로 씨의 목소리에 퍼뜩 정신이 돌아왔다.

어느새 꽤 긴 거리를 달리고 있었다.

내 앞에는 세이카 씨가, 그 앞에는 후지미 씨가 경쾌한 리듬을 새기고 있다. 뒤에는 오시마와 마치 에이코. 하타와 고에다는 중도에 포기한 걸까? 느린 속도 덕분인지 다섯의 숨소리에는 아직 여유가 느껴진다. 예상과 달리 여유 있는 내 모습에 놀랐지만 물론 이대로 끝나진 않았다.

앞으로 40분, 하고 도코로 씨가 말했을 때부터 다리가 급격히 무거워졌다.

"알겠어? 힘들어진 다음부터가 승부야. 마라톤 풀코스에서 중요한 건 마지막까지 고른 속도로 달리는 거야. 제발 힘이 있을 때

거리를 좁혀둘 생각은 하지 마. 아마추어는 전반에 너무 달려서 꼭 후반을 망친단 말이야."

30분 남았을 때부터 눈앞이 흐릿해지기 시작했다.

"천천히 가도 괜찮아. 멈추지 않는 것만 명심하고 달려. 알겠어? 마지막에 이기는 건 끝까지 멈추지 않은 러너야."

20분 남았을 때는 걷고 싶은 유혹에 흔들렸다.

"힘들면 주변을 봐. 다 똑같이 힘들어. 너만 힘든 게 아니라고 되뇌어."

10분 남았을 때 왼쪽 허벅지가 경련을 일으켰다.

"정말로 힘들어지는 건 20킬로대 후반부터야. 다리가 남의 다리처럼 느껴지지. 나사가 빠진 기계처럼 덜렁거려. 그때부터 진짜 이를 악물고 버텨야 해."

앞으로 5분이라는 말이 이명처럼 귓가에 울렸다.

"마지막은 무엇보다 정신력이야. 실력보다 정신력이 강한 사람이 이기는 거야."

전에 없던 아픔이 찾아온 건 마지막 3분이라는 말에 안도한 바로 그 순간이었다.

왼쪽 허벅지의 왼쪽 위. 지금까지 의식해본 적도 없는 근육에서 극한의 고통이 느껴졌다. 몸이 오른쪽으로 휘청거렸다. 이번에는 오른쪽 정강이의 바깥쪽 부분에서 찌르는 듯한 통증이 느껴졌다.

참지 못하고 신음을 내질렀다. 다 포기하고 멈추고 싶었다. 그렇지만 이제 1분이라는 말에 등을 떠밀려 다음 한 발, 또 그다음 한 발을 내디뎠다. 이 고통을 극복하지 못하면 40킬로와 맞설 수 없다.

"좋아, 다들 잘했어!"

드디어 두 시간을 달렸다.

몸도 마음도 너덜너덜해진 자신을 느끼며 난 바닥에 쓰러졌다.

더는 움직일 수 없었다. 한 걸음도 걸을 수 없었다. 호흡도 불안 정했다.

뜨뜻미지근한 아스팔트에 볼을 대고 전에 없는 나른함에 온몸을 맡긴 채 생각했다.

더, 더 강해져야 해.

더, 더 힘든 일도 이겨내야 해.

그럼에도 난 5분 후에 간신히 일어섰고, 10분 후에는 땀이 가셨고, 15분 후에는 마무리 스트레칭을 할 수 있을 정도로 회복했다.

하나, 둘, 하나, 둘. 몸을 쭉 늘리며 하늘을 올려다보니 맑고 푸른 하늘에 한 줄로 쭉 뻗은 비행기구름이 걸려 있었다. 점점 팽창해가는 그 선을 빛으로 물들이는 햇살이 눈부시다. 눈을 감아도 눈꺼풀 너머로 여전히 붉게 타오른다.

끈적한 피부에 시원한 바람이 기분 좋게 불어오고 난 녹아들 듯 잠 속으로 빨려 들어간다. 잠깐 낮잠이라도 잘까.

이런 생각을 하며 숙소로 돌아갔는데 하타가 앞뜰 테라스에서 비상용 건빵을 한입 가득 입에 물고 있었다.

"아, 다들 오셨어요? 달리고 나면 배가 엄청 고프죠."

모처럼 고에다와 둘이서 먼저 돌아왔는데 분위기를 잡는 것보다 주린 배를 채우는 게 먼저였던 모양이다.

"나왔다. 배불뚝이 너구리."

"하타, 넌 우리의 반도 안 달리고선 뭐가 배고프다고 그래?"

"아니 여기에 고에다만 혼자 두고 갈 수는 없잖아요."

"아유, 다들 그만 좀 해. 그것보다 너무 배고파. 저녁은 어떻게 할까?"

"당번제로 하는 게 어때? 오늘 저녁은 여자 팀, 내일은 남자 팀이 담당하는 거야."

"내일 남자들끼리 괜찮겠어?"

"셰프 지망생이 있잖아요."

"아하, 그렇군."

"그럼 여자 팀은 빨리 오늘 저녁을 준비하자고요."

편안한 낮잠. 이 합숙에서 그런 걸 기대하면 안 되는 거였다.

1층과 2층 두 곳에 있는 욕실에서 순서대로 샤워를 마친 여자 팀은 바로 근처 슈퍼마켓으로 장을 보러 갔다. 우리는 합숙 훈련의 단골 메뉴, 카레 재료를 샀다. 숙소로 돌아오는 길에 '바로 낳은 달걀 있습니다'라는 간판을 내건 농가를 발견하고 달걀도 반 판 정도 샀다.

우리는 바로 요리를 시작했다. 과연 내공 덕분인지 마치 에이코와 세이카 씨는 뭘 해도 솜씨가 좋았다. 양파는 눈물이 나올 새도 없이 재빨리 착착 썰었고, 감자 껍질도 필러 없이 눈 깜짝할 새깎아냈다.

"오, 의외로 이런 것도 잘하네?"

달걀을 풀어 프라이팬에 붓고 깔끔하게 마는 세이카 씨를 곁눈질하며 마치 에이코가 말했다.

"부엌칼은 잡아보지도 못했을 것 같은데 말이야."

"무슨 소리예요. 이게 우리 가게에서 제일 인기 있는 안주예요. 가게 문을 열기 전에 휘리릭 만들어두죠. 내가 이래 봬도 요리에 있어서는 웬만한 주부 못지않다고요."

다시 배틀 시작인가? 순간 아찔했지만 마치 에이코는 되받아치지 않고 도마 한 귀퉁이에 몰아두었던 감자와 당근의 껍질을 잘게 채썰기 시작했다.

"마치 씨, 그 껍질은 뭐 하려고요?"

"볶아볼까 해서. 껍질도 먹을 수 있는데 아깝잖아."

"와, 역시 주부네요."

"집에선 아무도 그런 말 안 해. 밥을 해주면 다들 게걸스럽게 먹고는 끝이지. 요리할 맛이 안 난다니까. 그런 면에서 세이카 씨는 좋겠어. 손님들이 맛있다고 해주잖아."

나왔다. 마치 에이코의 '좋겠어' 타령.

"그런가? 난 마치 씨에게 말해주고 싶어요. 매일 게걸스럽게 요리를 먹어주는 사람이 있어서 좋겠다고. 일요일도 가족이 집에 있어서 좋겠다고."

"그게 무슨 말이야?"

"혼자 사는 나한테는 휴일을 어떻게 보낼지가 절실한 문제란 말이에요."

세이카 씨는 완성한 달걀말이를 자르며 쓴웃음을 지었다.

"지금 사는 아파트를 지원해준 남자는 알다시피 사정이 좀 있어요. 그래서 난 주말이면 뭘 하면 좋을지 모르겠어요. 너무 우울해요. 사실 그래서 이지러너즈에 들어온 건지도 몰라요. 울적한 일요일에서 벗어날 수 있다면 뭐든 상관없었어요."

의외였다. 세이카 씨도 그 적막한 일요일을 알고 있다니.

"알아요, 그 기분."

안타까움이 묻어나는 목소리에 돌아보니 묘하게 필사적인 고에다의 얼굴이 있었다. 목덜미 부근에 비쳐 보이는 파란 혈관에서 맥박이 뛰는 게 느껴졌다.

"저도 일요일이 힘들었어요."

"뭐? 고에다도 불륜?"

"그게 아니라… 전, 엄마가 집에 있어서 일요일이 힘들었어요."

예사롭지 않은 그 대답에 모두 움직이던 손을 멈췄다.

"여러 사정이 있어서 엄마랑 사이가 안 좋아요. 대학에 들어갔을 때부터 방에 틀어박히게 됐고 그러다 학교도 빠지게 됐어요. 게다가 거식증 비슷한 증상까지 생겨서… 그래서 삼촌이 고민한

269

끝에 고마자와공원에 데려와주신 거예요. 달리지 않아도 되니까 아무 생각 말고 엄마랑 거리를 좀 두라면서."

내가 연습에 나오기 시작한 무렵 항상 나무 그늘에서 책을 읽던 고에다. 집에 어떤 문제가 있는지는 모르겠지만, 확실히 그때의 고에다는 병적으로 말랐었다.

난 고에다에게 물었다.

"엄마랑은 지금도?"

"네, 지금도 사이가 안 좋아요. 엄마는 절대로 안 변할 거예요. 아마 영원히 그럴 거예요."

"그렇지 않아."

"네?"

"영원은 아닐 거야."

어떤 특성도 모두 녹아드니까. 마음속으로만 중얼거렸다.

고에다는 "그럴까요?"라며 고개를 떨궜다.

"그럴지도 모르겠네요. 엄마가 변하지 않아도 내가 변하면 뭔가 달라질지도 모르고…. 삼촌도 그랬어요. 그래도 팀에 들어왔으니 먼저 엄마랑 같은 나이인 마치 씨를 극복해보라고. 마치 씨가 무섭지 않게 되면 엄마도 극복할 수 있을지 모른다고."

"어머, 내가 무서워?"

"확실히 만만치 않은 연습 상대네."

본인도 고에다가 무서워하는 존재인 줄 모르는 세이카 씨가 말했다. 냄비에서 올라온 김으로 자욱한 부엌에 넷의 웃음소리가 울려 퍼졌다.

"그래도 넌 어찌 되었든 열아홉 살까지 살아왔으니까, 앞으로 엄마랑 무슨 일이 있든 괜찮아. 잘해나갈 수 있을 거야. 하고 싶으면 결혼도 할 수 있는 나이잖아. 나중에 하타랑 결혼해서 둘이 알콩달콩 살면 되지."

"그래그래. 고에다는 하타가 별로 마음에 안 드는 거야? 살이 좀 찌긴 했지만 고에다를 위해서라면 뭐든 다 해줄 것 같던데?"

"세이카 씨, 남 걱정보다 자기 걱정이 먼저 아니야? 마흔둘에 불륜이라니. 다른 좋은 사람 없어?"

"저기, 우리 삼촌이 세이카 씨한테 마음이 있는 것 같아요. 역시 괴짜라서 별로인가요?"

"미안해. 난 구레나룻보다는 뚱보가 좋아."

그렇게 여자끼리 수다를 떨면서 완성한 카레에서는 희한하게도 그리운 엄마의 손맛이 났다.

19
포기해야만 하는 것

삐이효로로, 하고 새가 지저귀는 소리에 잠에서 깨어났다.

삐이효로로?

이게 뭐지? 반사적으로 상반신을 일으켰다. 정면 창문을 가린 커튼 틈새로 꽃보라 같은 아침 햇살이 스며들어왔다.

아, 여긴 집이 아니지. 가루이자와에서는 아침에 까마귀가 아니라 다른 새가 지저귀는구나.

졸린 눈을 옆 침대로 돌리자 아직 기분 좋은 잠에 빠져 있는 듯한 고에다가 보였다. 그녀의 살짝 상기된 얼굴을 바라보며 생각했다. 잠들기 전에 들은 깜짝 놀랄 이야기.

지난밤 카레 만찬을 마치고 시니어 그룹은 술고래 선수권 대회 못지않은 박력으로 술잔치를 벌였다. 겁에 질린 주니어 그룹은 서

둘러 각자의 방으로 헤어졌다. 불을 끈 방에서 고에다와 잘 자라는 인사를 나누고 몇 초 뒤 "저기" 하고 가냘픈 목소리가 들려왔다.

"사실, 오늘 하타한테 고백받았어요."

"아."

와우, 고백?! 하타도 할 때는 하네. 후후, 수학여행 온 학생 같군. 난 내심 놀랐지만 애써 낮은 목소리로 물었다.

"언제?"

"중간에 포기하고 같이 돌아올 때요."

"뭐라 그랬는데?"

"한마디만 말했어요."

좋아해, 인가?

"지금은 대답하지 않아도 된다면서. 다… 다음 달 마라톤 대회에서 꼭 완주할 테니까 골인 후에 대답을 듣고 싶다고 했어요."

"그랬구나."

난 머나먼 남쪽 섬의 아직은 보이지 않는 골인 장면을 그려봤다.

"완주. 완주하면 좋겠다, 하타."

"네. 아니, 솔직히 말해서 지금은 하타를 같은 팀 동료로밖에 생각 안 해요. 그렇지만, 지금은 그렇지만, 어쩌면 마라톤 대회에서 42.195킬로를 뛰는 사이에 뭔가 마법 같은 일이 일어날지도 모르잖아요? 골인한 하타를 전혀 다른 눈으로 보게 될 수도 있겠다고 살짝 기대하고 있어요."

마법이라. 어쩌면 내가 레인을 넘는 것도 하나의 마법일지 모른다. 40킬로는 인간을 다른 누군가로 만들거나 다른 어딘가로 데려가줄 수 있는 거리일지도.

"그러네. 40킬로는 먼 거리니까."

하타의 사랑은 어떻게 될까? 42.195킬로를 달린 후에 차이면 아마 타격이 클 것이다. 그런 걸 생각하며 눈을 감았는데 금방 잠에 빠져들었다. 타인과 같은 방에서는 잠을 이루지 못할 것 같았는데도.

흠, 두 시간이나 달렸으니 피곤해서 그랬겠지.

난 고에다가 깨지 않게 조심조심 침대에서 일어나 옷을 갈아입었다.

노란색 자수가 들어간 하얀 셔츠에 물이 빠진 청바지. 하얀 셔츠는 작년 여름에 어디 갈 때 입으려고 사긴 했는데 딱히 입고 갈 곳이 없어 서랍장에 잠들어 있던 옷이다. 시착 이후 처음 소매에 팔을 넣은 나는 뭔가 이상해 고개를 갸웃거렸다. 기분 탓인지 꽉 꼈다. 특히 어깨부터 팔 부분이. 그렇게 달렸는데 살이 쪘을 리는 없다. 그렇다면… 근육?

드디어 상반신에까지 훈련의 성과가 나타났나 보다.

뿌듯함을 느끼며 세면대에서 얼굴을 씻고 아래층 거실로 향했다. 그곳에서 난 이 세상에선 볼 수 없는 광경을 목격하고 말았다.

문을 연 순간 먼저 덮쳐온 것은 살인적인 악취였다. 술통에라도 빠졌다 나온 듯한 술 냄새에 숨이 막혔다. 테이블 위에는 셀 수 없이 많은 빈 맥주 캔과 큰 정종 병이 있었다. 겨우 네 사람이 어떻게 하면 저렇게 많은 양을 마실 수 있지? 머리가 어질어질했다. 시선을 돌리자 창가 소파에 죽은 듯이 잠들어 있는 세이카 씨와 마치 에이코, 바닥에는 도코로 씨와 후지미 씨의 모습이 보였다. 이성의 흔적을 도저히 찾아볼 수 없는 네 마리의 야수. 이 얼마나 장렬한, 어른답지 못한 추태인가.

다가갈 엄두가 나지 않아 돌아가려는데 도코로 씨가 반짝 눈을 떴다. 충혈된 눈으로 날 보더니 바닥에 널브러진 채로 손만 뻗었다.

"무, 물 좀."

이 사람이 정말 천재 러너였을까? 진짜 모르겠다.

그럴 리 없어, 그럴 리 없다고. 마음속으로 외치며 물 한 잔을 갖다주자 도코로 씨는 연신 고맙다며 사막의 조난자라도 되는 양 꿀꺽꿀꺽 들이켰다.

"휴, 이제 살겠네, 라고 말하고 싶지만 안 되겠어."

"왜 그렇게 많이 마셨어요? 합숙 훈련인데."

"마치 씨 때문이야."

"마치 씨요?"

"저 사람은 요괴야. 괴물이야. 아니면 귀신일지도. 적어도 보통 인간은 아니야."

"나도 그 말에는 동의해요. 근데 왜요?"

"정종 큰 거 한 병을 한 번에 들이켰어."

그 광경이 떠올랐는지 어깨를 덜덜 떨었다.

"얼마나 무섭던지. 게다가 정종 한 병도 원샷을 못 하면 어쩌냐면서 우리한테까지 강요했다니까. 못 한다고 울면서 부탁해도 봐주지 않았어."

그리하여 이런 참상이 빚어진 모양이다. 하지만 동정의 여지는 전혀 없다. 거듭 살려달라며 애원하는 도코로 씨에게 물었다.

"그러면 오늘 연습은 몇 시에 시작해요?"

"분위기 파악 좀."

"네?"

"오늘 우리의 목표는 달리는 게 아니라 일단 일어서는 거야. 그다음 걷기. 과연 그걸 하는 데 시간이 얼마나 걸릴지, 얼마나 힘을 쏟아야 할지…."

"얼마나 걸릴 것 같은데요?"

"일단 오후 1시까지는 자유 시간. 아침과 점심은 각자 알아서 해결해. 어제저녁에 먹은 카레도 남아 있고. 다른 주니어 멤버한테도 전해줘."

도코로 씨는 "이상"이라고 말하자마자 눈알을 뒤집으며 바닥에 머리를 대고 널브러졌다.

자유 시간이라. 살짝 기쁘긴 했지만 뭘 하면 좋을지 모르겠다.

우선 '시니어 그룹 전멸로 인해 오늘 오후 1시까지는 자유 시간'이라 쓴 키친타월을 오시마와 하타의 방문에 끼워넣고 고에다의 머리맡에도 같은 메모를 남겨두었다. 그리고 부엌에서 카레를 데워 술 냄새가 진동하는 거실을 피해 뜰에 있는 테라스에서 아침을 먹었다.

태양 아래에서 먹는 카레는 진짜 맛있었다. 게다가 여긴 가루이자와다. 나무 위에선 여전히 새가 삐이효로로 지저귀고 공기는 상쾌하고 시끄러운 사람도 없다.

요즘 이 세상에서도 저세상에서도 우울했던 나는 오랜만에 느긋하고 편안한 기분을 만끽했다. 다리에 약간의 근육통이 있었지만, 이 기세를 몰아 밥을 먹고 산책하기로 했다.

어제는 별장 주변을 달려서 알아차리지 못했는데 우리가 머무는 숙소는 번화가와 꽤 가까운 곳이었다. 발 가는 대로 어슬렁거리고 있는데 어느새 길거리에 인적이 늘더니 10분도 채 안 돼 상점이 늘어선 큰길로 들어섰다. 아직 일러서 그런지 셔터를 내린 가게가 많았는데 개중에는 문을 연 곳도 있었다.

선물 가게, 잡화점, 카페, 크레이프 가게, 강아지 용품 전문점. 가루이자와는 정말 이 세상의 좋은 것들만 모아놓은 곳 같았다. 마치 관광객인 양 한 잡화점에 들어가 옛날 종이로 만든 독특한 편지지를 보고 있자니 왠지 갑자기 곤노 아저씨에게 편지를 쓰고 싶어졌다.

왜였을까. 그동안 써야지, 써야지 하면서도 차마 쓸 수 없었는데.

옅은 하늘색 줄이 있는 편지지 세트와 짙은 파란색 펜을 사서 근처 카페에 가 블루베리 주스를 마시며 편지를 썼다.

편지지 세 장에 적은 담담한 안부. 곤노 아저씨가 자전거포를 하던 때를 되돌아보며 쓰니 어느새 한 시간이 넘게 지나 있었다.

빵집에서 빵을 봉지 가득 사서 숙소로 돌아가는 길에 올 때는 못 보고 지나친 연못이 눈에 띄었다. 구모바이케雲場池라는 제법 큰 연못이었다. 유명한 곳인지 여기저기 관광객의 모습이 보였다. 나도 구경이나 하고 갈까.

무슨 바람이 불었는지 자연스럽게 연못으로 발길을 옮겼다. 그런데 설마 이곳에서 아는 얼굴과 딱 마주칠 줄이야.

"아."

"아."

하필이면 오시마였다.

우린 말없이 마주 섰다. 언쟁을 벌인 그날 밤 이후 나와 그 사이에는 일정한 긴장감이 흘렀다. 이 합숙을 기회로 어떻게든 해보고 싶었지만 구체적인 계획이 있는 것은 아니었다. 이렇게 갑자기 눈앞에 나타나도 곤란하다.

난 어찌할 바를 몰라 결국 못 본 척 등을 돌렸다. 최악의 반응이란 걸 알았지만 일단은 도망치고 싶었다.

"다마키 씨, 기다려요."

오시마가 날 불러 세웠다.

"길을 잃어버렸어요."

3분 뒤 우리는 연못가에 놓인 벤치에 나란히 앉아 있었다. 오시마는 길을 잃었을 뿐만 아니라 더는 한 걸음도 못 걸을 정도로 심각한 허기에 시달리고 있었다.

"휴, 다마키 씨랑 만나서 정말 다행입니다. 설마 가루이자와에서 미아가 될 줄은…. 실은 아침에 일어났더니 하타 녀석이 카레를 혼자 다 먹어치웠지 뭐예요. 그래서 먹을 걸 사러 나왔는데 걸어도 걸어도 뭘 살 만한 곳이 없더라고요. 할 수 없이 숙소로 돌아가려는데 돌아가는 길도 모르겠고."

그렇게 한 시간 반이나 이 부근을 헤맨 모양이다.

야키소바 빵, 햄마요 롤, 시나몬 도넛. 내가 산 빵 중에 오시마는 이 세 개를 골라 순식간에 먹어치웠다. 그의 허기가 채워졌을 즈음에는 어색했던 분위기도 많이 누그러졌다.

"근데 다마키 씨, 이렇게 많은 빵을 혼자 먹을 생각이었어요?"

"그럴 리가요. 시니어 그룹이 먹을까 싶어서. 그, 그 상태로는 알아서 점심을 챙겨 먹기 어려울 것 같아서요."

"그러네요. 마치 씨 외에는 제대로 일어나서 걷지도 못하더라고요."

"지금쯤 다들 배고파하면서 오시마 씨가 돌아오길 기다리고 있지 않을까요?"

"네, 아마 눈이 빠지게 기다리고 있을 거예요. 하지만 난 모처럼의 기회니까 꼭 이야기하고 싶어요, 다마키 씨."

오시마는 아랫입술에 시나몬 슈거를 묻힌 채 진지한 표정으로 날 바라봤다.

"지난번에는 미안했습니다. 내가 말을 너무 심하게 했어요. 가족을 모두 잃은 다마키 씨의 마음을 알지도 못하면서. 미안해요."

"아니에요."

이렇게 단도직입적으로 나오니 어떻게 해야 할지 모르겠다.

"솔직히 난, 너무 놀랐어요. 그래서 무심코 그런 말을…."

"놀랐다고요?"

"우리와 함께 달리던 다마키 씨가 우리와는 전혀 다른 곳을 보고 있다는 걸 알게 돼서요."

난 그 순간 눈을 돌려 앞에 펼쳐진 연못에 시선을 고정했다. 호수처럼 커다란 연못에는 물새 몇 마리가 빛의 실을 엮듯 반짝이는 수면 위에서 날개를 쉬고 있었다.

다른 곳. 맞는 말이다. 난 처음부터 다른 사람들과 전혀 달랐다.

"맞아요. 미안해요."

"왜 사과하는 거죠?"

"아무래도 내가 다른 분들을 이용하는 것 같아서요."

"이용이요?"

"도코로 씨한테 스카우트됐을 때 생각했어요. 이 사람들과 같이 연습하면 짧은 시간 안에 힘을 기를 수 있을지도 모른다고. 혼자 연습하는 것보단 낫지 않을까 하고…. 갈고닦으면 빛날 거라면서 팀에 들어오라고 하니 넘어간 것도 있지만요."

"미안해요. 나였어요."

"네?"

"다마키 씨를 우리 팀에 들어오게 해달라고 도코로 씨한테 부탁한 건, 나였어요."

퐁당! 남자아이가 연못에 돌멩이를 던져 물새들이 날아갔다.

뭐 하는 거야! 아이 아빠의 꾸짖는 소리. 아이의 울음소리. 순식간에 하늘로 빨려 올라가는 새들의 날갯짓 소리.

난 천천히 시선을 오시마에게 돌렸다.

"무슨 말이에요?"

"처음 본 밤부터 자전거로 그 길을 달려가는 사람이 머릿속에서 떠나지 않았어요. 그 사람은 누굴까. 어딜 가는 걸까. 같은 길을 가는 다른 사람들과는 확연히 달라 보였으니까요. 당신은 이 세상 사람이었어요. 그 증거로 다른 사람들은 모두 편안한 표정을 띠었지만, 당신만 너무나 비장한 얼굴로 자전거 페달을 밟고 있었어요. 두 번째 봤을 때는 사실 당신을 쫓아갔어요. 하지만 너무 빨라서 도저히 따라갈 수 없었죠. 당신을 놓친 순간 생각했어요. 두 번 다시 기회는 없을 거라고. 하지만 며칠 후 레스토랑에서 일하다 문득 창밖을 봤는데 자전거를 타던 사람과 똑같이 생긴 당신이 산책로를 달리고 있었어요."

생각난다. 반년 전 그날, 창가에서 맥주를 들이켜던 도코로 씨가 나에게 컴온, 하고 손짓했었다. 그런데 설마 그보다 오시마가 먼저 날 보고 있었다니.

"저 사람을 팀에 스카우트해주세요, 하고 내가 도코로 씨한테 부탁했어요. 당신과 가까워지고 싶어서. 당신을 알고 싶어서. 왜 자전거를 타고 가는지, 그 길의 끝에는 뭐가 있는지, 처음에는 그저 궁금할 뿐이었어요."

오시마는 '처음에는'에 힘주어 말했다.

"그렇지만 요 반년 동안 다마키 씨와 함께 달리다 보니, 어째선지 그런 건 아무래도 상관없게 됐어요. 비장한 얼굴로 자전거 페달을 밟는 당신보다 내 옆에서 숨 쉬는, 얼굴이 시뻘게져서 헉헉대는, 하지만 전혀 비장하지 않은 다마키 씨가 더 알고 싶어졌어요. 처음에는 서먹했지만 조금씩 변해가는 모습이 보기 좋았어요. 점점 우리에게 다가오는 것 같았거든요."

하지만, 하고 말하는 오시마의 목소리엔 힘이 없었다.

"하지만, 다마키 씨는 여전히 자전거를 타고 달리는 비장한 사람 그대로였어요."

40킬로의 레인을 넘기 위해 모나미 1호를 타고 달린 나날. 머리를 흩날리며 매섭게 불어오는 바람과 도로 위의 울퉁불퉁한 장애물을 피하느라 어쩌면 난 비장했을지 모른다.

그러나 오시마가 말하는 것은 그런 게 아니다.

포기해야만 하는 것이 있다.

오시마의 슬퍼 보이는 눈동자와 마주친 순간, 문득 이 말이 내려왔다. 물새의 날개처럼 두둥실 내려와서 내 마음에 둥지를 틀었다.

나에게는 포기해야만 하는 것이 있다.

"다마키 씨가 지금도 이곳이 아닌 다른 곳을 바라보고 있다는 걸 알게 되자 화가 나서 그만 그런 말까지 하고 말았어요. 그런데 생각해보면 그건 단순히 내 에고였어요. 당신의 마음도 모르면서 그런 말을 하다니, 나중에야 몹시 부끄럽더군요…."

물새의 날갯짓이 마음을 어지럽힌다.

포기해야만 하는 것이 있다.

포기해야만 하는 것이 있다.

포기해야만 하는 것이 있다.

하지만….

미안하다며 사과하는 오시마에게 난 떨리는 목소리로 대답하는 게 고작이었다.

"오시마 씨."

"네?"

"조금만 시간을 주세요. 함께 달리면서 난 강해졌어요. 하지만 아직은 포기할 수가 없어요…. 그러니까, 조금만 시간을 주세요."

연못 밑바닥에 잠겨 있는 듯한 고요가 지나가고 오시마가 고개를 끄덕였다.

"네, 기다릴게요. 괜찮아요. 언제까지나 기다릴 거니까."

난 두 팔에 안은 빵 봉지로 얼굴을 가리고 북받쳐 올라오는 감정을 가라앉히려 애썼다.

오시마는 그런 날 보지 않으려 배려하면서도 그 자리를 떠나려 하지 않았다. 언제까지나 내 옆에 있어주었다. 먼저 돌아가고 싶어도 길을 모르는 것이다.

몇십 분 후 함께 숙소로 가는데 "그런데" 하고 오시마가 느닷없이 다른 이야기를 꺼냈다.

"도코로 씨 말인데요, 우리 아직 문제를 해결하지 못했잖아요. 도코로 씨가 왜 육상을 그만뒀는지 알게 되면 다시 시작한 이유도 알게 될 거라고 생각했는데, 그만둔 이유를 알아냈지만 다시 시작한 이유는 알 수 없었어요."

"듣고 보니 그러네요."

도코로 씨가 육상을 그만둔 건 죽은 야마시타 씨에 대한 죄책감을 떨쳐버리지 못했기 때문이다. 그런데 왜 갑자기 다시 달리기 시작했을까? 굳이 팀까지 결성해서 〈우리 팀을 소개합니다〉 코너에 실리고 싶은 이유가 도대체 무엇일까?

아직 그 이유를 밝히지 못했다.

"생각해봤는데요. 결국 도코로 씨한테 직접 물어보는 게 가장 좋은 방법이지 않을까요? 말해주지 않을지도 모르지만 이렇게 둘이 머리를 싸맨다고 알아낼 수 있을 것 같지도 않아서요."

"나도 그렇게 생각해요."

"이번 기회에 직접 물어보는 게 좋을 것 같아요."

"네. 그럼 오늘 밤, 도코로 씨가 취하기 전에."

우리의 계획대로 일이 흘러갔다면 그날 밤 우리는 도코로 씨가 왜 다시 달리기 시작했는지 알게 되었을 것이다. 그런데….

그런데, 라고 해야 할까, 역시나, 라고 해야 할까. 그날 밤 우리의 계획은 한참이나 궤도를 벗어나 다른 방향으로 흘러갔다.

20

최후의 만찬
그리고 삐이로로로로

합숙 둘째 날의 만찬은 그야말로 화려함의 극치였다. 지금까지 살면서 그런 진수성찬은 처음이라고 해도 좋을 만큼 실로 대단했다. 거실 테이블을 가득 채운 호화찬란한 요리는 아침의 참상을 깨끗하게 지워주었고, 도코로 씨뿐만 아니라 우리 모두 "우와!" 하고 환호성을 질렀다.

진짜 아빠, 엄마, 슈랑 같이 먹고 싶었어.

아니, 엄마가 만들어준 요리가 별로란 말은 아니야. 단지 프로를 꿈꾸는 셰프 지망생은 역시 다르다는 거지.

"자, 여러분. 맛있게 드세요."

만찬은 오후 7시에 시작됐다. 요리를 시작한 지 두 시간도 안 돼서 유기농 채소와 새우 마리네, 라따뚜이, 참돔 카르파초, 문어

토마토조림, 산지 표고버섯 리소토, 냉동 토마토 카펠리니, 송아지 커틀릿 등등 이렇게 많은 요리를 완성한 오시마의 말을 신호로 테이블에 둘러앉은 우리는 한꺼번에 젓가락을 들었다.

"맛있어!"

"죽인다!"

"오, 오시마. 정말 대단한데!"

"아니에요. 가게에서는 아직 수습인걸요."

"이봐, 돼지 요정. 고기만 먹지 말고 채소도 좀 먹어!"

"반대로 고에다는 고기를 좀 더 먹는 게 좋겠어. 힘을 길러야지."

"그런데 말이에요. 말은 채소만 먹는데 왜 그렇게 힘이 센 걸까요?"

"그러고 보니 이구아노돈(몸길이 약 6~10미터의 백악기 초식 공룡)도 초식이잖아."

"앗, 하타가 송아지 커틀릿에 돈가스 소스를 뿌렸어!"

"대체 무슨 짓이야? 그건 가볍게 소금이랑 후추를 뿌려 먹어야 제맛인데."

"누가 저 녀석 좀 붙잡아서 돼지우리에 처넣어!"

식탁은 여전히 떠들썩했다. 낮에는 반죽음 상태였던 시니어 그룹도 이제 회복한 듯했고, 질리지도 않는지 또 맥주를 마셔댔다.

"오늘은 너무 마시면 안 돼요."

오시마가 도코로 씨에게 못을 박았다.

"알아. 내일 아침이 있으니까."

"합숙 훈련이라는 이름이 무색하네요. 시니어 그룹은 마치 씨를 제외하고 오늘 한 걸음도 달리지 않았으니."

그랬다. 이날 오후에는 숙취로 일어나지 못한 세 사람을 빼고 주니어 그룹과 불사신 마치 에이코 이렇게 다섯이서 달렸다. 먼저 10킬로 정도를 가볍게 달리고 그 후에는 오시마가 도코로 씨 대신 인터벌 트레이닝을 가르쳐주었다. 쉽게 말해 전력 질주와 느리게 달리기를 반복하는 트레이닝 방법이다. 속도 올리기에 효과가 있다고 하는데 이게 제법 힘들다. 훈련을 마쳤을 때는 다들 소나기라도 맞은 듯 흠뻑 젖어 있었다.

그래서 마지막 날인 내일은 여덟 명이 함께 15킬로 정도를 달리고 순조롭게 합숙을 종료할 예정이었다. 시니어 그룹도 이날 밤은 알코올을 삼갔다. 사실 여기까지는 계획대로 진행됐다.

"도코로 씨, 잠깐 괜찮으세요?"

오시마가 도코로 씨를 불러낸 것도 계획한 대로 됐다.

"얘기하고 싶은 게 있는데 잠시 테라스로 나가실래요?"

첫 번째로 계획이 틀어진 것은 도코로 씨가 이를 딱 잘라 거절했을 때였다.

"싫어. 아직 디저트를 못 먹었어."

"얘기 끝나고 드릴게요."

"디저트가 먼저야."

도코로 씨는 완강히 자리를 떠나려 하지 않았다. 하는 수 없이 오시마가 서둘러 애플 시나몬 파이를 앞접시에 담아 나눠줬다. 살

살 녹는 사과 절임과 바삭바삭한 파이, 그리고 함께 곁들인 바닐라 아이스크림이 절묘한 조화를 이룬 최고의 디저트였다.

"으음, 맛있어!"

겨우 몇 숟가락 만에 접시를 깨끗하게 비운 도코로 씨에게 오시마가 다시 "이제 밖으로 나가죠" 하고 말했다.

그때 두 번째로 계획이 틀어졌다.

"실은 주니어 그룹 분들에게 할 말이 하나 있습니다."

식후 커피를 마시던 후지미 씨가 갑자기 격식을 차려 말했다.

"시니어 그룹에는 어젯밤에 술에 취해 고백했지만, 사실은 지금까지 여러분을 속이고 있었습니다. 정말 죄송합니다."

"또 그 이야기예요? 아무렴 어때요, 후지미 씨."

"맞아요. 굳이 얘기 안 해도 괜찮아요. 길어질 것 같은데."

도코로 씨와 세이카 씨가 입을 모아 말렸지만 후지미 씨는 멈추지 않았다.

"아니에요. 말하지 않으면 마음에 걸려서요. 아무쪼록 말하게 해주세요. 난 지금까지 조기 은퇴했다고 말해왔어요. 그런데 사실은 스스로 그만둔 게 아니라 회사에서 잘린 겁니다. 이렇게 교활한 거짓말을 해서 정말이지 부끄러울 따름입니다."

"교활하다니요. 아무도 그렇게 생각 안 해요. 근데 왜 그런 쓸데없는 거짓말을?"

오시마가 곤혹스럽다는 듯 말했다. 동감이다.

"말하자면 허영심이겠지요. 해고당한 사람은 곧 패배자라는 인식 때문에 얕보이고 싶지 않았어요. 낙오자라는 낙인을 숨기고 싶었던 겁니다. 최소한 여러분들 앞에서는 스스로 회사를 그만두고 유유자적 세컨드 라이프를 즐기는 조기 은퇴자로 살고 싶었어요."

"그럼 마지막까지 숨기면 됐잖아요."

"내 양심이 허락하지 않았어요. 이런 날 팀의 멤버로 받아주고 새로운 삶의 의미를 찾게 해준 여러분을 계속 속이는 짓은 못 하겠더군요."

"새로운 삶의 의미요?"

"당연히, 마라톤 말입니다."

후지미 씨가 이야기를 들어줘서 고맙다는 듯이 몸을 앞쪽으로 내밀었다.

"나도 처음에는 저승까지 가져가려고 했어요. 그런데 42킬로는 장난이 아니라느니 완주는 무리라느니 전 동료들이 찬물을 끼얹지 뭡니까. 난 그럴수록 불타올랐어요. 무슨 일이 있어도 꼭 완주해서 녀석들의 코를 납작하게 만들어줄 겁니다. 나도 할 때는 하는 사람이라는 걸 보여주고 싶어요. 지금까지 내 앞길을 막고 출셋길을 가로챘으면서 이제 와서 전화로 동정의 말을 내뱉는 그놈들에게 말해주고 싶어요. 42.195킬로를 달린 후에 마시는 맥주는 진짜 특별해. 너희들은 그 맛을 평생 모를 거야. 안됐네. 그토록 무미건조한 인생이라니. 난 정말 다행이야. 이렇게 말하며 날 동정했던 녀석들에게 두 배로 갚아주겠어요…."

"자, 오늘은 여기까지!"

인자한 예비 호호 할아버지라는 후지미 씨의 이미지가 무너진 바로 그때 세이카 씨가 손뼉을 짝 쳤다.

"그다음은 마라톤을 완주하고 나서요. 자, 다 같이 정리하고 오늘은 일찍 해산하자고요. 정리 시작!"

세이카 씨의 호령을 시작으로 아직 할 말이 남은 듯한 후지미 씨는 다들 본체만체하고 일제히 자리에서 일어나 정리를 시작했다.

아니, '일제히'가 아니었다. 한 사람만 빼고.

고개를 돌려 보니 녹은 바닐라 아이스크림에 잠긴 애플 시나몬 파이를 앞에 둔 마치 에이코가 자기 자리에 얌전히 앉아 있었다. 평소보다 윤곽이 흐릿하고 어슴푸레해 보여서 나도 모르게 눈을 비볐다.

그리고 내 시선을 좇던 오시마의 눈동자에 당황해하는 빛이 보여서 난 또 한 번 놀랐다. 게다가 그의 시선은 마치 에이코의 얼굴에서 미묘하게 비켜가 어깨 부분을 응시하고 있었다. 마치 그 뒤에 누가 있는 것처럼.

뭐지? 대체 무슨 일인데?

눈빛으로 오시마에게 물었다.

그 대답을 듣기도 전에 귀에 익숙한 소리가 거실에 울려 퍼졌다.

삐이로로로로.

이 고음은 틀림없이 오늘 아침에 들은 '삐이효로로'랑 비슷했다. 그런데 결정적으로 뭔가가 달랐다. 새가 지저귀는 소리는 밝은 아침 해를 연상시키는 데 반해 이 '삐이로로로로'는 왠지 불길

한 그림자가 드리워져 있는 것 같았다.

삐이로로로로.

삐이로로로로.

삐이로로로로.

"아, 전화?"

멍하니 있던 마치 에이코가 슬랙스 주머니에서 휴대전화를 꺼냈다.

여보세요, 라며 의아하다는 듯 전화기를 귀에 댔다. 이내 얼굴이 눈처럼 새하얗게 변해가더니 사물처럼 움직임을 멈췄다. 죽은 사람처럼 멀어져 가는 그 모습을 난 몇 번이고 리얼하게 재현할 수 있다.

알았어요, 라며 전화를 끊자마자 마치 에이코가 말했다.

"시어머니가 위독하시대요."

21
진짜 적은 사무실에

마치 에이코의 시어머니는 그날 오후 10시 11분에 돌아가셨다.

갑작스러운 연락에 경황이 없던 마치 에이코를 도내 병원까지 데려다준 사람은 도코로 씨였다. 그날 밤 하타의 셀시오를 빌려 간에쓰 도로를 화살처럼 달려갔다. 하지만 제아무리 신형 고급차라 해도 저세상으로 떠나는 영혼을 따라잡을 수는 없었다.

"20분, 늦었어."

도코로 씨에게 부고를 전해 들었을 때 숙소에 남은 여섯 명 사이에선 깊은 탄식이 터져 나왔다.

직접사인은 문맥혈전증으로 인한 정맥류 파열. 시어머니는 오랫동안 간이 안 좋았던 데다가 심장 질환도 앓고 있었다고 한다. 81세. 천수를 누렸다고도 볼 수 있다. 하지만….

적어도 임종은 지키고 싶었을 것이다.

돌아가신 시어머니를 끌어안고 통곡했다는 마치 에이코의 마음을, 달갑지 않지만 난 그 누구보다 뼈저리게 이해했다.

나도 지키지 못했으니까. 아빠와 엄마, 그리고 슈의 마지막을.

이렇게 가족과 다시 만난 지금도 그날의 상처는 조금도 바래지 않고 선명하게 남아 있다. 마음속 깊은 곳에 똬리를 틀고 이따금 날 삐걱거리게 한다.

"마치 씨, 괜찮으려나."

"하필이면 이런 때."

"후회가 남지 않으면 좋으련만. 아니, 그럴 리는 없으려나⋯."

설마 이런 방식으로 합숙이 막을 내릴 줄은 생각도 못 했다.

다음 날 아침, 우리는 예정됐던 훈련을 취소하고 서둘러 도쿄행 신칸센에 올랐다. 우리는 무거운 침묵 속에서 가루이자와를 떠났고 숙소에는 머스탱만이 홀로 남겨졌다.

남겨진 자동차는 며칠 뒤에 도코로 씨가 가지러 올 것이다.

아니면 그대로 내버려져 그곳에 계속 머물지도.

머지않아 차에서 이끼가 자라나고 깨진 창문 틈새로 풀이 들여다보이면 다람쥐나 야생 토끼의 쉼터로 거듭나게 될지도 모른다.

우리는 마치 에이코가 잘 이겨내리라 믿었다. 그래서 친척끼리만 모여 조촐하게 장례를 치렀다는 연락을 마지막으로 그녀의 소식이 끊겼을 때도 크게 호들갑 떨지 않았다. 가족이 떠나면 누구나 우울해지고 타인을 멀리하고 싶어지기도 하니까.

일요일 연습을 쉬었을 때도 모두 그러려니 했다. 그날 이후로 마치 에이코가 계속 일을 쉬고 있다고 내가 얘기해도, 휴대전화 전원이 계속 꺼져 있다고 세이카 씨가 얘기해도, 그걸 특별히 심각하게 받아들이는 사람은 없었다.

마치 에이코는 강인한 사람이니까. 비록 지금은 풀이 죽어 있지만 시간이 지나면 분명 언제 그랬냐는 듯이 되살아날 거라고, 그렇게 굳게 믿었다.

그 확신이 흔들리기 시작한 것은 마치 에이코가 팀 전원에게 휴대전화로 이상한 단체 문자를 보냈을 때였다.

'지금까지 신세 많이 졌습니다. 여러모로 폐를 끼쳐 죄송합니다.'

수신한 시각은 오후 10시. 난 집에서 근육 운동 중이었다. 허벅지 들기 10회로 오늘의 목표를 달성할 타이밍이었는데 의미를 알 수 없는 문자에 힘이 빠지고 말았다.

이건 뭐지? 감사? 사죄? 그것도 아니면 이별 통보?

마치 에이코, 이지러너즈를 탈퇴할 생각인가?

무슨 생각인지 도무지 모르겠다.

한 가지 분명한 것은 그 문자가 전혀 마치 에이코답지 않다는 사실이었다.

"읽었지? 그 기기묘묘한 문자."

역시 비슷하게 느꼈는지 문자 수신 10분 후 도코로 씨에게서 전화가 왔다.

"이런 기특한 문자를 마치 씨 본인이 썼다면 진짜 큰일이야. 다들 걱정스럽다며 아까부터 쉴 새 없이 나한테 전화하고 있어. 특히 세이카짱이 굉장히 걱정하고 있어. 나쁜 예감이 든다면서."

"나쁜 예감이요?"

"나도 좀 신경이 쓰여서 아까부터 마치 씨한테 전화했는데 여전히 받지를 않아. 혹시 마치 씨 집 전화번호 알아?"

"아니요. 하지만 내일 24마트에 가면 알 수 있을지도 몰라요."

이렇게 말하긴 했지만 그게 그리 간단히 손에 들어오진 않았다.

다음 날 아침, 24마트 사무직원에게 마치 에이코의 집 전화번호를 물어봤는데 돌아온 것은 매정한 대답뿐이었다.

"개인 정보는 알려줄 수 없어요. 전무님의 허가를 받아야 해요."

그래서 점심시간에 외근에서 돌아온 전무에게 재차 부탁했다. 이쪽도 반응은 시원찮았다.

"미안하지만 지금부터 점심을 먹어야 해서 말이지. 그런 얘기는 다음에 하지."

제대로 상대해줄 생각이 전혀 없어 보인다. 어떡하면 좋지?

고민한 것은 아주 잠시였다. 이렇게 된 이상 그 방법밖에 없다. 사무실을 나온 나는 1층 쪽문을 지나 뒤뜰에 있는 나무 그늘 벤치로 향했다.

있다, 있어. 썩은 내 진동하는 파트타임 오전조 아줌마들. 요 며칠은 다시 본래 4인방으로 돌아가 야외에서 점심을 즐기고 있었다.

"저, 저기요."

난 단련한 복근을 사용해 목청 높여 말했다.

"마치 씨네 집 전화번호, 혹시 아시면 알려주시겠어요?"

예상한 대로 침묵이 찾아왔다. 네 사람 모두 참으로 이상야릇한 표정으로 날 살피듯 쳐다봤다. 멈춘 젓가락 사이로 날 의심하는 눈동자가 데굴데굴 굴러가는 것만 같았다.

역시, 무리인가. 발걸음을 돌리려는 그 순간 예기치 못한 일이 일어났다. 4인방이 자기들끼리 눈짓으로 뭔가를 주고받더니 갑자기 꾸벅 고개를 끄덕이고는 둑이 터진 듯 말하기 시작했다. 심지어 넷이 한꺼번에.

"우리도 걱정하던 참이야. 마치 씨, 시어머니가 돌아가신 뒤로는 일하러 나오지도 않고 집에 전화해도 안 받더라고."

"남편 말로는 밥도 안 먹고 울적해한대. 그 마치 씨가 말이야."

"영정 앞에서 울기만 한다지 뭐야. 전에는 시어머니 흉만 보더니 그래도 정이 깊었나 봐. 하긴 정 없이 어떻게 10년 넘게 아픈 시어머니를 돌보겠어."

"나쁜 마음이라도 먹을까 봐 걱정이야. 왜 그 사람 조금 별난 기질이 있잖아."

내가 물어본 전화번호에 대한 답은 없었다. 먼저 하고 싶은 말이 끝나길 기다렸다 네 사람이 동시에 입을 다문 기적 같은 순간을 노려 다시 시도했다.

"사실 어젯밤, 마치 씨한테 이상한 문자를 받았어요. 걱정이 돼서 집 전화번호를 알고 싶어요."

"뭐, 그런 거라면 알려줄 수 있지. 그런데 전화해도 안 받아. 남편 말로는 그 누구의 전화도 안 받으려고 한대. 집 밖에도 안 나가고. 집안일도 딸들이 하는 모양이더라고."

"그래서 말인데 이왕이면 전화보다는 직접 마치 씨네 집에 가보면 어때? 같은 러닝 팀 동료잖아. 마치 씨가 그러더라고. 나쓰메 다마키는 건방지고 삐뚤어진 데다가 남을 깔보는 데가 있긴 하지만 의외로 강단 하나는 있다고."

"아직 어린데 고생도 꽤 했다면서? 겉보기와 다르게 말이야."

난 누구에게 대답하면 좋을지 몰라 시선을 이리저리 돌렸다.

"고생이요?"

"자세한 건 모르지만, 사실 요즘 들어 나쓰메 씨 실수가 잦다면서 전무가 근무 배치를 바꿀까 하더라고. 나쓰메 씨를 계산대로 돌리고 대신에 신입을 통신판매부에 넣겠다면서. 그랬더니 마치 씨가 그건 근로기준법에 반하는 거라면서 어찌나 화를 내던지."

"뭐라더라, 나쓰메 다마키는 성격은 나쁘지만 고생이 뭔지 아는 아이니까 좀 봐주라던가. 솔직히 이 마트는 종업원을 너무 무시한다면서 계속 이렇게 나오면 몰래 소비기한 고치는 걸 매스컴에 흘리겠다고 하지 뭐야. 약점을 딱 잡은 거지."

난 놀라지 않을 수 없었다. 마치 에이코가 뒤에서 전무에게 그런 말을 했다니.

"그러고 나서부터 마치 씨랑 전무는 견원지간이 됐어. 이대로 마치 씨가 계속 쉬면 그거야말로 전무가 바라는 바 아니겠어? 그러니까 마치 씨네 집에 가서 상황 좀 알아봐."

마치 에이코의 주소와 집 전화번호를 수첩에 적은 4인방 중 하나가 그걸 북 찢어 내밀었다.

"그럼 가보고 어떤지 알려줘. 이 부탁을 들어주면 우리도 네가 했던 폭언은 잊어줄 테니까."

"폭언이요?"

"전에 전무한테 그랬다며? 그런 아줌마들한테 영어를 가르치느니 원숭이한테 가르치는 게 나을 거다, 시간 낭비다, 라고."

난 이 말에 또 한 번 놀라지 않을 수 없었다.

"그런 말 한 적 없어요."

분명 마음속으로는 비슷한 생각을 했을지 모른다. 하지만 말하진 않았다.

"아니, 그럼 전무가?"

"전무가?"

미간을 찌푸리는 네 사람 앞에 난 가만히 서 있었다.

아니지, 이렇게 얼어붙어 있을 때가 아니다.

"잠깐 실례할게요."

4인방을 남겨두고 왔던 길을 재빨리 되돌아갔다.

진짜 적은 사무실에 있었다. 3층까지 단숨에 계단을 올라 헐레 벌떡 문을 열었다. 전무는 이미 도시락을 다 비우고 차를 마시고 있었다. 빠른 걸음으로 다가오는 내 얼굴을 보자마자 기선을 제압하듯 "마치 씨네 집 전화번호" 하고 말했다.

"알려줄 수 있지. 근데 전화할 때 내 말도 같이 전해줘. 이렇게 계속 무단결근하면 오소리 씨처럼 자리가 위험해진다고 말이야."

사람 좋아 보이는 미소. 하지만 자세히 보면 두 눈은 웃고 있지 않다.

"전무님. 제 이름은 나쓰메 다마키거든요."

"아아, 미안 미안."

킥킥거리는 소리가 사무실 여기저기서 터져 나오는 가운데 난 나 자신을 타일렀다. 화내면 안 돼. 도망치면 안 돼. 조금만 더 참아, 지금이야말로 힘을 내야 할 때야. 몸 중심에 기를 모으듯이 침착하게, 기죽지 말고 마음을 한 점에 집중해.

"그 말은 전하지 않겠어요. 마치 씨는 절대로 여길 그만두지 않을 거니까."

"뭐?"

"당신은 마치 에이코의 상대가 안 돼요. 당신처럼 비루하고 하찮은 인간이 겨룰 상대가 아니라고요, 그 무시무시한 도깨비 같은 사람은."

그 말만 남기고 난 통신판매부로 돌아와 마치 에이코의 주소와 집 전화번호를 단체 문자로 이지러너즈 멤버들에게 보냈다. 그리고 다시 평소처럼 오후 업무를 시작했다.

여기서부터는 나중에 들은 이야기다.

내 문자를 받고 맨 먼저 마치 에이코의 집에 전화를 건 사람은 낮 시간대가 자유로운 세이카 씨였다. 약 두 시간에 걸쳐 열 번 넘게 걸었다고 한다.

아무도 받지 않는 전화에 지쳐 마치 에이코의 집으로 향한 게 3시 반. 인터폰 소리에도 반응이 없었다. 하지만 기다리면 누군가 올지도 모른다고 생각해 자리를 지켰다.

현관 앞에서 기다리길 한 시간 반. 그제야 누군가가 현관으로 다가왔다. 그리고….

아직 통신판매부 사무실에 있던 내 전화로 세이카 씨가 연락한 게 오후 6시 5분.

"여보세요. 다마키? 놀라지 말고 침착하게 잘 들어."

"아, 세이카 씨예요?"

아무것도 모르는 난 아마도 태평하게 말했을 것이다.

"지금 마치 씨네 집에 가보려고요."

전화가 끊겼다. 순간 그렇게 생각했다.

그 정도로 이상한 침묵이 흐른 뒤에 세이카 씨가 말했다.

"있지, 지금 마치 씨네 집에는 아무도 없으니까 가지 마. 그 대신 지금부터 내가 말하는 곳으로, 놀라지 말고 침착하게 그곳으로 와줘."

몇 번이나 거듭 '놀라지 말고 침착하게'라고 말한 후에야 세이카 씨는 한 병원의 이름을 불렀다.

22

제발, 일어나!

심장이 고동쳤다. 심장이 아플 정도로 날뛰었다. 마치 인터벌 트레이닝을 하는 것 같다. 몸의 일부가 묘하게 뜨겁고 또 일부가 묘하게 차갑다.

어디로 어떻게 갔는지 하나도 기억나지 않는다. "다 왔습니다." 택시 기사의 목소리에 얼굴을 들었을 때는 내가 말한 종합병원 앞에 있었다. 요금 내는 걸 잊어 택시 기사가 불러 세웠다. 난 전혀 침착하지 못했다.

병원 정문을 지나기가 무서웠다. 병원 곳곳의 흰색이 불길하게 느껴졌다. 205호실은 어디지? 간호사가 달리지 말라고 주의를 줬다.

205호실. 문패가 보였다. 갑자기 다리가 얼어붙었다. 들어가고 싶지 않았다. 그렇지만 들어갔다.

세이카 씨가 있었다. 도코로 씨가 있었다. 후지미 씨가 있었다. 오시마가 있었다. 고에다가 있었다. 하타가 있었다. 그리고 모르는 얼굴이 셋. 중년 남자 하나, 젊은 여자 둘.

모두 날 돌아봤다. 단 한 사람, 침대에 누워 있는 마치 에이코를 제외하고.

난 그 한 사람에게로 다가갔다. 침대 가드를 잡고 굳게 닫힌 눈꺼풀을 내려다본 순간, 주저앉고 말았다.

"왜? 왜 자살 같은 걸… 도대체 왜?"

왜 마치 에이코가?

도대체 왜 이 강인한 여자가?

"도대체 왜?"

마치 에이코의 남편으로 보이는 남자가 말했다.

"그게 간장 한 병을 다 마셔서…."

바닥에 주저앉아 있던 나는 고개를 들어 그를 올려다봤다.

"간장?"

"아니, 그게 좀 부끄럽습니다만."

"간장 한 병을 다 마시면 죽는다는 속설을 믿고 어젯밤에 일을 벌였다나 봐."

말하기 괴롭다는 듯 입을 다문 남편 옆에서 세이카 씨가 말했다.

"다행히 부엌에 기절해 있는 걸 남편분이 발견하고 곧바로 구급차로 병원에 왔대."

302

마치 에이코가 자살했다. 그 사실만 알고 있던 나는 어이가 없어서 남편을 쳐다보고 시선을 딸로 보이는 두 여성에게로 옮겼다. 눈빛이 날카로운 엄마를 닮은 두 사람. 자세히 보니 이 일을 슬퍼해야 할지 부끄러워해야 할지 모르겠다는 얼굴을 하고 있었다.

"근데 마치 씨는 괜찮나요?"

"다행히 걱정할 정도는 아니라고 합니다. 곧바로 위세척을 해서 간장은 거의 다 제거했어요. 검사 결과 다른 장기에도 문제가 없다고 하고."

온몸에 힘이 쫙 빠졌다.

뭐야, 진짜 놀랐잖아!

휴, 하고 길게 한숨을 내쉬는 나에게 남편이 낮은 목소리로 말했다.

"그런데 의식이 돌아오지 않고 있습니다. 어젯밤부터 혼수상태가 이어지고 있어요. 딱히 문제 될 건 없고 의식만 찾으면 된다는데. 의사 선생님도 이럴 리가 없다고 이상하게 생각하시고, 무엇보다 간장을 한 병 다 마시고 실려 온 사람은 아내가 처음이라더군요. 전례가 없는 만큼… 일단 상태를 지켜보는 수밖에 없을 것 같습니다."

나는 천천히 일어나 다시 마치 에이코를 내려다봤다. 듣고 보니 곤히 잠든 얼굴이었다. 자살 실패를 절대 인정하지 않고 죽는다고 했으면 죽는 거라고 고집을 피우는 것처럼 보이기도 했다.

"엄마는 한번 하기로 마음먹으면 물러설 줄 모르니까."

둘째로 보이는 딸이 중얼거렸다.

"물러설 줄 모르는 사람이라 이대로 계속 잠든 채 깨어나지 않을지도 몰라. 정말 자기 멋대로라니까."

"그만해."

첫째 딸이 나무라듯 말했다.

"엄마는 할머니 일로 괴로워했어. 할머니가 살아 계실 때 우리가 힘이 되어드렸어야 하는데…"

"우리가 뭘 어떻게 했든 엄마는 결국 불평만 늘어놨을 거야. 아픈 할머니를 붙잡고 치근치근."

"그걸 가장 후회한 건 엄마 자신이었어. 엄마는 분명 죄책감 같은 건 태어나서 처음 느꼈을 거야. 그래서 어떻게 받아들여야 할지 몰라 이런 짓을…"

"자, 거기까지. 그 얘긴 엄마가 깨어나면 천천히 하자, 알았지?"

원래부터 그랬는지, 아니면 이 소동 때문에 초췌해 보이는 건지 자매를 달래는 남편의 눈 밑에 짙은 다크서클이 보였다. 나이에 비해 머리가 희고 키도 그리 크지 않아서 고단한 하루를 보낸 할아버지처럼 보이기도 했다.

그렇다곤 하지만 역시나 마치 에이코의 반려자였다. 오랜 부부생활로 다져진 듯한, 웬만한 일에는 흔들리지 않는 불굴의 의지가 엿보였다. 그는 자매가 언쟁을 벌이는 이유를 몰라 고개를 갸웃거리는 우리에게 "고부 갈등이 이렇게 끝을 맺는군요"라며 쓴웃음을 지어 보였다.

"제 부덕의 소치입니다. 아내는 어머니를 정성껏 돌보긴 했지만 아무래도 성품이 그렇다 보니 푸념이나 비꼬는 말을 달고 살았어요. 또 어머니는 어머니대로 져주는 성격이 아니라 우리 집은 오랫동안 전쟁터나 다름없었지요. 그중 한쪽이 전사… 아니, 병사하고 말았으니 남겨진 아내는 갑자기 어찌할 바를 몰랐을 겁니다. 환자한테 그런 말을 하는 게 아닌데, 이런 말을 하는 게 아닌데, 하며 어머니가 돌아가신 후로는 매일 울기만 했어요."

마치 에이코와 시어머니의 배틀. 눈에 선하다. 이지러너즈 멤버 모두 남편에게 동정의 눈길을 보냈다.

"힘드셨겠어요."

"네, 그래도 이제 와 생각해보면 전국시대가 그립기도 하네요. 설마 아내가 이렇게까지 힘들어할 줄은…. 사실 어머니도 보통 분은 아니셨는데 돌아가시기 며칠 전 갑자기 성격이 둥글어져서는 아내한테 가루이자와에 마음 편히 다녀오라는 자상한 말을 남기셨어요. 마지막의 마지막에 당신만 좋은 사람이 되고 떠나버렸으니 그게 또 아내한테는 사무쳤던 모양입니다."

자상한 말. 분명히 마치 에이코에게는 어떤 욕설보다도 날카로운 흉기가 되었을지 모른다.

핏기 없는 마치 에이코의 얼굴을 보며 마음속으로 물었다.

대체 시어머니에게 어떤 독설을 퍼부었던 거예요?

죽을 만큼 후회한다는 건 대체 어떤 거예요?

독설이라도 좋으니 냉큼 눈을 떠 말해주었으면 했다.

하지만 아무리 뚫어지게 바라봐도 그녀의 눈꺼풀과 입술은 꿈쩍도 하지 않았다.

"싫어! 후회라니 엄마답지 않아. 무슨 일이 있어도 자기는 다 옳고, 뭐든 다 남의 탓이라 떠넘기며 뻔뻔하게 살아왔으면서."

둘째 딸이 갑자기 눈물을 펑펑 쏟아냈다. 일단 우리 일곱 명은 같은 층에 있는 휴게실로 이동했다.

창가 소파에 흩어져 앉았다.

멍하니 허공을 바라보는 사람.

천장을 올려다보는 사람.

유리창에 비치는 저녁노을을 바라보는 사람.

어항의 열대어를 눈으로 좇는 사람.

시선이 향하는 곳은 제각각이었고 누구도 말을 꺼내려 하지 않았다.

병원 특유의 소독약 냄새가 나는 휴게실에는 사람이 그리 많지 않은데, 문병객으로 보이는 그들 대부분이 무료한 기색이었다. 잠시 후 환자의 친구로 보이는 남자 고등학생 그룹이 나가고, 무슨 일이 있었는지 숨죽여 오열하던 중년 여성이 나가고, 회사원으로 보이는 남성이 나가고, 결국 우리만 남게 되었을 때 도코로 씨가 불쑥 말했다.

"간장 한 병."

덩그러니, 무색투명한 정적 속에 흑갈색의 얼룩이 스며들 듯이.

"간장 한 병."

하타도 말하고는 잠시 뜸을 들이다 풋, 하고 웃었다.

"한 병."

"한 병 원샷."

"간장 한 병 원샷."

그렇게 일곱 명 사이로 느슨한 웃음이 퍼져나갔다.

웃을 수밖에 없었다.

"그야 어느 가정에나 제각기 사정이 있고, 살다 보면 죽고 싶을 때도 있지. 보통은 실행에 옮기지 않지만 마치 씨는 어설프게 실행해버렸고."

"간장 한 병. 보통은 못 마시지 않아?"

"마치 씨는 지기 싫었던 거야."

"간장에?"

"간장을 한 번에 다 마실 기백이면 백 살까지는 잘 살아갈 수 있을 텐데."

멤버들의 목소리에 피로감은 있었지만 절망감은 없었다. 마치 에이코는 일어날 거다. 지금은 힘없이 누워 있지만 곧 천연덕스럽게 털고 일어날 거다. 지금도 우리는 그렇게 믿었다. 그녀는 마치 에이코니까.

문제는 언제 털고 일어나느냐다.

"근데 다음 달 말까지 깨어나지 않으면 곤란해요. 이대로면 구메지마에서 달릴 수도 없고요."

완전히 잊고 있던 일을 상기시킨 사람은 하타였다.

"앗, 그러고 보니."

다음 달 말에 구메지마 마라톤이 열린다.

"이제 한 달. 그때까지 잠에서 깨어나지 못하면…."

"그런 일은 없겠지만 마치 씨는 고집이 워낙 세니까."

"만일의 경우에는 일곱 명만 나갈 수밖에 없겠지."

"아니, 그런 일은 없어."

도코로 씨가 딱 잘라 말했다.

"구메지마 마라톤에는 팀 전원이 참가할 거야. 여덟 명. 만약 마치 씨가 한 달이 넘어도 깨어나지 않으면 다시 다른 대회를 찾을 거야."

"그건 괜찮지만, 그렇게 되면《이지·런》1월호에는 못 실리잖아요."

"그렇지만 멤버 중 한 사람이라도 빠지면 어차피 잡지에 실려도 의미가 없으니까."

7시를 넘긴 병동은 한밤중처럼 고요하고 저세상처럼 차분했다. 그런 휴게실에 도코로 씨의 목소리가 메아리치듯 울렸다. 전에 없이 침착하고 낮은 목소리. 그 말을 끝으로 침묵한 도코로 씨에게 모두를 대표해 오시마가 물었다.

"도코로 씨, 이제 알려주시는 게 어때요? 왜 그렇게 〈우리 팀을 소개합니다〉 코너에 집착하는 거죠?"

"집착? 그야 팀이 함께 열심히 하는 모습을 보여주기 위해서지."

"누구한테요?"

야마시타 씨?

"부모님께."

"네?"

순간 나도 모르게 오시마의 눈을 쳐다봤다.

"전에 있던 팀 동료의 부모님이야."

도코로 씨는 당황스러워하는 우리에게 담담히 이야기하기 시작했다.

"옛날 일이니까 심각하게 듣지는 말고. 아주 오래전 내가 대학에서 육상을 할 때야. 팀 동료 중 한 사람이 심부전으로 갑작스럽게 죽었어. 야마시타 데쓰페이라는 우직한 후배였지. 야마시타는 내 페이스메이커로, 난 그 녀석을 희생양 삼아 기록을 경신해온 거나 마찬가지였어. 그랬던 터라 그 녀석이 죽었을 때 마치 씨만큼은 아니지만 심한 죄책감에 사로잡혔지. 그 녀석에게 속죄하는 마음으로 달리기를 그만뒀어. 그런데 아무래도 그건 엉뚱한 실수였던 모양이야…. 내가 계속 달렸어야 했다고 야마시타의 부모님이 말하시더군."

여기부터는 린코 씨도 몰랐던 이야기다.

작년 말, 야마시타 씨의 25주기에 도코로 씨는 야마시타의 아버지와 우연히 마주쳤다. 성묘하러 간 도코로 씨를 야마시타의 아버지가 알아본 것이다. 그리고 물었다. 매년 기일에 건강 채소 주스를 보내준 사람이 자네였나? 도코로 씨는 그렇다고 대답했다. 그 순간 날아든 것은 가차 없는 핵펀치였다.

"핵펀치?"

"그래, 아주 세게 얻어맞았지. 그러더니 호통을 치시더군. 왜 육상을 그만뒀냐면서. '우리 아들은 자부심을 품고 자네의 페이스메이커 역할에 임했어. 음지에 있었지만 팀의 일원으로 기여하는 거라 믿었지. 자네가 육상을 그만두는 바람에 아들의 노력이 물거품이 되고 말았어. 자네는 혼자 뛰고 있다고 생각했나? 혼자 이겨왔다고 생각한 거야?'라면서. 그렇게 노여운 얼굴은 처음 봤어."

도코로 씨는 망치로 얻어맞은 것 같았어, 라며 떨떠름한 웃음을 지어 보이려 했지만 실패하고 말았다. 대신 기묘하게 일그러진 표정을 지었다.

"분명 난 혼자 달리는 거라고 생각했어. 그랬으니 혼자 마음대로 육상을 그만둬버린 거야. 25년이 지나고서야 눈이 떠졌어."

"그럼 그 핵펀치를 계기로 팀을 만든 거네요?"

"그렇다고 할 수 있지. 한동안은 너무 괴로웠어. 내가 얼마나 바보 같은 짓을 했는지 후회하고 또 후회했지. 하지만 그 시기를 지나니까 몹시 달리고 싶어지더군. 오랜만에 달려보니 역시나 즐겁더라고. 그래서 달리는 모습을 야마시타한테도 보여주고 싶었어."

"야마시타 씨한테?"

"하지만 그건 불가능하니까, 적어도 야마시타의 부모님께 보여드려야겠다고 생각한 거야. 그것도 나 혼자가 아니라 팀 멤버가 함께 달리는 모습을 말이야."

"설마, 그걸 위해서 〈우리 팀을 소개합니다〉 코너에 실리려는 거예요?"

"그래. 고마자와공원까지 보러 오시라고 할 수는 없잖아. 아버님
은 몰라도 어머님은 허리를 다치셔서 성묘도 못 가신다고 하니."

그렇게 된 거구나.

드디어 밝혀진 도코로 씨의 진실. 계획적인 건지, 궁색한 변명
인지. 후배를 생각하는 마음인지, 자기만 좋자고 하는 건지. 미묘
한 부분은 있지만 야마시타 씨의 부모님에게 뭔가 보여주고 싶다
는 마음은 진심일 것이다.

"그럼《이지·런》1월호를 고집한 이유는?"

"12월에 발행하는 1월호에 실려야 올해 기일에 맞출 수 있어.
그 코너에 색인 플래그를 붙여 건강 채소 주스랑 같이 보내드릴
생각이었어. 핵펀치 아버님, 이것 좀 보세요, 하고 말이야."

난 야마시타의 아버지가 잡지를 들고 〈우리 팀을 소개합니다〉
를 펼쳐보는 모습을 상상했다. 쓴웃음을 지으실까, 실소하실까? 아
니면 흐뭇한 미소를 머금으실까?

마음속으로 린코 씨에게 말했다. 내가 끼어들지 않아도 야마시
타 씨의 마음은 도코로 씨에게 전해졌어요. 살아 있는 사람들은
살아 있는 사람들끼리 잘해나가고 있어요.

"사정을 알고 나니까 더《이지·런》1월호에 실리고 싶네요. 야
마시타 씨의 아버님이 빨리 봐주시면 좋잖아요."

또다시 금방 스위치가 켜진 세이카 씨에게 그러네요, 라며 하
타도 맞장구쳤다.

"이번에 놓치면 또 내년 기일까지 기다려야 하잖아요. 도코로 씨, 그렇게 기다릴 수 있어요? 난 못 기다려요. 개인적인 사정도 있어서 가능하면 빨리 풀코스를 완주하고 싶거든요."

"나도 빨리하는 편이 좋습니다. 전 동료들에게 하루라도 빨리 본때를 보여주고 싶어요."

후지미 씨가 말했다.

이 둘에게는 사욕을 채우려는 마음도 있지만, 지금까지 목표로 해온 구메지마 마라톤에서 달리고 싶은 마음은 모두 똑같았다.

"돌발적으로 바보 같은 일을 저질렀지만 마치 씨도 실은 다른 사람 못지않게 구메지마에서 달리고 싶었을 거예요. 마라톤에 나가려고 생활비를 쪼개 구메지마 적금을 모으고 있었는걸요. 담배도 끊고 남은 동전을 적금에 넣고 있다고 히카루 씨가 알려 줬어요."

"히카루 씨?"

"마치 씨의 첫째 딸이요. 이것도 그분한테 들은 이야기인데, 마치 씨가 말이죠⋯."

세이카 씨가 울먹이며 말했다.

"마치 씨, 실은 매일 밤 복근 운동을 300회씩 했다나 봐요."

"정말이요?"

덩달아 콧물을 훌쩍이는 고에다 옆에서 도코로 씨가 기세 좋게 일어났다.

"잠깐, 깨우고 올게."

"네? 누굴요?"

"당연히 마치 씨지. 잠이나 푹 자고 있을 때가 아니야. 지금 당장 깨워서 특별훈련에 돌입해야 한다고. 깨우고 올게. 일어나면 아식스를 사준다고 귓가에 소리치면 3초 만에 일어날 거야."

"말도 안 돼요."

"의사가 화낼걸요."

"거꾸로 상태가 안 좋아지면 어떡해요."

모두 합세해 저지하는 멤버들을 뿌리치고 병실로 돌진하려는 도코로 씨를 "잠깐만요!"라며 오시마가 가로막았다.

"그건 우리한테 맡겨주세요."

"어?"

"우리가 가서 마치 씨를 깨우고 올게요."

우리, 라고 말한 오시마의 눈동자는 어째선지 날 비추고 있었다.

"가요, 다마키 씨."

그러더니 오시마는 달리기 시작했다. 마라톤을 위해 단련해둔 다리로 쏜살같이. 마치 씨가 있는 병실과는 반대 방향으로.

"오시마 씨?"

황급히 쫓아간 나는 병원 정문 현관 앞에 있는 택시 정거장에서 겨우 그를 따라잡았다.

"오시마 씨, 기다려요."

"못 기다려요."

오시마가 택시에 올라타 "다마키 씨도, 어서요" 하고 나에게 손짓했다.

영문도 모른 채 뒷좌석에 미끄러지듯 올라탔다.

"어디로 가는 거예요?"

"손님, 어디 가세요?"

나와 택시 기사가 동시에 물었다.

오시마는 지그시 내 눈을 바라보며 말했다.

"그 자전거가 있는 곳으로."

몰아치는 더운 바람에 머리가 흩날린다.

거리의 네온사인이 번져서 뿌옇게 보인다.

앞쪽에서 다가오는 모든 것이 혜성처럼 꼬리를 길게 늘어트리고 뒤쪽의 어둠 속으로 녹아든다.

레인 위의 풍경을 이렇게 똑바로 바라보는 것은 이번이 처음이었다. 이렇게 손쉽게 레인 궤도를 따라가는 것도.

전보다 두 배가 넘는 무게를 견디면서도 모나미 1호는 순조롭게 밤길을 달려갔다.

"다마키 씨, 대단해요. 진짜 핸들과 페달이 마음대로 움직이네요. 이러면 길을 잃을 걱정도 없겠어요."

핸들을 잡은 오시마가 바람 소리에 지지 않으려는 듯 큰 소리로 외쳤다.

"게다가 정말 엄청난 속도네요. 기분이 굉장히 좋아요. 사실 한 번은 이 길을 달려보고 싶었어요."

"오시마 씨한테는 레인이 빛나는 게 보이나요?"

"네, 부분적으로 반짝거려요."

"지금도 우리랑 같이 레인을 넘는 사람이 있어요?"

"드문드문 보여요. 하지만 그들은 우리하고는 비교할 수도 없을 만큼 빠른 속도로 이동하고 있어요. 현생의 업에서 벗어난 사람들은 몸이 가볍나 봐요."

갑자기 불안이 몰려왔다.

"오시마 씨, 정말로 이 길을 따라가면 마치 씨가 있을까요? 아직 현생의 업에서 벗어나지 못했을 것 같은데."

"네. 그러니 분명 명계로 들어가는 길목에서 서성이고 있을 거예요."

순식간에 속도를 올린 모나미 1호 위에서 난 명계와 하계의 틈바구니에서 망설이고 있을 마치 에이코를 마음속에 그려보았다. 명계로 들어가지도 다시 하계로 돌아가지도 못하는. 지기 싫어하는 데다가 고집불통이니까. 시어머니와도 아마 처절할 만큼 격렬하게 싸웠을 것이다. 게다가 그녀는 밖에서도 나와 싸우고, 전무와 싸우고, 세이카 씨와 싸우고, 그러는 틈틈이 대량의 땀을 흘리며 달리고, 달리고, 달려왔다. 그렇게 호쾌하게 대지를 박차왔다.

그다지 감동적인 이야기는 아니다. 공감이 가지도 않는다. 하지만 적어도 하나로 묶어버릴 그런 시시한 인생은 아니다.

"오시마 씨, 더 빨리."

"내 맘대로 할 수 있는 게 아니잖아요. 자전거가 알아서 달리는
거라."

"그래도 빨리!"

여정의 후반에 이르러 자전거 바퀴의 회전이 최고조에 다다랐
을 즈음부터 지나가는 모든 풍경의 윤곽이 흐릿한 한 선으로 보였
다. 눈으로 알아볼 수 있는 것은 빛밖에 없었다.

주택과 아파트 창문에서 흘러나오는 빛.

번화가의 반짝이는 네온사인.

가로등.

빠르게 달려가는 자동차의 불빛.

밤하늘을 가르는 비행기의 불빛.

나타났다가 사라지고, 사라졌다가 다시 나타나는 빛의 파도.

그렇게 조금씩 명계로 이어지는 레인의 출구가 가까워진다.

출구를 넘는 순간을 지금의 나는 느낄 수 있다.

냄새가 없어지니까.

좋은 냄새도 나쁜 냄새도, 생명의 숨결이 깃들어 있는 모든 냄
새가 그 지점을 경계로 사라진다. 탁, 하고 뚜껑을 닫는 것처럼. 그
대신 너무나 맑은 공기가 나를 감싼다. 청정하고 순수한, 숨 쉴 때
마다 마음속까지 투명해지는 듯한 공기가.

"혹시, 다 왔나요?"

모나미 1호가 속도를 줄이고 잔뜩 힘이 들어가 있던 오시마도

긴장을 풀었다.

"네, 이제 곧 보일 거예요."

"뭐가요?"

"빛이요."

잡음이 사라졌기 때문인지 서로의 목소리가 굉장히 또렷하게 들렸다. 우리가 작은 목소리로 속삭이는 동안에도 모나미 1호는 속도를 줄였고 이윽고 걷는 속도와 비슷해졌다.

그리고 보이기 시작했다. 가로등이 비추는 그 빛의 길이.

하계의 그 어떤 빛과도 다른, 비할 데 없이 따스하고 자애로운 등불이.

바로 그 앞에서 서성이는 그림자를 본 오시마와 난 동시에 소리를 질렀다.

"아! 있다!"

역시 있었다.

평소보다 윤곽이 흐릿하다. 시퍼런 독기도 사라지고 없다.

하지만 틀림없이 마치 에이코다.

"마치 씨!"

그 순간 내가 먼저 모나미 1호에서 내렸다. 오시마도 뒤이어 자전거에서 내려 쫓아왔다.

"마치 씨!"

한 번 더, 둘이 함께 외쳤다.

그러자 마치 에이코가 공허한 눈길로 뒤돌아봤다.

"마치 씨, 이런 데서 뭐 하는 거예요?"

"너희야말로 왜 이런 곳에 있어?"

"마치 씨를 데리러 왔어요."

"날 데리러 왔다고? 쓸데없는 참견이야. 그런데 저 자전거는 뭐야?"

마치 에이코의 시선을 따라가자 기수를 잃은 모나미 1호가 느릿느릿 빛의 길을 향해 다가오고 있었다. 앞바퀴를 가로등 한 줄기가 비추기 시작한 찰나, 보이지 않는 실이 끊어진 것처럼 꽈당하고 옆으로 쓰러졌다.

"말하자면 초능력 자전거예요. 저걸 타고 마치 씨를 데리러 왔어요."

오시마가 고지식하게 설명해주었다.

"자, 같이 돌아가요."

"싫어. 난 기다리고 있어. 시어머니가 날 맞이하러 올 거야. 왜 이리 안 오시지."

"그건 마치 씨가 아직 살아 있기 때문이에요. 간장 한 병을 마신다고 죽을 수 있다고 생각하다니, 본인을 너무 쉽게 생각하는 거 아니에요? 마치 씨는 자신의 독기로 간장 한 병의 독을 제압했어요."

"무슨 말을 그렇게 장황하게 늘어놓는 건지 모르겠지만 죽는다고 정했으면 죽는 거야. 의사든 사신이든 내 죽음을 맡겨둘 순 없어. 난 죽는 거야. 죽어서 시어머니를 만나야 해."

"대체 왜요?"

"그야 물론 사과하기 위해서지."

일그러진 얼굴을 두 손으로 감싼 마치 에이코가 그 자리에 주저앉았다. 몸을 하계에 남겨두고 온 그녀의 영혼은 더없이 순수한 어린아이 같았다.

"난 나쁜 며느리였어. 아프고 싶어서 아픈 것도 아닌데 어머니한테 싫은 소리만 하고. 너무 못된 며느리였어. 환자식을 만들 때도 배변을 도와드릴 때도 하루라도 불평하지 않고는 못 배겼어. 수도 없이 싸웠어. 그렇지만 알고 있었어. 결국, 어머니는 날 의지할 수밖에 없다는 사실을. 아무리 싸워도 마지막에는 어머니가 지게 돼 있었어. 이길 거라는 걸 알면서 환자를 괴롭혔어. 용서받아야만 해."

"시어머니는 이미 용서하셨어요. 그러니까 마지막에 다정한 말을 남기신 거죠. 이러니저러니 불평하면서도 병간호를 도맡아 한 마치 씨의 마음을 분명 아셨을 거예요."

"10년이야. 자그마치 10년! 난 그동안 노골적으로 내 마음을 드러내왔어. 어머니는 분명히 날 미워하셨을 거야."

"마치 씨."

나도 모르게 말이 나왔다.

"그 미움은 이미 사라지고 없어요."

"뭐?"

"미움이나 슬픔은 제일 먼저 녹아드니까요. 시어머니는 아무

원망도 없이, 틀림없이 평온한 마음으로 지켜봐주실 거예요. 그러니까 여기서 그만둬요. 이제 와서 마치 씨가 사과해봤자 시어머니는 기억도 못 할 테니까. 엉뚱한 대답만 돌아올 테니까. 용서받는다 해도 마음 한구석은 아려올 거예요. 환하게 웃어줄 때마다 울고 싶어질 거예요. 그러니까 같이 돌아가요. 다시 같이 달리자고요. 왁자지껄 떠들고 서로를 향해 으르렁거리자고요."

같이 돌아가요. 그 말에 오시마는 미소 지었다.

"그래요, 시어머니는 마치 씨가 좀 더 하계에 남아 덕을 쌓은 다음 사과하길 바랄 거예요. 틀림없이."

"시어머니는 명계에서 마치 씨를 지켜보고 있을 테니까, 멋지게 살아가는 모습을 보여드리면 되는 거예요. 그게 사죄하는 길이에요."

"우리 멤버 다 같이 구메지마에서 달리자고요. 42.195킬로에 도전하는 멋진 모습을 시어머니께 보여드려요. 틀림없이 응원해주실 거예요."

"거기 앉아 있어봤자 아무도 맞이하러 오지 않아요. 아직 때가 안 됐으니까. 구시렁거리지 말고 살아가야 해요."

"원망하려거든 간장 한 병을 이겨낸 자신의 튼튼한 몸을 원망하라고요."

할 수 있는 모든 말을 동원해 설득을 이어갔지만 마치 에이코는 웅크리고 앉은 채 얼굴을 들려 하지 않았다.

우리의 말이 전해지지 않는 걸까, 돌아가려 해도 돌아갈 수 없게 된 걸까?

"가족이…."

당신이 돌아오기만을, 당신이 일어나기만을 간절히 기다리고 있어요.

결정적인 이 한마디를 내뱉으려는 찰나, 옆에 있던 오시마가 먼저 입을 뗐다.

"그러고 보니 도코로 씨가 그랬어요. 마치 씨가 눈을 뜨면 아식스를 사 준다고."

용수철이 튀어 오르듯 마치 에이코가 일어났다.

마치 에이코는 오시마와 내가 휴게실을 뛰어나가고 두 시간 만에 의식을 되찾았다. 더는 기다릴 수 없었던 도코로 씨가 억지로 병실에 들이닥친 지 3초 후였다고 한다.

마치 에이코는 눈을 뜨자마자 신기한 꿈을 꿨다고 말했다.

"시어머니가 꿈속에 나왔어. 아직 여기 올 때가 안 됐다고 하시더라고. 구메지마 마라톤에서 최선을 다하고 좀 더 살면서 덕을 쌓고 오래. 그리고 깨어나면 도코로 씨가 아식스를 사줄 거라고 하시지 뭐야."

23

곤노 아저씨에게

잘 지내세요?

야마가타는 이제 시원한가요?

고양이 네 마리와는 친해졌나요?

1년이나 함께했으니 친해졌겠죠.

죄송해요. 더 빨리 편지를 보냈어야 했는데 좀처럼 쓸 수가 없었어요. 변명 같지만 아저씨가 야마가타로 떠나고 1년 동안 저는 어느 때보다 바쁘고 활동적인 하루하루를 보냈어요.

시작은 자전거였어요. 아저씨가 주신 모나미 1호를 타고 여기저기 돌아다녔어요. 엄청나게 먼 곳까지 갔었죠. 그리고 저는 어느 시기를 기점으로 땅에 발을 딛고 달리기 시작했어요.

처음에는 매일 아침 강변을 혼자 달렸어요. 그러다 이상한 사람들과 알게 됐고 매주 함께 고마자와공원에서 달리게 됐어요. 근육 운동도 열심히 했고요. 고코를 두 바퀴 도는 레이스도 치렀고 지금은 합숙 훈련을 위해 가루이자와에 와 있어요.

그런데 놀라지 마세요. 저, 다음 달에 구메지마에서 열리는 마라톤 대회에서 풀코스를 뛸 거예요.

정말 놀랍지 않나요? 놀라셔도 괜찮아요!

아무쪼록 이 무모한 도전을 재미있게 지켜봐주세요. 다음 달 28일, 구메지마의 사탕수수밭 사이를 죽을 듯한 얼굴로 힘껏 달리는 제 모습을 상상하며 부디 미소 지어주세요.

구메지마는 같은 팀 멤버들과 함께 가요. 다들 어른이라고 하기에는 좀 엉뚱한 데가 있는 사람들이라, 무사히 결승점에 도달할 수 있을지보다 무사히 출발점에 설 수 있을지가 걱정이지만요. 분명 다들 여행에 들떠서 말도 안 되는 일을 벌이거나, 너무 많이 먹거나, 오키나와 특산 소주를 진탕 마시겠죠. 벌써 눈에 선하네요.

그런데 아저씨, 제가 무사히 목표를 달성하고 돌아오면 야마가타에 놀러 가도 될까요?

아, 맞다. 모나미는 프랑스어로 '친구'라는 뜻이라면서요? 최근 알게 된 어떤 남자애가 알려줬어요. 좀 더 자세히 이야기하고 싶지만, 지금 말할 수 있는 건 아저씨가 저에게 모나미 1호를 주셔서 정말 감사하다는 거예요.

앗, 이제 오후 훈련을 해야 할 시간이네요.

아저씨도 가끔은 운동도 좀 하시고요. 그럼 항상 건강하시고
어머님과도 잘 지내시기를 바랄게요.

나쓰메 다마키

24

돼지고기 감자조림과 영양밥
그리고 마카로니 샐러드의 밤

예감이 들었다.

간장 지옥에서 생환한 마치 에이코의 회복세는 그녀를 잘 아는 우리조차 놀라움을 금치 못할 정도였다.

처치가 빨랐던 만큼 장기에는 문제가 없는 듯했다. 도리어 간장 한 병을 마시겠다고 결심한 그 마음이 걱정되어 정신감정을 받는 등 사흘 정도는 병원에 붙잡혀 있어야 했지만, 퇴원 다음 날부터 그녀는 곧장 24마트에 복귀했고 돌아오는 일요일에는 고마자와공원에도 모습을 드러냈다.

"그 후로 간장은 쳐다보기도 싫지만 이제 몸은 아무렇지도 않으니 걱정하지 마세요. 소란을 피워서 정말 미안했어요. 근데 우리 남편이 그러던데, 여러분들이 병원에서 소동을 부렸다면서요? 간호사가 병원은 술집이 아니라며 화를 냈다지 뭐예요?"

도코로 씨가 사준 아식스가 마치 에이코의 발에서 반짝거렸다. 그녀는 언제나처럼 넉살 좋게 말을 쏟아냈다. 자살 시도도 시어머니에 관한 일도 옛날 옛적에 잊었다는 얼굴로. 물론 잊었을 리 없을 테지만.

하여간 이지러너즈는 다시 여덟 명이 되었다.

여덟 명 전원이 구메지마로. 한때 사라질 뻔했던 목표가 되돌아온 만큼 우리의 투지도 더욱 활활 불타올랐다.

"헬스장 트레이너한테 근육 강화 특훈을 받은 성과가 나타나는 건지, 요즘은 정강이가 괜찮은 거 있지? 이 상태면 완주도 꿈이 아니야."

세이카 씨가 이렇게 말하니….

"내 허리도 거의 회복됐어요. 사실 요즘 수영을 해서 그런 것 같기도 하고. 허허허."

후지미 씨도 지지 않으려는 듯 이렇게 말했다.

"전 대회까지 2킬로를 더 빼려고요. 역시 이제 남은 건 이것밖에 없을 것 같아서 큰맘 먹고 설탕을 끊었어요."

하타도 이렇게 근성을 내비치는가 하면….

"전 거꾸로 근육을 2킬로 늘리려고 단백질 섭취에 신경 쓰고 있

어요. 그리고 이번에 드디어 영화 〈록키〉에 나오는 날달걀 먹기에
도전했어요."

고에다도 생각지 못한 의지를 보여주었다.

"난 복근 운동을 320회로 늘렸어요."

마치 에이코도 깨알 같은 자랑을 빼먹지 않았고….

"전 레이스를 하다가 길을 잃을지도 모르니까 나침반을 샀어
요. 별을 보고 위치를 파악하는 방법도 배우고 있고요."

오시마도 약점을 극복하기 위해 진지하게 노력하는 모습을 보
여주었다.

가루이자와 합숙의 성과인지 예전처럼 서로 짜증을 부리는 일
도 없어졌다. 어쨌든 몇 주 후면 끝이다. 이제 결승점에 거의 다
왔다는 마음이 팀의 의지를 북돋고 각별한 연대감마저 느끼게 해
주는 듯했다. 틀림없이 오시마는 속으로 은근히 좋아하고 있을
것이다.

물론 나도 나름대로 막바지 훈련에 최선을 다했다. 아침 조깅
에서는 거리를 늘렸을 뿐만 아니라 가능하면 속도를 높여 심폐기
능을 자극했고 적은 힘으로 더 오래 뛸 수 있는 효율적인 자세에
유의하며 달렸다.

여름의 무더위 때문에 쉬었던 점심시간 조깅도 다시 시작했다.

정각 12시. 점심시간 시작과 동시에 주먹밥을 먹은 뒤 잽싸게
옷을 갈아입고 출발한다. 어디까지나 가볍게, 피곤하지 않을 정도
로 마트 근방을 돌다가 점심시간이 끝나기 5분 전에 돌아온다.

전화벨이 울리거나 다른 일이 생겨서 계획한 대로 달리지 못하는 날도 많지만.

그날도 달리러 나가려고 하는 바로 그 순간 누군가 통신판매부의 문을 두드렸다.

들어오세요, 라고 대답할 새도 없이 안으로 들어온 사람은 운동복 차림의 마치 에이코였다.

"한 가지 묻고 싶은 게 있는데 시간이 없으니까 빨리 대답해."

이 말투는 뭐지? 물어보러 온 사람 맞나?

"네가 아오키 씨한테 우리 집 전화번호를 알려달라며 울었다면서? 울면서 날 걱정했다고 하던데."

손목과 발목을 돌리며 의기양양한 표정으로 웃는다.

"도코로 씨가 부탁해서 물어본 것뿐이에요. 마치 씨야말로."

난 아킬레스건을 쭉쭉 늘리며 웃는 얼굴로 말했다.

"전무한테 울며 매달렸다면서요? 제발 나쓰메를 통신판매부에 그대로 있게 해달라면서."

"누가 울면서 매달렸다고 그래? 난 살짝 으름장을 놨을 뿐이라고. 더 이상 파트타임 직원을 우습게 보면 소비기한을 몰래 고친 걸 매스컴에 흘리겠다고."

"으름장…"

"그런 음흉한 사람은 제대로 상대할 가치도 없어. 넌 말 붙일 생각도 하지 마."

"나와 이렇게 결전을 벌일 만한 사람이 마치 씨 말고 또 누가 있겠어요?"

"다음 결전은 구메지마인가? 말해두겠는데 난 그 누구한테도 지지 않을 거야. 아식스도 괜찮지만 내가 진짜로 원하는 건 나만을 위한 수제 러닝화니까."

변함없이 호전적인 아줌마다. 저승으로 향하는 길목까지 갔던 사람치고는 조금도 속세의 때를 벗지 못했고 물욕도 그대로다.

그렇지만 어딘가 모르게 전과 달랐다.

"하는 김에 한 가지 더 말해두겠는데, 더는 너랑 불행 배틀 같은 거 안 할 거야. 누구의 불행이 진짜인지 더 우월한지 겨뤄왔지만, 그러면서 우린 서로 자신의 불행에 응석을 부리고 의존해왔어. 불행 따위에 의존하면 결국에는 또다시 간장 한 병을 단번에 들이켜게 될 거야."

목을 우두둑우두둑 꺾으면서 코끝이 시려오는 말을 잘도 내뱉는다.

"나, 구메지마에서는 꼭 완주할 거야. 내 불행에 의존하는 것도 타인의 불행에 기생하는 것도 이제 질렸어. 지금부터는 행복한 시간을 스스로 만들어갈 거야. 가장 먼저 구메지마에서 너를 이길 거고!"

마치 에이코는 하고 싶은 말만 남기고 "그럼, 이만. 시간이 없어서"라며 몸을 돌려 달려나갔다. 끝까지 제멋대로인 아줌마다.

시계를 보니 12시 27분이다. 나도 서둘러 쫓아갔다.

"잠깐, 기다려요."

우당탕 뛰지 마! 전무의 호통을 뒤로하고 계단을 내려가 쪽문을 통해 뒤뜰로 나가서야 마치 에이코를 따라잡았다.

"나도 지지 않을 거예요. 구메지마에서는 절대로. 그리고 내 진정한 라이벌은 세이카 씨거든요?"

"그럼 내 라이벌은 도코로 씨거든?"

"말도 안 돼! 도코로 씨의 라이벌은 나카야마 다케유키 선수였거든요!"

"무슨 잠꼬대 같은 소리야."

경쟁하듯 뒷문으로 향하는 우리를 향해 벚나무 아래에서 누군가 "둘 다 힘내!" 하고 우렁차게 외쳤다.

그렇게 점심시간마다 마치 에이코와 경쟁하듯 달린 것도 10월 3주 차에 들어설 때까지였다. 본 대회가 2주 앞으로 다가왔을 때부터 난 서서히 하루 연습량을 줄이기 시작했다.

"레이스 2주 전까지는 자신을 끝까지 몰아붙여. 그리고 2주 전부터는 조금씩 부하를 줄여야 하니까 좀 쉬엄쉬엄하고. 레이스 나흘 전에는 1,000미터 정도를 전력 질주하는 마지막 자극을 끝으로 본 대회까지 달리지 마."

이건 바로 도코로 씨의 마라톤 대비 훈련 지침에 따른 것이었다.

점심시간 조깅을 쉬고 주 5회 달리던 아침 조깅도 주 3회로 줄였다. 그것만으로도 몸이 무척 가벼워졌다. 하지만 이걸 쉬는 거라고 하기는 좀 애매했다. 남는 시간과 체력을 전부 레인 넘기에 쏟아부었으니까.

　최근에는 일주일에 한 번 하던 레인 넘기를 주 4회로 확 늘렸다.

　보고 싶으니까.

　더 많이 봐둬야 하니까.

　한 가지 더 추가하자면 요리 실력을 쌓기 위해서?

　10년 전 가족을 잃었을 때 아직 열세 살이었던 나는 엄마의 요리를 하나도 배우지 못했다. 우리 집의 맛. 우리 집의 레시피. 우리 가족이 살아 있었다는 증거이기도 한 그것을, 스물셋이 된 지금에야말로 제대로 내 안에 새겨넣고 싶었다.

　엄마에게 설탕이 듬뿍 들어간 달걀말이를 배웠다.

　아빠에게 각종 재료를 넣고 끓인 육수가 비법인 영양밥을 배웠다.

　슈에게 옛 추억이 떠오르는 케첩 볶음밥을 배웠다.

　이상하게 들릴지도 모르지만 이때는 이미 '요리'라는 엄마의 특성이 경계가 모호해진 아빠와 슈 안에도 흘러 들어가 세 사람 모두 완전히 똑같은 요리를 만들 수 있었다.

　아빠는 둘째치고 슈의 화려한 칼 솜씨를 보게 되는 날이 오다니.

　햄버그스테이크, 돼지고기 감자조림, 만두, 마카로니 샐러드, 고등어 된장조림, 감자 오믈렛. 세 사람이 번갈아 가르쳐주었다. 미각과 후각을 사용할 수 없어 불안하긴 했지만 노트에 적은 레시피대로 하계에서 다시 만들어보니 분명 그 요리들은 10년 동안 늘 그리워하던 우리 집의 맛이었다.

"완성!"

지금까지 배운 요리 중 돼지고기 감자조림과 영양밥, 마카로니 샐러드 이렇게 세 가지를 구메지마로 떠나기 전날 밤 나 혼자 만들었다.

"우와! 맛있겠다. 어떤 것부터 먹어야 할지 모르겠어."

"배고픈 걸 참고 기다린 보람이 있네. 마카로니부터 한 입…."

"'잘 먹겠습니다'부터 말하고 먹어야죠, 아빠. 으음, 다른 사람이 만들어준 요리는 언제나 정답이라니까."

어린 슈의 특성을 갖게 된 아빠와 엄마는 만날 때마다 어린아이처럼 자유롭고 천진난만한 모습을 보여주었다.

거꾸로 슈는 나날이 차분해졌고 지금은 나보다 어른스럽게 느껴졌다.

경계가 사라져가는 세 사람의 대화는 지금은 누가 어떤 말을 하든 별반 다르지 않다. 하지만 그것은 세 사람이 각자 자신을 잃어가는 것이 아니라 그저 녹아들고 흘러가고 뒤섞여 하나가 되어가는 과정일지도 모른다.

이제 난 이런 식으로도 생각하게 됐다.

경계에 집착하지만 않으면 세 사람은 집합체로서 지금도 여기 그대로 있다.

"누나, 대단하다. 돼지고기 감자조림도 영양밥도 마카로니 샐러드도 진짜 우리 집의 맛이야."

"아, 딸이 만들어준 요리를 맛보다니, 정말 감격스러워."

"자, 오시마 군도 그렇게 긴장하지 말고 많이 들어요."

"그래요, 오시마 군. 다리도 좀 편하게 앉고."

죽은 자들의 관심을 한 몸에 받은 오시마는 볼의 긴장을 풀지 못하면서도 젓가락에 손을 뻗어 돼지고기 감자조림에 들어 있는 당근을 입으로 옮겼다. 그 순간 놀랐는지 오시마의 눈이 동그래졌다.

"마."

이곳의 음식은 아무 맛도 냄새도 나지 않는다고 말해두었는데 까먹었나 보다.

"마, 마, 맛있어요."

누가 봐도 부자연스러운 그의 미소에 우리는 한바탕 자지러지게 웃었다.

"거짓말 같은데."

무수한 모순과 혼란 속에서도 그날 밤 우리 집의 만찬은 표면적으로는 와자지껄하고 평소처럼 웃음이 끊이지 않는 시간이었다. 아니, 평소보다 더 떠들썩했는지도 모르겠다. 처음 손님을 맞이한 세 사람은 확연히 들떠 있었다. 약간 흥분했다고 해야 할까, 기분이 붕 떴다고 해야 할까. 다들 나와의 추억을 오시마에게 들려주려 했지만, 아무래도 경계가 거의 사라졌기 때문에 말하면 할수록 이야기가 얽히고설켜 점점 더 이상해졌다. 내가 태어났을 때의 흥분을 슈가 이야기하기도 하고 슈와 내가 참가한 캠프 체험을 엄마가 이야기하기도 했다.

세 사람이 엉뚱한 소리를 할 때마다 나는 오시마를 힐끗 곁눈질했다.

어이없어하는 건 아닐까? 우리 가족을 만나고 싶다고 한 걸 후회하지 않을까?

처음에는 긴장했던 그의 얼굴이 조금씩 부드러워지더니 평소의 오시마다운 모습으로 돌아와서 안심했다.

"오늘은 가족끼리 모이시는데 갑자기 오게 되어 죄송합니다. 이렇게 따뜻하게 환영해주셔서 감사해요."

"당연하죠. 다마짱이 처음으로 데려온 남자친구인걸요. 두 팔 벌려 대환영이에요."

"그래요, 오시마 형. 우리도 오늘은 누나를 응원하기 위한 자리니까 다 같이 모이면 좋겠다고 생각했어요."

"우리가 대접해야 하는데 다마키한테 요리를 만들게 해서 좀 미안하네."

그렇다. 이날은 이틀 후로 다가온 구메지마 마라톤을 응원하기 위해 모인 자리이기도 했다.

"아, 정말로 다마키가 40킬로에 도전하는 날이 오다니 믿어지지 않아."

"감개무량하네. 첫날은 고작 5분을 달렸는데."

"맞아. 자세도 엉망이었고 차마 눈 뜨고 볼 수 없었다니까."

"무슨 소리야? 다들 칭찬했으면서."

"아이들은 칭찬을 먹고 자라잖아. 하하하."

"뭐야?"

"그래도 그것만으론 불가능했을 거야. 역시 여기까지 올 수 있었던 건 도코로 씨의 힘이 컸어."

"그렇게 따지면 오시마 군이 다마키를 팀에 끌어들인 덕분이라고."

"그러고 보니 오시마 군도 내일모레 레이스 힘내요."

"우리도 여기서 응원할게요. 길을 잃어버리면 바로 다른 사람한테 묻고요."

오시마는 세 사람의 뜨거운 응원에 얼굴을 붉히고는 천천히 자세를 고쳐 앉으며 말했다.

"응원해주셔서 감사합니다. 내일모레 레이스, 여러분의 말씀을 가슴에 새기고 최선을 다하겠습니다. 꼭 완주할 테니 지켜봐주세요. 그리고…."

오시마는 잠시 망설이더니 이어서 말했다.

"그리고 무사히 완주하면 봄에는 나폴리에 갈 생각입니다."

뭐?

갑작스러운 말에 난 멍하니 오시마를 돌아봤다.

"나폴리?"

"사실 전부터 가게 셰프가 본고장인 이탈리아에서 요리를 배우지 않겠냐고 했었거든요. 자기 지인이 나폴리에서 식당을 운영하는데 부탁하면 그곳에서 일할 수 있을 거라면서요. 저도 좋은 기회라고 생각해서… 그런데 솔직히 체력에 자신이 없었어요. 일이

고되다고 들었거든요."

지금까지 숨겨와서 미안했는지 오시마는 날 똑바로 쳐다보지
못했다.

"도코로 씨의 스카우트 제안을 선뜻 받아들인 건 그런 이유도
있었습니다. 지금도 불안하긴 하지만 내일모레 레이스를 완주하
면 자신감이 생길 것 같아요. 이것저것 고민하지 않고 새로운 세
상에 발을 내디딜 수 있을 것 같거든요."

"좋은 생각이야, 오시마 군."

먼저 말한 사람은 아빠였다.

"본고장에서 요리를 배운다니 나이도 젊은 사람이 대단하네."

"아직 젊으니까 의미가 있는 거죠, 여보. 오시마 군, 꼭 가서 실
력을 쌓으세요."

"그렇게 결정되면 오시마 형의 송별회이기도 한 거네요. 건배
해요. 건배!"

'이탈리아 만세!'라고 외치기라도 할 것처럼 화기애애한 세 사
람 앞에서 나 혼자 우두커니 생각에 잠겼다.

오시마가 나폴리에 간다. 또다시 나 혼자 남겨지게 된다.

가장 먼저 이런 쓸쓸한 생각이 들었다.

차가운 북풍이 가슴을 훑고 지나간 듯 마음 한구석이 서늘하게
시려왔다.

하지만 그게 다는 아니었다. 대단해. 나폴리에서 실력을 쌓다니
정말 멋져. 이렇게 있는 그대로 받아들이는 나도 있었다.

마치 뜨거운 태양을 반사하는 철판 위에 선 것처럼, 달아오른 열기가 발밑에서부터 서서히 올라오는 듯했다.

다마키 씨, 하고 오시마가 날 돌아보며 말했다.

"나폴리에 가도 하계에 있는 건 변함없어요."

강아지 같은 눈동자. 그렇지만 이따금 무척 듬직하게 반짝인다.

"불과 몇 년이에요. 비행기로 열몇 시간이면 닿는 거리고요. 괜찮을 겁니다. 설령 어디에 있든 내가 살아 있는 한, 다마키 씨가 두 번 다시 그런 비장한 표정을 짓는 일은 없을 겁니다."

그래. 설령 지구 반대편에 있다고 해도 명계보다는 훨씬 가깝다. 특수한 수단에 기대지 않아도 만나고 싶으면 언제든 정정당당하게 찾아갈 수 있다.

"네. 조심해서 잘 다녀와요. 나도 다시 통역사의 꿈에 도전해보고 싶다는 마음이 들긴 했는데, 오시마 씨의 이야기를 듣고 나니 왠지 의욕이 샘솟네요."

난 한껏 웃는 얼굴로 그를 격려했다.

여기서 눈물을 보일 수는 없으니까.

오늘의 하이라이트는 이제 시작이니까.

"그러지 말고 다마짱도 나폴리에 따라가서 이탈리아어 통역 공부를 하는 건 어때?"

"그래, 이곳에 비하면 나폴리는 이웃집이나 다름없잖아."

"엎어지면 코 닿을 거리라고나 할까."

"아버님, 아무리 그래도 그렇게까지 가까운 건⋯."

"앗. 방금 전에 오시마 군이 당신을 아버님이라고 불렀어요?! 그렇죠?"

이렇게 와자지껄한 시간을 보내는 동안 우리는 시종일관 미소를 잃지 않았고 테이블 위의 요리는 어느덧 동이 났다. 그러는 사이 창 너머에는 칠흑 같은 어둠이 내려앉았다.

이제 곧 오늘이 끝난다. 구메지마로 떠나는 내일이 다가온다.

이별의 순간이 밀물처럼 다가옴에 따라 난 오시마가 함께 있어서 정말 다행이라고 생각했다.

나 혼자였다면 아마 힘들었을 것이다.

"다마키 씨, 이제…."

오시마가 재촉하지 않았다면 내일이 되든 모레가 되든 영원히 일어나지 않았을지도 모른다.

"네."

웃는 얼굴로 돌아가자. 이렇게 되뇌며 현관에서 배웅하는 세 사람에게 깊이 허리 숙여 인사했다.

"지금까지 고마웠어요. 아빠, 엄마, 슈가 날 항상 지켜봐줘서, 응원해줘서, 힘을 북돋아줘서, 그래서 여기까지 올 수 있었어요. 이곳에서 우리가 만났던 일, 헛되게 만들지 않을게요. 아빠, 엄마, 슈가 살아 있던 것도, 죽은 것도, 절대로 헛되게 만들지 않을게요."

"아니야, 우리야말로 누나가 달리는 모습을 보고 힘을 얻었어."

"그래. 우린 이제 아무 걱정도 없어. 구메지마 마라톤도. 지금의 다마키한테는 40킬로를 끝까지 달릴 만한 힘이 있으니까."

"40킬로 너머까지도 달릴 수 있을 거야. 괜찮아. 마음 놓고 가. 우리도 이제 마음이 놓여. 네가 내일모레 무사히 골인하는 모습을 이 눈에 담을 수 있다면 아무런 여한도 없어."

예감이 들었다. 지금은 확신에 가까운 예감이….

"다녀와."

언제나처럼 미소 지으며 손을 흔드는 세 사람의 모습에 가슴이 먹먹해서 결심이 흔들렸다.

눈동자에 맺힌 눈물을 감추기 위해 슈를 끌어안았다.

"잘 있어, 슈. 다음에는 건강한 아이로 태어나는 거야. 친구도 많이 사귀고, 실컷 놀고, 사는 게 지겨울 만큼 오래오래 사는 거야."

"누나."

아주 잠깐, 슈가 옛날처럼 해맑은 눈동자를 반짝 빛내더니 내 귓가에 대고 말했다.

"팔방 못난이."

"응?"

"누나를 사랑한다는 말이야."

고맙다고 말하며 눈물을 흘리지 않기 위해 얼마나 안간힘을 썼던가. 얼마나 입술을 꽉 깨물고 주먹을 꽉 쥐었던가.

"나도 널 사랑해. 우리 가족 모두 사랑해. 정말 고마워."

이것이 슬픈 이별이라고는 조금도 생각하지 않는 가족들의 미소를 눈에 담고 자포자기하듯 손을 흔든 뒤 현관문을 나섰다. 난 그 자리에 바로 주저앉았다.

숨죽여 오열하는 나에게 걱정스러운 듯 고요미가 몸을 비볐다. 따뜻한 혀가 손등을 핥았다. 나는 젖은 얼굴을 고요미의 매끄러운 털에 묻었다.

"고마워, 고요미. 오시마 씨도 고마워요. 다들 즐거워 보였죠? 딸의 남자친구와 함께 밥을 먹을 수 있어서 기뻐하는 것 같았죠? 무척 따뜻하고 행복한 가족이었죠?"

아무리 기다려도 대답이 없어서 슬며시 고개를 들자, 소리도 없이 조용히 울고 있는 오시마가 보였다. 나는 그제야 살짝 웃음이 나왔다.

내일이 서서히 다가오고 있다. 살아 있는 나는 절대로 넘을 수 없는 날짜변경선이.

나는 코를 훌쩍이며 모나미 1호를 끌고 가는 오시마와 함께 고요미의 뒤를 따라 출구를 향해 걸었다. 우리가 다다른 그곳에 누군가의 그림자가 보였다.

"있을 것 같더라니."

내가 말하자 빛 속에서 나나미 이모가 고개를 가볍게 끄덕이고는 전에 없던 부드러운 미소를 오시마에게 보냈다.

"반가워요."

"네, 처음 뵙겠습니다."

"다마키를 잘 챙겨줘서 고마워요. 부족한 아이지만 앞으로도 잘 부탁해요."

"아, 아닙니다. 저야말로 잘 부탁드립니다!"

오시마가 필요 이상으로 겁을 내는 이유는 내가 "나나미 이모는 마치 에이코의 10년 정도 젊었을 때를 생각하면 돼요"라고 설명했기 때문이다. 이모의 모난 성격이 녹아들어 둥글어졌다는 이야기는 하지 않았다.

"이모, 나 내일 구메지마에 가."

"그래."

"모레 아침 7시 반부터 시작이야."

"그래."

"목표를 이루면 당당히 돌아와서 모나미 1호를 다이키한테 돌려줄게."

"그래."

"근데 그때, 아빠랑 엄마, 슈는 여기 없겠지? 내가 40킬로를 완주하는 모습을 보면… 나에게 그만한 힘이 있다는 걸 알게 되면 분명 세 사람은 안심하고 세컨드스테이지로 이동하겠지?"

"그래. 나도 함께 갈 생각이야."

역시. 난 숨을 길게 토해내고 다시 들이쉬며 이모의 동그란 눈동자를 올려다봤다.

"이 모든 걸 이모가 계획한 거야? 날 부추기려고 다이키를 찾아내고, 내 힘으로 레인을 넘겠다 생각하게 만들고, 멤버들과 함께 마라톤 풀코스를 달려야 하는 상황에 몰아넣고… 하나부터 열까지 다 이모가 꾸민 거야?"

생각해보면 난 항상 나나미 이모의 말에 따라 움직였다. 넌 40킬로를 달릴 힘이 없다느니 네 체력으론 무리라느니 하면서 이모는 내 등을 떠밀어왔던 거다.

"계획했다고는 할 수 없지만 그런 방향으로 움직이도록 한 건 부정하지 않을게. 다마가 강해졌으면 했어. 혼자 힘으로 명계에 오기 위해서가 아니라 혼자 힘으로 네 세상을 살아가기 위해."

난 움츠러들지 않고 웃어 보였다.

"솔직히, 이렇게 잘해내리라고는 예상 못 했어."

난 고개를 좌우로 흔들었다.

"여기까지야. 이제부터는 이모 생각대로 안 될걸."

"뭐?"

"끝까지 지켜보라고. 구메지마에서는 이모가 생각지도 못한 결말을 보여줄 테니까. 이모의 예상보다 훨씬 더 빨리, 훨씬 더 힘차게 40킬로를 달릴 거니까. 이모는 뜻밖의 내 역주力走에 압도돼 찍소리도 못 하고 세컨드스테이지로 가겠지. 마지막의 마지막에 허를 찔렸다며 발을 동동 구르고 분해하면서 가는 거야. 알겠어?"

이모는 잠시 어안이 벙벙한 표정을 지었지만 곧이어 해맑은 웃음을 얼굴 가득 띠었다.

"그래. 알았어."

발을 성큼 앞으로 내디뎠다. 두 팔로 이모의 허리를 안았다. 나는 이모의 가슴에 얼굴을 묻고 간절히 말했다.

"부탁해. 이모를 내 안에 녹여줘. 다음 스테이지로 가버리기 전에 이모의 일부를 나에게 흘려보내줘."

달려도 달려도 넘을 수 없었다. 명계와 하계는 너무 멀리 떨어져 있으니까. 생과 사는 종이 한 장 차이지만 그래도 너무 멀리 떨어져 있으니까. 멀어져 가는 사자들을 붙잡으려 손에 힘을 줄수록 그들은 흐물흐물 손가락 사이로 빠져나간다.

"그러지 않아도 괜찮아. 전에 말했지, 우리의 기쁨도 슬픔도 하계에서 몸에 밴 모든 것이 녹아들고 다시 하계로 돌아가는 거야. 나도 네 가족도. 네가 받는 햇살과 바람, 비, 그런 것들에 의해 자라나는 자연으로 돌아가는 거야. 그러니 우리는 언제나 네 안에 있어."

떨어져 있어도 함께야. 흔한 위로의 말이지만 지금도 조금씩 녹아들고 있는 나나미 이모가 말하니 설득력이 있었다.

"자, 이제 가렴."

이모가 내 어깨에 손을 얹었다.

"내일모레면 레이스야. 푹 쉬고 컨디션 조절해야지."

"응."

"내 코를 납작하게 만들어야지."

"당연하지. 이모가 입을 다물지 못할 만큼 멋지게 해낼 거야. 완벽하게 세컨드스테이지로 보내줄게."

"그래, 그렇게 멋지게 살아가. 다음에 여기 오면 린코 씨랑 다이키한테 내 안부 전해줘."

"오케이. 모나미 1호를 돌려주면 그 둘도 세컨드스테이지로 가겠지?"

"그럴 거야."

"고요미도 데려가달라고 해야겠다."

자기 이름이 불리자 고요미는 야옹, 하고 울더니 몸을 비비 꼬면서 내 주위를 한 바퀴 돌았다. 그러더니 매우 엄숙한 발걸음으로 날 재촉하듯 빛의 길을 걸어가기 시작했다.

"갈까요?"

오시마가 미련이 남은 듯 서 있는 내 손을 잡았다.

"안녕, 이모."

"안녕, 다마."

서로를 바라봤다. 숨죽여 찬찬히. 강렬하게. 오래도록. 그러곤 눈길을 돌렸다.

"괜찮아요?" 오시마가 속삭이고는 모나미 1호 안장에 올라탔다. 난 묘하게 몽글몽글한 상실감을 안고 뒷자리에 앉아 오시마의 허리에 팔을 둘렀다. 눈을 꼭 감았다. 새겨 넣는다. 이모의 얼굴을. 목소리를. 냄새를. 새겨 넣는다. 새겨 넣는다. 새겨 넣는다. 소리도 없이 모나미 1호가 달리기 시작한다.

앞으로 얼마나 더…. 뒤돌아보지 않고 점차 속도를 높이는 모나미 1호를 타고 가며 생각했다. 명계에 정식으로 올 때까지 난 앞으로 얼마나 더 이렇게 가슴이 찢어질 듯한 이별을 맛봐야 할까. 흘려보내는 것도 잊는 것도 허용되지 않는 산 자들의 세상에서 얼마나 더 많은 만남과 이별을 겪어야 할까?

몇 번의 만남.

몇 번의 이별.

앞으로 얼마나 더….

난 한 점 흐트러짐 없는 세상을 뒤로하고 혼탁한 세상을 향해 달려가는 그 길 위에서, 앞으로 또 몇 번의 만남과 이별을 겪게 될지 생각했다. 하지만 이제 난 그 만남과 이별을 밀어내지 않을 것이다.

25

다마키에게

편지 고맙구나.

그냥 하는 말이 아니라 네가 잘 지내는 것 같아서 진심으로 기뻐!

너의 편지를 읽고 내가 얼마나 많은 힘을 얻었는지는 다음에 만나서 천천히 이야기하고 싶구나. 구메지마 마라톤이 끝나면 언제든 놀러 오렴.

근데 정말이지 다마키가 그렇게 운동을 좋아하는 아이였는지 전혀 몰랐어. 놀라운 소식을 전해주어 기쁘구나.

나는 야마가타에서 지역 택시 회사에 취직해 운전기사로 일하고 있단다. 자전거에서 택시로 갈아탄 건가. 탈것과 인연이 있는 인생인가 봐.

그리고 올여름 어머니가 편찮아지시면서부터 휴일마다 노인 요양 시설에서 봉사도 하게 됐어. 누워 계신 어르신들의 식사나 목욕, 배변을 돕는 게 주된 역할이야. 쉽게 말해 육체노동이지. 그렇지만 난 이 경험을 통해 절실히 느꼈단다. 죽음은 아름답게 포장할 수 있지만 노화는 그럴 수 없다는 걸. 미화할 여지가 없을 정도로 냉혹하지만 너무나도 강렬한 그 '생生'에 난 큰 충격을 받을 정도로 압도되면서 하루하루를 살아가고 있어. 이 이야기도 직접 만나서 하자꾸나.

다른 이야기지만, 최근에 신기한 일이 있었어. 가게 뒷마당에 묻었던 고요미의 유골 말이야. 반려동물용 화장장에서 화장한 것을 이쪽으로 옮겨와서 지금 사는 집 마당에 묻어두었는데, 며칠 전 그 무덤 앞에 처음 보는 식물이 싹을 틔운 걸 발견했단다. 어머니와 함께 머리를 맞대고 식물도감을 찾아봤는데 아무리 찾아도 어떤 종류인지 알아낼 수 없었어. 그러는 사이에 그 싹은 쑥쑥 자라서 봄도 아닌데 지금은 꽃봉오리가 맺혔어.

언제 활짝 필지, 어떤 꽃이 필지, 무척 궁금하구나. 꽃이 피면 뭔가 좋은 일이 일어날 것 같아서 매일 꽃이 피는 순간을 고대하고 있단다.

어머니와 고양이들도 건강히 잘 지내. 또 다른 들고양이 한 마리가 찾아와 지금은 다섯 마리가 되었어. 그리고 어쩌면 이제 곧 식구가 한 명 더 늘어날지도 모르겠어. 쑥스럽네, 이 이야기야말로 만나서 하자!

쓰면 쓸수록 만나서 하고 싶은 이야기가 늘어나는구나. 우선은 조심해서 구메지마에 다녀오렴.

　10월 28일, 다마키가 기분 좋게 사탕수수밭 사이를 달릴 수 있기를 기도할게.

곤노 도모하루

26
42.195

잠에서 깨니 아침이 밝아오고 있었다.

난 이불 속에서 기지개를 활짝 켜고는 손을 머리 위로 쭉 뻗어 알람을 껐다. 새벽 5시. 눈을 뜨지 않아도 온 세상이 맑게 갰다는 사실을 알 수 있었다. 혹시 모르니 눈을 떴다. 암막 커튼을 열어볼 것도 없이 창밖에는 구름 한 점 없는 맑은 하늘이 펼쳐져 있다는 사실 또한 알 수 있었다. 어젯밤까지 소란스럽던 바람 소리도 빗소리도 들리지 않았다. 혹시 모르니 창가로 다가가 커튼을 열어젖혔다.

하늘과 바다가 한눈에 펼쳐졌다.

어제는 빗줄기에 숨어 있던 태평양. 일출 전의 해안은 아직 어슴푸레했고 수평선도 흐릿하게 보였지만 아침 안개가 걷히면 분명 더없이 푸른 바다가 나타날 것이다. 하늘은 맑고 바다는 잔잔했다. 바람도 파도도 없다. 그러니까….

"마라톤 완주하기 딱 좋은 날이에요."

난 침대에 누워 있는 세이카 씨를 돌아봤다.

검은색 탱크톱을 입은 세이카 씨가 나른한 듯 실눈을 뜨고 상반신을 일으켜 창밖을 바라봤다.

"정말. 비가 그쳤네, 다행이다!"

"네."

"드디어, 오늘이야."

"네. 드디어."

아침에 일어나면 되도록 빨리 움직여 몸을 풀어줄 것. 호텔 프런트에서 도시락을 받아와 레이스 시작 두 시간 전에는 배를 채워둘 것. 도코로 씨의 지령을 기억하면서도 나와 세이카 씨는 잠시 먼동이 트는 하늘과 바다를 바라보며 '드디어'의 감격에 젖어들었다.

일단은 무사히 스타트라인에 설 수 있을 것 같아 한시름 놓았다.

'무사히 결승점에 도달할 수 있을지보다 무사히 출발점에 설 수 있을지가 걱정이지만요.'

곤노 아저씨에게 보내는 편지에 쓴 이 문장이 엄살이 아니게 될지도 모른다고 생각한 것은 구메지마를 향해 출발한 지 얼마 안 돼서였다. 아니, 아직 출발도 하기 전이었다.

그래, 우리 팀의 계획대로 일이 척척 진행되면 그게 더 이상한 거다.

일단 집합부터 힘들었다.

'10월 27일 오전 10시 45분, 하네다공항 제1터미널 북쪽 윙 5번 시계탑 앞에서 집합. 늦으면 도마뱀 걸음걸이로 구메지마 세 바퀴!'

도코로 씨가 확인 문자까지 보냈지만 어제 10시 45분, 약속 장소에 오시마가 나타나지 않았다.

11시가 지났는데도 오지 않았다. 혹시 늦잠? 모두 불안해하는 가운데 비행기 출발 20분 전에야 겨우 휴대전화가 연결되어 오시마가 공항 내에서 길을 잃고 헤매고 있다는 사실을 알게 되었다. 그런데 패닉 상태의 오시마는 뭘 물어도 "도저히 북쪽 윙을 찾을 수가 없어요"라는 말만 되풀이했다. "앞에 뭐가 보여요?"라는 질문에도 '캐리어 가방'이라는 둥 '공항 도시락'이라는 둥 '전화기를 쥔 내 손'이라는 둥 위치를 전혀 알 수 없는 대답만 했다.

"안 되겠어. 시야가 너무 좁아."

한참 시간을 허비한 끝에 오시마가 제1터미널이 아니라 제2터미널에 있다는, 지극히 초보적인 실수를 했다는 사실을 알아차렸고 그때가 비행기 출발 10분 전이었다. 결국 도코로 씨가 전력 질주해 간신히 그를 데리고 와 탑승 수속을 마치고 겨우겨우 나하행 비행기에 탑승했다.

그 뒤도 가히 짐작이 갈 것이다.

하네다에서 나하까지는 약 두 시간 반. 다소 지연됐기 때문에 실제 도착한 시간은 오후 2시 45분으로, 나하에서 구메지마로 가는 비행기는 3시 출발이었다. 겨우 15분 만에 환승을 마쳐야 했다. 그런데 이번에는 하타가 스탠딩 식당을 지나가다 무슨 일이 있어도 오키나와 메밀국수를 먹어야겠다며 고집을 부렸다. 도코로 씨는 핀잔을 주기는커녕 '나도 한 그릇'이라며 둘이 나란히 서서 메밀국수를 깨끗이 먹어치웠다. 덕분에 우리는 또다시 비행기를 놓칠 뻔했다.

오후 3시 35분, 기적처럼 구메지마공항에 도착한 것은 다행이었지만 에메랄드그린 빛깔 바다에 둘러싸인 남쪽 낙원을 상상한 우리를 기다린 것은 폭풍우 뺨치는 호우로 잔뜩 찌푸린 섬이었다.

"날씨가… 흐리네."

"으슬으슬하다."

횡횡 휘몰아치는 바람에 비틀거리면서도 우리는 두 그룹으로 나눠서 택시를 타고 해안선을 따라가면 나오는 리프 비치 호텔에 도착했다. 이미 호텔 밖으로 한 발짝도 나가고 싶지 않을 만큼 악천후였지만 그날 중으로 구메지마 마라톤 대회 본부에서 선수 등록을 마쳐야 했다.

그래서 우리는 호텔에서 빌린 우산을 쓴 채 빗속을 뚫고 힘겹게 밖으로 나갔다. 말은 이렇게 해도 걸어서 5분 남짓 걸리는 거리였다.

시영 야구장에 임시로 설치한 대회 본부 접수대에서 한 사람씩 선수 등록을 마치고 운동복에 붙이는 번호표와 참가상, 대회 자료 등을 받았다. 이 자료가 이후 작은 물의를 일으키기도 했다.

호텔로 돌아가 로비에서 다시 방 배정 때문에 다투고 있을 때, 대회 자료를 팔락팔락 넘겨보던 난 뭔가가 잘못됐다는 걸 알아차렸다.

"큰일 났어요. 참가자 리스트에 세이카 씨의 이름이 없어요."

"뭐, 정말이야?"

"여기, 마라톤 풀코스 여자부 40세부터 44세까지 나와 있잖아요. 근데 없어요."

하나둘 모여든 멤버들이 자료를 살펴봤다.

"정말이네?!"

"어떡하지. 이래선 기록도 남지 않을 텐데."

"근데 이상하지 않아? 아까 등록하고 참가상도 받았잖아요, 세이카 씨."

"어? 세이카 씨…?"

당혹스러워하는 우리와 달리 본인은 멋쩍은 듯 허공을 바라보고 있었다.

"세이카 씨?"

모두의 시선이 쏠리자 세이카 씨는 갑자기 태도를 바꿔 성큼성큼 걸어와서는 참가자 리스트에서 한 지점을 검지손가락으로 콕 가리켰다.

다누마 요네라고 쓰여 있었다.

"다누마… 요네?"

설마 하는 의심의 눈동자 열네 개를 세이카 씨는 눈에 힘을 주고 쩨려봤다.

"전에 본명은 따로 있다고 말했잖아요!"

이런 말도 안 되는 소동들을 겪은 우리는 그날 밤 호텔 근처 술집에서 전야제를 열었다.

그때까지도 바람은 윙윙 소리를 내고 있었지만 빗발은 약해졌고 섬 전체가 날아갈 듯한 기세도 꺾여 있었다. 이대로라면 괜찮을 거라며 다들 안도했고 내일의 레이스를 위해 탄수화물을 듬뿍 먹어두기로 했다.

풀코스를 달릴 때는 대회 사흘 전부터 식사를 탄수화물 중심으로 바꿔 운동 시 에너지원이 되는 근육 속의 글리코겐을 늘려둬야 한다. 이것이 바로 러너들 사이에 잘 알려진 전분 축적 식사요법이다.

"그럼 우리 모두의 완주를 위하여, 건배!"

"건배!"

오리온 맥주 컵을 높이 치켜든 우리 앞에 오키나와 야키소바, 소면 찬푸루, 먹물 오징어, 문어 볶음밥, 고기조림 덮밥, 돼지볶음 주먹밥… 등등 속속 오키나와식 탄수화물이 테이블을 가득 채웠다.

그야말로 풍성한 술잔치가 펼쳐졌고 이날은 노래와 춤까지 더해졌다. 세이카 씨는 오키나와 전통 춤인 '에이서'를 추고 후지미 씨는 오키나와의 민요 '아사도야 윤타'를 열창하는 등 분위기가 점점 달아올랐다.

"여러분, 이제 좀 적당히 하세요!"

갑자기 누군가 호통을 치는 소리에 술집 전체가 찬물을 끼얹은 듯 조용해지기 전까지는.

"내일 7시 반부터 마라톤을 뛰어야 하는데 이렇게 부어라 마셔라 하고 있을 땝니까? 제발 부탁이니 자중 좀 하세요. 보통은 좀 더 진지하게 레이스에 임하는 포부를 밝히거나 한다고요. 대체 기사를 어떻게 쓰란 말입니까?"

그렇다. 이 사람도 우리와 함께 있었다.

ER출판의 와타세 씨.

결국 오시마와 나는 기도코로 다이스케의 은퇴에 관한 비화를 와타세 씨에게 말하지 않았다. 정 알고 싶으면 도코로 씨에게 직접 물어보라고 했다. 그 결과 와타세 씨는 일단 도코로 씨에게 접근해 환심을 사기로 한 모양이다. 〈우리 팀을 소개합니다〉 코너 편집자에게 말해 이번에만 이지러너즈를 맡아 취재하기로 한 것이다. 그렇게 해서 멀고 먼 구메지마까지 취재하러 온 만큼 그는 잔뜩 힘이 들어가 있었다.

"게다가 이번 호는 스페셜이라고요. 〈우리 팀을 소개합니다― 특집편·오합지졸 러너즈, 구메지마에 가다!〉 편집장과 담판을 지어 펼침면으로 넉 장 분량을 사수했으니까, 실패는 용서할 수 없어요."

"오합지졸 러너즈?"

"도코로 씨, 저런 타이틀로 괜찮겠어요?"

"음, 그건 괜찮은데, '도코로 & 오합지졸 러너즈'는 어때? 그리고 앞머리에 추도라고 써줄 수 있나?"

"〈추도·도코로 & 오합지졸 러너즈, 구메지마에 가다!〉 이렇게요?"

와타세 씨는 "도대체 무슨 의미죠?" 하고 차갑게 내뱉었다. 하지만 도코로 씨의 다음 한마디에 눈빛이 반짝거렸다.

"그렇게만 해주면 내일 레이스에서 우승하겠어."

"네? 정말입니까?"

"당연하지. 한 사람은 우승, 나머지 일곱 명은 오합지졸. 이 정도로 극단적이어야 기사로서 가치가 있지 않겠어?"

도코로 씨의 우승 선언에는 와타세 씨뿐만 아니라 우리도 놀라움을 금치 못했다. 늘어진 분위기가 살짝 되살아났다.

"26년 만에 돌아온 육상계의 귀재, 기도코로 다이스케가 우승을 향해 구메지마 질주! 좋네요. 아니, 최고예요. 그럼 다른 분들도 한마디씩 부탁합니다. 내일의 목표라든가 무엇을 위해 달리는지 말씀해주셨으면 합니다만."

"무엇을 위해?"

와타세 씨의 질문에 제일 먼저 대답한 사람은 세이카 씨였다.

"난, 맥주를 맛있게 마시기 위해서예요."

"네? 맥주요?"

"그래요."

세이카 씨는 무슨 불만이라도 있냐는 듯이 고개를 끄덕였다.

세이카 씨는 목표가 아무리 커져도 그에 맞춰 동기를 키울 뜻이 일절 없다. 어떤 의미에서는 고집불통이라고도 볼 수 있지만, 맥주를 맛있게 마신다는 소박한 동기만으로 42.195킬로를 달리려고 하다니 대단하다.

"알겠습니다. 그럼 다누마 요네 씨는 맥주를 위해 달린다, 고 쓰겠습니다."

"요네라고 부르지 마요!"

절규하는 세이카 씨 옆에서 입을 연 사람은 오시마였다.

"난 멤버들과 추억을 만들기 위해서, 그리고 내 안의 힘을 믿기 위해서 완주를 목표로 하고 있습니다."

"난 캐릭터를 바꾸기 위해서라고 할까요. 너구리 캐릭터와 연애는 어울리지 않으니까요."

"저도 저 자신을 바꾸기 위해서."

하타 옆에서 고에다가 말했다.

"아쉽지만 지금의 전 절대로 42.195킬로를 달릴 수 없어요. 그건 잘 알고 있어요. 하지만 지금까지 달린 최장 거리인 8.8킬로를 100미터라도 넘을 수 있다면 적어도 그 거리만큼은 바뀐 거잖아요. 8.8킬로밖에 달릴 수 없었던 저에서 8.9킬로를 달릴 수 있는 저로 성장한 거죠."

"오, 좋아요. 그 문구, 기사에 쓰도록 하죠."

고에다의 발언을 와타세 씨가 노트에 적고 있는데 콜록콜록, 후지미 씨가 잔기침을 했다.

"아, 죄송합니다. 나이가 예순둘이나 되면 여기저기 고장이 나서요. 허허허. 이렇게 나이가 들었지만 내가 42.195킬로를 만신창이가 되더라도 끝까지 달리면 전국의 예순둘 먹은 사람들에게 꿈과 희망을 줄 수 있지 않을까요."

참으로 능청스럽다.

"나왔네, 나왔어. 마음씨 좋은 할아버지 가면."

"사람들은 저기에 잘도 속아 넘어간다니까."

주니어 그룹끼리 낮은 목소리로 이야기하는 와중에 와타세 씨는 감동했다는 듯 빠르게 펜을 놀렸다.

"좋은 말씀 감사합니다. 그럼 이제 두 분 남았네요. 마치 씨는 어떠세요?"

이름이 불린 마치 에이코는 술술 말하기 시작했다.

"내가 완주를 목표로 하는 이유는 수제 러닝화를 위해서예요."

"수제 러닝화?"

"여기 있는 오합지졸 중에 가장 먼저 골인하는 사람에게 상품으로 준대요."

"아, 그렇습니까? 하지만 그걸 기사로 내기에는 좀. 사실 마치 씨는 우리가 주목하는 멤버 중 한 사람입니다. 요즘 아이를 다 키운 주부들 중에 조깅하는 분들이 은근히 많거든요. 마치 씨가 그 선구

자로서 꼭 건투해주셨으면 하는 바람입니다. 내일 아무쪼록 좋은 레이스를 펼쳐서 전국의 주부 러너들에게 감동을 전해주세요."

와타세 씨의 열정적인 말에 마치 에이코는 시원하게 대답했다.

"싫어요. 내 감동은 나만의 것이라고요. 그 누구도 내 기쁨에 기생할 수 없어요."

오! 우리는 소리 없이 감탄했다. 그때 혼자 낙담한 듯 보이는 와타세 씨가 날 돌아봤다.

"그럼 마지막으로 나쓰메 씨."

"전, 어떤 사람의 코를 납작하게 만들어주기 위해서예요."

"코를 납작하게요?"

내 말에 실망했는지 와타세 씨가 과장되게 되물었다. 그때 후지미 씨가 와타세 씨에게 고개를 숙이며 "미안합니다" 하고 말했다.

"음, 또다시 나 자신을 속였습니다. 내가 달리는 목적도 실은 전 동료들의 코를 납작하게 해주기 위해서입니다."

"아아, 이래서 기사를 어떻게 쓰라는 겁니까? 일단 시콰사(오키나와 특산 귤로 강한 신맛이 난다) 칵테일이나 한 잔 더 마셔야겠어요."

결국 자포자기한 와타세 씨도 우리와 함께 전야제를 즐겼다. 그래도 날이 날이니만큼 술은 자제하면서도 9시 반에 세이카 씨가 "이제 마무리합시다"라며 손뼉을 칠 때까지 우리는 흥겨운 시간을 보냈다.

"다마키 씨. 괜찮아요?"

술집에서 호텔로 돌아가는 길, 안개비 속을 걷는 나에게 오시마가 속삭였다. 맥주 반 잔으로 볼이 발그레해진 날 걱정하는 듯한 목소리였다.

투명한 비닐우산 너머로 괜찮다고 대답했지만 오시마는 강아지를 걱정하는 어미 개 같은 눈동자를 바꾸려 하지 않았다.

"괜찮아요?"

오시마가 다시 한번 물은 뒤에야 그 말의 의미를 알아차렸다.

오늘 하루, 내 눈이 부어 부석부석한 이유를 오시마만은 알고 있다.

"네, 괜찮아요. 아침부터 정신없이 보내서 침울해질 틈도 없었어요. 오히려 다행일지도."

"그럼 다행이지만. 어제 잠은 좀 잤어요?"

"네."

"밥도 잘 먹고?"

"많이 먹었어요. 오키나와 요리 꽤 맛있더라고요."

"네. 그래도 난 어젯밤, 다마키 씨가 만들어준 요리가 더 맛있었어요."

"네? 맛도 안 느껴졌을 텐데?"

"맛은 안 느껴졌지만 기뻤어요. 다마키 씨의 마음이 앞을 향해 나아가고 있다는 걸 알았으니까."

난 소용없다는 걸 알면서도 맥주로 한층 더 달아오른 얼굴을 비닐우산으로 가렸다.

오시마는 알고 있었다.

탄수화물 가득한 어젯밤의 메뉴.

내가 그 요리를 가족을 위해서뿐만 아니라 내일의 우리를 위해서도 만들었다는 걸.

레이스 시작 시간이 다가온다. 베일을 벗듯 하늘이 밤의 잔향을 벗어던지고 흐릿했던 수평선이 선명한 라인을 드러내려 한다.

새벽 6시. 아침 식사를 마친 우리는 호텔 바로 앞의 해변에서 꼼꼼하게 스트레칭을 하며 천천히 몸을 풀었다. 허리. 허벅지. 무릎. 정강이. 발목. 좋아, 모두 아무 이상 없다.

신기하게도 불안하지 않았다. 내 마음은 눈앞에 펼쳐진 바다처럼 잔잔했다. 경건한 마음인 걸까, 아니면 그저 졸린 것뿐일까? 다른 사람들도 평소와 달리 묵묵히 몸을 움직였다.

6시 45분. 드디어 출정이다. 우리는 어제 갔던 시영 야구장으로 향했다. 스타트라인이 가까워질수록 평온했던 공기가 파도치듯 일렁거렸다. 웅성거림과 열기가 밀려온다.

코스 라인이 쳐진 운동장에 발을 들여놓은 나는 나도 모르게 후유, 하고 크게 숨을 내뱉었다. 그곳에는 이미 수백 명의 러너들이 빽빽이 들어차 있었다.

연습 삼아 장내를 달리는 사람.

꼼꼼하게 스트레칭을 반복하는 사람.

명상에 잠긴 사람.

코스 지도를 살펴보는 사람.

스포츠 음료와 바나나로 배를 채우는 사람.

타이거나 젖소 가면을 쓴 사람, 스님 코스프레를 한 사람.

원을 만들어 기합을 넣는 사람들.

온갖 사람이 다 있었다.

긴장. 흥분. 기대. 불안. 열정. 투지. 후회.

모든 감정이 그곳에 있었다.

그리고 동쪽 하늘에서 이제 막 얼굴을 드러낸 아침 해가 모든 감정을 내뿜는 그들 전부를 비춰주고 있었다.

피가 이글이글 끓어올랐다.

이건 뭘까. 가슴이 두근거린다. 바로 지금. 바로 여기. 스물두 살까지의 내가 전혀 상상하지 못했던 이 광경.

와타세 씨의 요청으로 단체 사진을 찍었다. 도코로 씨의 권유로 스포츠 음료를 마셨다. 바나나를 너무 먹었더니 배가 아프다며 하타가 화장실로 달려갔다. 운동복을 벗어던진 세이카 씨의 황금 레오타드에 모두 눈이 휘둥그레졌다. 마라톤 대회의 개회식이 시작됐다. 땀으로 축축한 내 손을 오시마가 잡았다. 이런 일들이 어떤 순서로 일어났는지 잘 기억나지 않는다. 아마 하늘에 붕 뜬 기분이었으리라.

"여러분. 이제 할 말은 아무것도 없다."

정신을 차리니 스타트라인에 늘어선 사람들 속에서 도코로 씨의 목소리가 들렸다.

"솔직히 지금까지 모두 너무나 잘해줬다. 오합지졸은 단 한 사람도 없어. 이제 각자의 목표를 향해 달리기만 하면 돼. 그럼 모두 42.195킬로 앞에서 다시 보자."

42.195킬로 앞에서 다시 보자.

그 말에 모두 고개를 끄덕인 순간, 카운트다운이 시작됐다.

10,

9,

8,

7,

6,

5,

4,

3,

2,

1,

"출발!"

와! 땅이 울리는 듯한 함성과 함께 사람들이 높이 뛰어오르고 주먹을 쥐어 하늘을 향해 쳐들어 보였다. 그러자 수백 명의 몸이 일제히 꿈틀대기 시작했다.

에필로그

    그 순간은 마치 빅뱅과도 같았다. 러너들은 경쾌한 발걸음과 함께 이리저리 멀어져 가고, 방금까지 남아 있던 사람들의 열기가 솔솔 불어오는 바람과 함께 거짓말처럼 흩어졌다. 열기에 들떠 있던 나는 퍼뜩 정신을 차리고 그제야 '아, 시작됐구나!' 하고 실감했다.

    두 줄로 나란히 서 있던 멤버들 중 누구보다 빨리 시야에서 사라진 사람은 도코로 씨였다. 흡사 혼자만 빨리 감기를 한 듯한 속도로 선두 집단을 맹추격했다. 이어서 오시마, 후지미 씨, 세이카 씨가 앞서 달리는 러너들 사이를 뚫고 들어가 사라졌다. 뒤에 있을 세 사람도 뒤따르는 러너 무리에 막혀 보이지 않았다.

    난 눈 깜짝할 사이에 혼자가 됐다.

그래, 마라톤은 혼자 하는 여행이다. 이제 42.195킬로를 혼자 달려야 한다. 새삼스레 이런 생각을 하며 의외로 쓸쓸해하는 내가 당황스러웠다.

그렇지만 불안해도 고독해도 달리지 않으면 결승점에서 그들과 다시 만날 수 없다.

크게 숨을 들이마신다. 하늘을 올려다본다. 차츰 마음이 진정돼 간다.

몸이 리듬을 찾아간다. 달아오른 다리가 리듬에 맞춰 움직이기 시작한다.

난 달린다. 경쾌하고 부드럽게. 평소보다 크게 팔을 흔들고 대담하게 대지를 박찬다. 그렇게 모나미 1호에도 지지 않을 속도로 유유히 결승점까지 달려간다. 날개를 활짝 펼쳐 날아가는 새처럼.

하지만 현실은 만만치 않다. 42.195킬로는 너무나 먼 미지의 세계다. 주력 8개월밖에 안 된 내가 경쾌하고 부드럽게 달릴 수 있는 거리가 아니다. 그러나 난 고통스럽고 힘들어도 앞으로 달려나갈 것이다. 숨이 차고 자세는 흐트러지고 만신창이가 된다 해도.

분명 수도 없이 멈추고 싶겠지. 포기하고 싶겠지. 도망치고 싶겠지. 눈앞에 선하다.

그럼에도 난 멈추지 않을 것이다. 포기하지 않을 것이다. 난 도망치지 않고 마지막까지 달릴 것이다. 이제 난, 나를 믿으니까.

왜냐하면 그들이 저기에 있으니까.

달궈진 내 몸을 스쳐 가는 바닷바람에.

바람 따라 흔들리는 사탕수수밭에.

발치에서 반짝이는 물웅덩이에.

난 이 세상에 녹아들어 다시 태어난 그들과 함께 달린다. 살아
간다.

런

초판 1쇄 인쇄	2025년 2월 10일
초판 1쇄 발행	2025년 2월 17일
지은이	모리 에토
옮긴이	이구름
책임편집	오윤나
디자인	weme design
책임마케팅	최혜령, 박지수, 도우리
마케팅	콘텐츠 IP 사업본부
해외사업	한승빈
경영지원	백선희, 권영환, 이기경, 최민선
제작	제이오
펴낸이	서현동
펴낸곳	㈜오팬하우스
출판등록	2024년 5월 16일 제2024-000141호
주소	서울시 강남구 테헤란로 419, 11층(삼성동, 강남파이낸스플라자)
이메일	info@ofh.co.kr

© 모리 에토

ISBN   979-11-94293-82-8 (03830)

모모는 ㈜오팬하우스의 출판 브랜드입니다.